La guerre des fées

L'auteur

Dès son plus jeune âge, **Herbie Brennan** se passionne pour la psychologie, le paranormal et la physique quantique, autant de thèmes qu'on retrouve aujourd'hui dans *La Guerre des fées*. À vingt-quatre ans, il devient le plus jeune rédacteur en chef d'Irlande. À trente ans, il décide de se consacrer exclusivement à l'écriture. Plus de soixante romans suivront, ainsi que des pièces radiophoniques, des livres interactifs à succès et des jeux vidéo. Auteur de best-sellers internationaux, Herbie Brennan vit aujourd'hui dans un ancien presbytère, en compagnie de son épouse, adepte comme lui de sciences ésotériques... et d'écriture.

Du même auteur, chez Pocket Jeunesse :

L'Empereur pourpre
(Tome II)

Les Seigneurs du Royaume
(Tome III)

Herbie Brennan

La guerre des fées

Traduit de l'anglais par Bertrand Ferrier

POCKET
jeunesse

Titre original :
Faerie Wars

Publié pour la première fois en 2003
par Bloomsbury Publishing Plc, Londres.

Loi n° 49 956 du 16 juillet 1949 sur les publications
destinées à la jeunesse : février 2007.

Pour la présente édition : Pocket Jeunesse,
département d'Univers Poche, Paris, 2007.

ISBN 978-2-266-16864-9

Pour Jacks. Toujours.

I

LE PAPILLON

1

Le jour où sa vie bascula, Henry Atherton s'était levé aux aurores.

Il avait laissé la colle de sa nouvelle maquette sécher toute la nuit. Ce matin-là, il n'avait plus qu'à rajouter un petit bâtonnet et quelques décorations ; après quoi, son cochon volant serait terminé. Il lui avait demandé trois semaines d'effort, mais, aujourd'hui, quand Henry tournerait la manivelle, le cochon agiterait ses ailes de carton et s'envolerait. *Même les cochons peuvent voler* : c'est ce qu'affirmait le mode d'emploi.

À sept heures, Henry avait bondi hors du lit.

À sept heures trois, il était habillé.

À sept heures quatre, il vérifiait si la colle avait bien pris.

Rien à redire. Normal : il l'avait laissée reposer assez longtemps. Le secret d'une maquette réussie, c'était ça : ne pas se précipiter. Prendre son temps pour découper les pièces. Avancer étape par étape – les instructions insistaient là-dessus : il fallait *procéder étape par étape*. Laisser largement à la colle le temps de sécher. Moyennant quoi, les maquettes avaient beau être en carton, elles étaient quand même aussi solides que le Taj Mahal[1].

La preuve, Henry en avait déjà sept dans sa chambre, dont une qui représentait justement le Taj Mahal. Mais aucune de ces maquettes n'arrivait à la cheville du cochon volant. Celui-ci cachait un mécanisme complexe d'engrenages, qui permettait à l'animal de s'élever du sol en battant des ailes.

En tout cas, c'est ce qui était écrit. Henry allait le tester dans un instant.

Avec son ongle, il creusa un petit trou pour y placer le pic. Après ça, ce serait fini. Mis à part les décorations, bien sûr. Simple fignolage.

Cependant, placer correctement le pic n'était pas si facile que ça. Pour tout arranger, on ne pouvait être sûr d'avoir trouvé le bon emplacement qu'après avoir essayé. Et le problème, c'est que, si on essayait et que le pic fût mal placé, on risquait de casser le mécanisme. Il y avait un avertissement en rouge dans la notice de montage :

Pic mal placé = danger pour le mécanisme.

Mais si on plaçait correctement le pic, alors là, on était un dieu. Henry pensait l'avoir placé convenablement.

Il examina son travail.

1. Le Taj Mahal est un immense mausolée en marbre blanc, construit en Inde au XVIIe siècle. *(N.d.T.)*

À la base, un cube noir : le socle.

Sur le côté, un écriteau :

« Les cochons peuvent voler. »

Devant, une manivelle.

Au-dessus, un poteau, et, contre lui, le cochon, bien rose et bien joufflu, ses ailes si habilement pliées qu'elles étaient invisibles.

La maquette était terminée. Il ne restait plus qu'à apposer les décorations. Rien ne pressait. C'était un détail qui n'avait aucune influence sur le mécanisme.

Le moment de vérité était arrivé. Henry respira un bon coup, tendit le bras et tourna la manivelle.

Doucement, le cochon s'éleva le long du poteau, libérant ses ailes de carton. Lorsqu'il atteignit le haut de l'axe, un mécanisme indécelable se bloqua et le maintint dans les airs. Le cochon battait des ailes.

Pour le faire redescendre, il suffisait de tourner la manivelle dans l'autre sens. Mais Henry n'en fit rien. Il laissa le cochon en l'air battre et rebattre des ailes.

L'écriteau n'avait pas menti : les cochons pouvaient voler.

– Ouaiche ! s'exclama le garçon en levant le poing.

2

Henry trouva sa mère assise à la table de la cuisine. Comme souvent le matin, elle avait l'air d'un mort vivant ; ce qui ne l'empêchait pas d'être belle.

Même son fils était conscient de sa beauté : bien proportionnée, Martha Atherton était svelte sans donner l'impression de mourir de faim. Ses cheveux commençaient à grisonner, mais le FBI et la Sainte Inquisition réunis ne le lui auraient jamais fait admettre. Officiellement, elle avait les cheveux bruns avec des reflets auburn.

– Salut, M'man ! lança le garçon d'une voix enjouée. J'ai réussi !

Il s'empara du paquet de corn-flakes, versa les céréales dans son bol jaune et alla chercher la brique de lait. Sa mère leva les yeux de sa tasse de café. Elle se tourna vers son fils, le regard vague et embrumé.

– Qu'est-ce que tu as dit ? murmura-t-elle.

– J'ai réussi. Ma maquette de cochon volant, tu sais ? J'aurais jamais cru que ça marcherait pour de bon. Ce n'est que des engrenages en carton, bien sûr... mais c'est génial. Je te montrerai, si tu veux.

– D'accord, d'accord, marmonna sa mère.

Henry piocha une cuillerée de corn-flakes.

– Il est où, P'pa ? Il est rentré, hier soir ?

Parfois, quand son père travaillait tard, il restait au bureau. La veille, Henry avait sombré dans le sommeil avant l'heure de son retour. Ce qui ne prouvait rien : Henry s'était couché tôt. M. Fogarty – c'est ainsi que se nommait le cochon volant – l'avait tellement épuisé que le garçon s'était endormi peu après avoir collé le dernier morceau.

Un bref instant, Henry crut voir briller les yeux de sa mère. Mais la lueur s'évanouit aussitôt.

– Ton père ? reprit Martha Atherton sur un ton détaché. Oui, oui, il est là. J'imagine qu'il ne va pas tarder...

C'était probable. M. Atherton avait son train à prendre, et il détestait se presser.

– Qu'est-ce que tu vas faire, M'man, aujourd'hui ?

Elle était directrice de l'école de filles du coin ; et comme les vacances venaient de débuter...

– Je n'ai pas grand-chose de prévu...

Henry se demanda si lui aussi serait un zombie, le matin, quand il aurait l'âge de ses parents. Il vida son bol de céréales, le reremplit, puis attrapa une banane dans le panier à fruits. Une rude journée l'attendait encore. M. Fogarty réclamait ses habits en carbohydrate à séchage lent.

Il entendit les pas de son père sur le palier du premier étage et leva les yeux à temps pour l'apercevoir qui se dirigeait vers la salle de bains.

– Salut, P'pa ! lança-t-il.

Un grognement lui répondit. Puis la porte de la salle de bains se referma.

Henry alla chercher un couteau dans le tiroir à couverts, coupa sa banane en grosses rondelles – incroyable comme la taille d'une rondelle pouvait changer le goût du fruit ! – et s'attaqua à une pomme.

– On a des bananes ? demanda-t-il à sa mère.

– Quoi ?

– Des bananes, M'man... Y en a d'autres ?

Elle le regarda un moment avant de lâcher :

– Oui, je crois...

– J'peux en prendre une deuxième, alors ?

– Prends-en autant que tu veux, grommela Mme Atherton, les yeux tournés vers le haut de l'escalier.

Henry éprouva un petit pincement de culpabilité qu'il connaissait bien. Ce qui ne l'empêcha pas de prendre la banane. Ensuite, il se dirigea vers le Frigidaire en priant pour qu'il restât un yaourt à la framboise... Alléluia, la vie était belle : il en restait un.

Henry était en train de touiller sa mixture banane-pomme-céréales-yaourt à la framboise quand son père émergea de la salle de bains, douché, rasé et vêtu d'un costume de travail très chic (dans son genre) : bleu-gris à rayures.

Soudain, une idée frappa Henry. Quand il l'avait vu se rendre à la salle de bains, son père ne sortait pas de la chambre conjugale, mais de la chambre d'amis. À moins que... Henry fronça les sourcils en essayant de se souvenir. Il lui *semblait* que son père était sorti de la chambre d'amis, mais il n'en était pas *sûr*. Pourquoi son père serait-il sorti de là, d'ailleurs ? « Peut-être qu'il est rentré trop tard, pensa le garçon. Maman était déjà au lit, et il n'a pas voulu la réveiller. » Sauf que M. Atherton était rentré tard des tas de fois auparavant, et ça n'avait pas semblé le déranger jusque-là...

– Salut, P'pa ! s'écria-t-il quand Timothy Atherton entra dans la cuisine. Ma nouvelle maquette marche !

Martha ne laissa pas à son mari le temps de réagir.

– Tu comptes encore travailler tard, ce soir ? demanda-t-elle aussitôt, d'une voix presque tranchante.

– Aucune idée. Peut-être.

– Tim, il faut qu'on p...

– Oui, bon, je t'appellerai, promit Tim en coulant un regard vers son fils.

L'agressivité de ses parents inquiétait le garçon. Peut-être s'étaient-ils disputés hier soir après le retour de Timothy. Henry s'était endormi rapidement. Martha avait-elle appris que Timothy couchait avec une autre femme ? Dans les films, les hommes d'affaires avaient souvent une liaison avec leur secrétaire. Henry dévisagea discrètement son père. Une chose était sûre : s'il couchait avec Anaïs Ward, son assistante, ça ne le rendait pas plus heureux. Ces derniers temps, Timothy semblait avoir beaucoup maigri. Beaucoup vieilli, aussi. Il avait des rides sur le front et des cernes sous les yeux. Mais c'était idiot : il ne couchait pas avec Anaïs ! Invraisemblable. Pas lui. Pas du tout le genre.

La tension avait envahi la cuisine comme une

mauvaise odeur. Henry tâcha de la dissiper en forçant son enthousiasme :

– Vous avez vu ? Il fait superbeau, aujourd'hui !

Il désignait le soleil avec un large sourire :

– Dommage que j'aie rendez-vous avec M. Fogarty !

– Tu vas voir Charlie, ce soir ? demanda sa mère.

Henry se rendit compte que c'était à lui qu'elle s'adressait. Il s'extirpa de sa torpeur :

– Oui, c'est ce que...

Martha s'était déjà tournée vers son mari et suggérait :

– Alors, si tu rentres un peu plus tôt qu'hier, on pourrait aller dîner quelque part, tous les deux. Alicia est au stage du Poney Club jusqu'à samedi. Henry sort. Nous serions entre nous. Henry, ça ne te dérange pas de rester manger chez les Severs ?

Henry haussa les épaules.

– Non, pourquoi ? Je pourrais même rester dormir là-bas, si vous voulez...

Ce ne serait pas la première fois. Loin de là. Sa mère ne releva pas. Visiblement, elle n'y tenait pas.

– Je t'appelle dans la journée, Martha, dit Timothy d'une voix éteinte. Là, je dois filer.

– Tu n'as pas pris ton petit déjeuner.

– J'ai bu mon café, merci.

« Une tasse seulement », observa Henry.

– Je vais te préparer un truc à emporter, proposa Martha.

– Non, merci, je suis pressé.

Timothy se leva. L'espace d'un instant, il se retrouva face à face avec sa femme. Leurs visages étaient presque collés l'un à l'autre. Le père de Henry détourna les yeux et murmura :

– Il faut que j'y aille...

– Tu peux me déposer chez M. Fogarty, Papa ?

Henry évita de regarder sa mère. Il avait l'impression de prendre parti dans un conflit dont il ignorait à peu près tout.

– Je croyais que tu devais y aller cet après-midi, s'étonna Martha.

– Non, ce matin.

– Toi non plus, tu n'as pas assez petit-déjeuné. Or, le petit déjeuner...

– ... est le repas le plus important de la journée, compléta Henry. C'est pour ça que j'ai mangé des bananes. Et si j'ai faim, je pourrai grignoter chez M. Fogarty.

– Henry, c'est maintenant ou jamais ! avertit Timothy.

– Salut, M'man !

Henry fit comme s'il n'avait pas remarqué l'air réprobateur de sa mère et déposa un baiser sur sa joue. Tim, lui, partit sans embrasser sa femme.

3

– Tu m'expliques, P'pa ? demanda Henry en bouclant sa ceinture.

Pour toute réponse, son père se contenta de démarrer sur les chapeaux de roue. Henry nota que Martha n'était pas sortie comme d'habitude pour leur faire au revoir. Il sentit la nervosité l'envahir. Il détestait assister aux disputes de ses parents. Il détestait cette atmosphère à couper au couteau. Il détestait savoir que son père était d'une humeur de chien.

Tim et Martha ne se disputaient pas souvent, ce qui rendait encore plus inquiétante la scène de ce matin. Henry aurait voulu se convaincre que ce n'était rien. Cependant, il avait beau se le répéter (« Ce n'est rien... Ce n'est rien... Ce n'est rien... »), il n'arrivait pas à se détendre. D'autant que, dans son collège, il connaissait cinq élèves dont les parents avaient divorcé.

– Ton M. Fogarty, là..., grogna Timothy. Il ressemble à quoi ?

– À un vieux type. Tu vois le genre...

Il ne souhaitait pas parler de M. Fogarty (l'homme à qui il avait rendu hommage en donnant son nom à un cochon volant). Il voulait savoir ce qui clochait entre son père et sa mère.

– Non, désolé, je ne vois pas, rétorqua Tim. Tu racontes ?

– Mais je t'ai déjà expliqué ! C'est un retraité. Il doit avoir soixante-dix ou quatre-vingts ans. Je connais pas son âge exact. Il est vraiment vieux, en tout cas. Et sa maison est dans un état !

– Il t'a embauché pour la nettoyer ?

Martha aurait ajouté : « Qu'est-ce que tu attends pour t'occuper d'abord de ta chambre ? » Mais Tim n'était pas d'humeur à faire de l'humour.

– Oui, je lui fais un peu de ménage. Parfois, il a juste envie de bavarder.

Et parfois, il n'en avait pas du tout envie. M. Fogarty était un drôle de type. Il croyait aux fantômes et aux fées. Henry savait qu'il valait mieux ne pas le dire à son père. L'essentiel était que M. Fogarty, si bizarre qu'il fût, payait rubis sur l'ongle. C'était ce qui comptait pour Henry : le garçon économisait pour s'offrir un lecteur MP3.

– De quoi ? s'enquit son père.

– Hein ?

– De quoi vous bavardez ?

– Oh, de trucs et de machins...

La colère que Tim contenait explosa d'un coup :

– Hé-ho, Henry ! À quoi tu joues ? Tu as signé une clause de confidentialité ou quoi ? Je veux savoir de quoi vous discutez. Ça ne me paraît pas choquant ! Tu es mon fils. Je m'intéresse à ce que tu fais, c'est normal, non ?

– Ralentis, P'pa, s'il te plaît... N'oublie pas que tu as ton héritier à côté de toi !

Son père lui jeta un coup d'œil, puis sourit pour la première fois de la journée :

– Excuse-moi, p'tit gars. Tu n'y es pour rien, toi...

Tim leva le pied. Henry se recula sur son siège et regarda par la portière défiler les arbres et les haies verdoyantes où dansait le soleil. Dommage qu'il fît aussi beau un jour comme aujourd'hui !

4

M. Fogarty vivait dans une petite maison au fin fond d'un cul-de-sac, à la lisière de la ville. Tim conduisit son fils jusqu'à l'entrée de l'impasse.

– Allez, travaille bien, mais ne te tue pas au boulot ! lança-t-il.

– Toi non plus, répondit Henry.

Il ne se décidait pas à ouvrir la portière.

– À ce soir, p'tit gars, dit Tim. On se reverra sûrement avant que tu ne partes chez Charlie.

Henry se décida :

– Est-ce que tu as une liaison avec Anaïs, P'pa ?

Le silence qui s'ensuivit était si profond qu'il étouffa le ronronnement de la voiture. Henry était figé sur son siège. La main sur la poignée de la portière. Il s'attendait que son père se mît en colère. Mais non. Tim parut simplement lointain, concentré comme s'il était sur le plateau de « Qui veut gagner des millions ? ».

« Attention, monsieur Atherton, écoutez bien la question :

Avez-vous une liaison avec Anaïs ?

A. Oui.
B. Non.
C. Plus maintenant.
D. Nous sommes juste de bons amis, elle et moi.

Si vous trouvez la bonne réponse, vous pouvez empocher soixante-quatre mille livres. Soixante-quatre mille livres, monsieur Atherton ! Ce n'est pas rien. Mais une mauvaise réponse, et vous perdrez tout... »

Tim se tut un long moment. Puis il déclara :

– Je dois y aller. Sinon, je vais rater mon train.

– Allez, P'pa ! Tu ne crois pas que j'ai le droit de savoir ? Et puis, si c'est le cas, je ne le dirai pas à Maman.

Il s'en voulut aussitôt. C'était le genre de phrases qu'on prononce quand on a six ans et qu'on promet de ne pas rapporter à la maîtresse.

Tim garda le silence. Henry craqua. Il ouvrit la portière de la voiture en grommelant :

– Bon, d'accord...

Son père parla au moment où Henry fermait la portière. Le garçon la rouvrit et se pencha en avant pour l'entendre répéter :

– Non, je n'ai pas de liaison avec Anaïs, moi. Ta mère, si.

5

Le « salon de thé » était une ancienne écurie située dans un dédale de petites rues si étroites que Tim dut se garer à moitié sur le trottoir.

– Tu as la place pour descendre ? demanda-t-il.

Henry entrouvrit sa portière avec précaution :

– Aucun problème.

Il avait parlé un peu vite : il dut se contorsionner pour parvenir à se glisser dehors. Comme son père sortait aussi et fermait la voiture, il s'inquiéta :

– Tu ne vas pas rater ton train ?

– Oublie le train...

Trois marches menaient à une pièce confortable et moquettée. Seules quelques-unes des tables rustiques étaient occupées. L'odeur entêtante du bacon frit leur sauta aux narines.

Tim se dirigea vers une table à l'écart, près d'une porte surmontée d'un panonceau : « PRIVÉ ». Henry s'assit sous une fenêtre qui donnait sur un minuscule jardin désert. Dans un socle en plastique, au milieu de la table, était posé un menu. Tim s'en empara.

– Du bacon, des œufs et des saucisses, ça te dit ? proposa-t-il.

– Merci, j'ai pas faim, répondit Henry, l'estomac noué.

– Je crois que je vais prendre le « Petit déj' complet ». Je vais en avoir besoin. Tu es sûr que tu ne veux rien ? Des œufs brouillés ? Des tartines grillées ? Une tasse de thé ?

– Une tasse de thé, trancha Henry avec un petit sourire.

Il aurait dit n'importe quoi pour le faire taire. Jamais il n'aurait dû parler d'Anaïs à son père. Le changement de son comportement était effrayant. Et, en réalité, Henry ne voulait rien savoir au sujet de l'assistante de Timothy. Ce n'étaient pas ses affaires. Il avait posé la question pour que son père lui répondît quelque chose comme : « Coucher avec Anaïs, moi ? Bien sûr que non ! Pour qui tu me prends ? »

C'était d'ailleurs ce que Tim avait répondu, plus ou moins. Plutôt moins que plus, en réalité. Et Henry n'avait pas envie de connaître les détails de la liaison que sa mère avait avec Anaïs. Déjà, imaginer que Martha avait une liaison était assez horrible... Et dire que Henry ne l'avait jamais vue regarder avec attention un autre homme que Tim ! Avec un peu de chance, celui-ci avait tout faux.

La porte des cuisines s'ouvrit, et une jeune serveuse entra dans la salle, deux assiettes d'œufs sur les bras.

– Salut, Tim ! lança-t-elle au passage.

– 'jour, Ellen, lâcha-t-il sans chaleur.

Apparemment, Timothy venait souvent ici. Henry en conçut une certaine appréhension : il ignorait beaucoup de choses sur ses parents.

Ellen revint vers eux et sortit un calepin de son tablier. C'était une jolie brunette d'une vingtaine d'années. Elle était vêtue d'une courte jupe noire et d'un chemisier blanc. Elle portait des chaussures confortables. Aux yeux de Henry, ces chaussures évoquaient Charlie. Sa copine préférait être à l'aise dans ses chaussures, quitte à ne pas être à la mode ; elle jurait que, même quand elle serait plus vieille, elle ne changerait pas et continuerait de privilégier le confort plutôt que le chic.

– Comme d'hab', Tim ? demanda-t-elle avec entrain.

Il opina. Elle se tourna vers Henry :

– Et ce beau gosse, qui c'est ?

Henry rougit. Son père répondit à sa place :

– Henry, mon fils. Henry, je te présente Ellen.

– Juste un thé, murmura Henry dans un filet de voix.

Il savait qu'il était écrevisse, et cette idée le faisait rougir encore plus.

– Il y a des petits pains au lait sympas, aujourd'hui. Ça te tente ?

– Ouais, d'acc', grommela Henry pour se débarrasser d'elle.

Raté.

– Nature ou avec des raisins ?

– Nature.

– Au beurre ou à la crème fraîche ?

– Au beurre.

– Confiture de framboise ou marmelade d'orange ?

– Framboise.
– Ça roule !
Ellen referma son carnet et s'éloigna.
– Elle est gentille, cette petite, commenta Tim.
– Tu viens souvent ici ? voulut vérifier Henry.
– Bof, ça m'arrive de temps en temps...
Henry jeta un coup d'œil par la fenêtre :
– Tu voulais me parler de Maman, P'pa ?
Le bacon, les œufs et les saucisses devaient être au chaud dans un bain-marie : Ellen les apporta *illico*. Elle tenait une théière dans l'autre main. Elle posa l'assiette en face de Tim :
– Ton petit pain arrive tout de suite, Henry.
Tim et son fils attendirent en silence qu'elle revînt avec la viennoiserie, le beurre et un peu de confiture de framboise dans un petit pot en plastique. Henry fixait l'assiette de son père. Comme il avait eu raison de ne pas commander la même chose ! Le bacon était gras et les œufs pas assez cuits. Comble de l'horreur, il y avait un rognon dissimulé derrière la tomate frite. Beurk. Et c'était *ça* que son père prenait chaque fois qu'il venait ici ?
Ellen plaça le petit pain devant Henry, puis elle disposa les tasses sur la table.
– J'ai apporté le lait, signala-t-elle avant de s'éclipser.
– Tu n'en veux pas un peu, tu es sûr ? demanda Tim à Henry en désignant son assiette.
Le garçon fit non de la tête et attaqua son petit pain. Plus vite il l'aurait commencé, plus vite il l'aurait terminé.
– Ce que je veux, c'est que tu m'expliques, P'pa, dit-il.

– Oui, bien sûr. Je te comprends...

À l'évidence, son père n'avait pas envie d'expliquer. Mais il avait conscience qu'il devrait y passer. Alors, il inspira à fond et se lança.

– Tu sais que, depuis quelque temps, ta mère et moi avons des... euh, comment dire ? des problèmes, en quelque sorte... Tu le sais, n'est-ce pas ?

Non. Henry ne le savait pas. Du moins, il ne le savait pas avant ce matin-là. Il ouvrit la bouche pour l'avouer, mais son père ne le laissa pas en placer une :

– Évidemment que tu es au courant ! Tu n'es pas un imbécile. Et tu n'es plus un bébé. Ça a dû te crever les yeux...

« Pas tant que ça », songea Henry, horriblement gêné de voir son père verser une larme sans même sembler s'en rendre compte. Tim continua :

– Ta mère a beaucoup changé, tu as dû t'en apercevoir. Depuis un bon bout de temps, elle ne semblait plus tenir à notre couple. Ce sont des choses qui... qui se sentent... qui se sentent d'instinct. Quand j'ai compris que notre couple battait de l'aile, je suis devenu plus dur avec Alicia et toi. J'en suis navré mais... c'était plus fort que moi.

Henry n'en revenait pas. Il n'avait rien remarqué. Il n'avait pas eu l'impression que son père fût devenu plus dur avec Alicia et lui. Gêné, il garda les yeux fixés sur son assiette.

– Enfin, tu vois, quoi, conclut son père.

C'était tout ? « Enfin, tu vois, quoi », et point final ? On allait passer à autre chose ? On allait *oublier* ?

– Tu ne m'as pas parlé de la liaison de Maman, fit observer Henry.

– Difficile à croire, hein ? souffla Tim. Moi-même j'ai du mal à m'y habituer...

Il se redressa et repoussa son assiette. Henry nota qu'il n'avait pas touché à ses œufs à peine décongelés ni à l'immonde rognon. Il avala une grande bouffée d'air puis demanda :

– C'est qui, son type ?

– Comment ça, son type ?

– Ben... Le type avec qui elle a une liaison !

Tim regardait son fils avec une intensité presque inquiétante :

– Je t'ai expliqué, Henry. Tu ne m'as pas écouté ? Ta mère n'a pas une liaison avec un *type*. Ta mère a une liaison avec Anaïs, ma secrétaire.

Une fois lâchés, les mots s'étirèrent et restèrent en suspens dans l'air. Comme un drap qu'on déplie. Ou un linceul, plutôt.

6

– Non, merci, avait répondu Henry, quand son père lui avait proposé de le déposer chez M. Fogarty. Je préfère y aller à pied.

Henry marchait dans les ruelles vides. Si vides. Effrayantes. Il avait l'impression d'avancer sur une île minuscule, au-delà de laquelle il n'y avait rien. Sur cette île, qui bougeait à son rythme, au fur et à mesure que lui-même se déplaçait, il se repassait la fin de la conversation qu'il avait eue avec son père.

– Tu es en train de me dire que Maman *couche* avec une autre *femme* ? avait-il demandé.

Le visage de son père avait exprimé une profonde détresse. Presque pitoyable.

– Oui, c'est ce que je veux dire. Je sais que c'est... que c'est...

– Mais toi et Maman... Enfin, elle a eu des enfants ! Alicia et moi, nous existons, quand même ! Si elle... si elle... Bon, tu vois, quoi, si vraiment c'était la vraie vérité, ça voudrait dire qu'elle est *lesbienne* ! P'pa, c'est absurde ! Pas Maman ! Impos-sible !

Tim s'était tortillé sur sa chaise, embarrassé. À l'évidence, il trouvait cette discussion encore plus pénible que son fils.

– Ce n'est pas aussi simple que cela, Henry. On ne naît pas toujours homosexuel. On le devient. Enfin, parfois. Et le monde n'est pas blanc *ou* noir une fois pour toutes. On peut vivre des années et des années avant de se rendre compte qu'on est attiré par des gens de son sexe.

– Mais n'empêche ! avait protesté Henry, pas convaincu. Maman a eu des *enfants* ! *Deux* enfants !

Son père lui avait décoché un pauvre sourire :

– Avoir des enfants n'est pas très difficile, concrètement.

Son sourire avait disparu quand il avait affirmé :

– Hélas, le doute n'est plus permis. Martha et Anaïs... Anaïs et Martha... Elles...

Il avait été sur le point de pleurer de nouveau ; Henry ne l'avait pas épargné pour autant :

– Comment peux-tu en être aussi certain ?

Tim le lui avait expliqué.

Au bureau, il était la ponctualité incarnée. On pouvait se fier à lui pour régler sa montre. S'il disait : « Je serai là à neuf heures », il était là à neuf heures. S'il disait : « Je m'absente une demi-heure », on pouvait parier qu'il rentrerait trente minutes plus tard. Pas une de plus, pas une de moins.

La veille, il était parti en rendez-vous à l'extérieur. Il avait dit qu'il serait de retour à cinq heures. À la suite d'un empêchement de dernière minute, son rendez-vous avait été annulé. Tim était revenu au bureau peu avant trois heures.

Il travaillait dans un de ces grands immeubles que les architectes adoraient construire en Grande-Bretagne, dans les années 1980. La Newton-Sorsen Company – son entreprise – en occupait le troisième étage.

Quand Tim était rentré, le vigile de l'entrée l'avait salué en grognant, et la réceptionniste l'avait accueilli avec un beau sourire. Les visiteurs occasionnels devaient déposer une pièce d'identité pour obtenir un laissez-passer ; et les employés étaient en général tenus de présenter leur badge, mais Tim était connu comme le loup blanc.

Il s'était donc dirigé droit vers les ascenseurs et avait attendu un long moment avant d'en voir arriver un. Il s'était retrouvé seul dans la cabine. *Grosso modo*, il fallait cinquante secondes pour atteindre le troisième étage. Muriel, l'hôtesse d'accueil, lui avait appris que sa femme l'attendait dans son bureau.

Martha ne l'avait pas prévenu qu'elle viendrait ce jour-là. Cependant, il lui arrivait de passer voir Tim lorsqu'elle faisait des courses dans le coin. Quand Martha avait débarqué, Anaïs avait dû la prévenir que son mari ne serait pas de retour avant cinq heures – il n'avait pas téléphoné pour avertir que son rendez-vous était annulé. Avec un peu de chance, ils se croiseraient.

Tim avait longé le couloir moquetté qui menait à son bureau. Jim Handley l'avait retardé afin d'évoquer l'organisation d'une prochaine réunion. Le temps que Tim en terminât avec lui et regagnât son bureau, il était trois heures sept.

Pour accéder à son bureau, il devait traverser celui d'Anaïs. Sa secrétaire le protégeait ainsi des importuns. Il avait été un peu surpris de ne pas la voir à son poste. Surpris, mais pas stupéfait : sa secrétaire était sans doute à la machine à café... ou aux toilettes. Par contre, Tim avait été plus étonné de ne pas trouver Martha. Était-elle déjà repartie en empruntant les escaliers ? Elle s'y obligeait parfois, pour « faire un peu d'exercice ».

Tim fermait son bureau à clé quand il s'absentait : il y conservait des documents importants. Ce jour-là, Anaïs n'étant pas là, il avait sorti la clé de sa poche et l'avait introduite dans la serrure.

Quand il avait ouvert, il avait trouvé Martha et sa secrétaire à l'intérieur. Paniquées, les deux femmes s'étaient repoussées mutuellement. Pas assez vite, cependant. Tim les avait vues en train de s'embrasser.

– Peut-être que c'était juste un... un truc affectueux, avait suggéré Henry, tout retourné. Les filles, ça s'embrasse en permanence.

– Pas en s'enfermant à clé dans un bureau, avait rétorqué Tim. Et crois-moi : ce n'était pas un baiser d'ami.

Henry s'était tu un moment avant de repasser à l'attaque :

– Mais tu ne t'en es aperçu qu'*hier* ?

Son père ne lui avait pas répondu.

Bien sûr, pensa Henry en approchant de chez M. Fogarty, le divorce était inéluctable. Pourtant, le garçon avait noté une chose étrange : Tim n'avait pas prononcé une seule fois le mot. Ni celui de « séparation ». Ni aucun autre dans le genre. Il n'avait pas parlé de partir. Ce n'était sans doute qu'une question de temps. Ce soir, quand il aurait discuté avec Martha, les choses seraient différentes. Impossible d'ignorer ce qui s'était passé. Sauf si, comme Henry l'espérait, sa mère arrêtait d'être lesbienne. Est-ce qu'on guérissait de l'homosexualité ? Après tout, si on pouvait devenir homo, on pouvait redevenir hétéro, non ?

Non ?

7

Ce jour-là, M. Fogarty ouvrit la porte si vite que Henry aurait juré qu'il était posté derrière, en train de l'attendre.

Le vieil homme avait un corps frêle et noueux, le crâne chauve et une hanche qui lui donnait des douleurs atroces quand le temps virait à la pluie. Cependant, son visage semblait taillé dans le granite, et son regard était redoutablement perçant.

– Tu es en retard, constata-t-il. Et tu n'as pas l'air en forme.

– Désolé, marmonna Henry. J'ai dû faire un truc pour mon père, et...

– Tu veux qu'on en parle, ou tu préfères te mettre tout de suite au boulot ?

Henry estimait qu'il avait assez parlé comme ça pour la matinée.

– Je préfère m'y mettre tout de suite.

– Très bien. Je ne peux plus entrer dans le cabanon du jardin. Jette ce qui doit être jeté, range le reste. Mais ne touche pas à la tondeuse !

Le jardin de M. Fogarty était constitué d'une étendue de pelouse sèche, comme recouverte de poussière, et d'un buddleia[1] fatigué. C'était à peu près tout. Il était entouré d'un haut mur de pierre, et agrémenté d'un cabanon. Ledit cabanon était une vieille baraque branlante en bois qui avait connu des jours meilleurs. Trois poubelles à roulettes étaient posées devant. Apparemment, M. Fogarty espérait que Henry trouverait des tas de choses à jeter.

Le garçon carra les épaules. Un travail dur et salissant l'attendait. Ça ne le dérangeait pas. Au contraire. Un travail dur et salissant, c'est exactement ce dont il avait besoin pour ne plus penser à ce qui lui encombrait l'esprit. Au moins quelque temps.

Comme il appuyait sur la poignée de la porte du cabanon, un petit papillon marron se détacha du buddleia et voleta un instant vers la fenêtre de la remise avant de se poser sur l'herbe. Hodge, le matou de M. Fogarty, bondit de nulle part pour l'attraper dans sa gueule.

– Hodge, arrête ! s'exclama Henry. On ne mange pas les papillons !

Le garçon aimait les chats, mais il détestait les voir s'en prendre aux oiseaux ou aux insectes.

– Allez, Hodge, répéta-t-il avec fermeté, relâche ce papillon immédiatement !

Puis il s'aperçut que la bestiole qui se débattait dans la gueule de Hodge n'était pas un papillon.

1. Le buddleia est un grand buisson de lilas de Chine.

II

LE PHÉNIX

8

Aux yeux de Pyrgus Malvae, rien – strictement rien – n'avait plus de prix que son couteau halek. Depuis qu'il s'était disputé avec son père, il avait dû travailler pour vivre, et la lame de cristal lui avait coûté six mois de salaire. Une dépense monstrueuse. La faute aux Haleks, qui refusaient de fabriquer plus de dix lames par an... dont huit servaient au remplacement de lames brisées ou trop émoussées.

Les lames de l'année étaient taillées dans les aiguilles des roches cristallines du pays des Haleks. Ensuite, on les polissait jusqu'à ce qu'elles prissent un éclat bleu translucide. On creusait alors des sillons sanguins de chaque côté, puis on insérait la lame dans un manche moulé d'un seul tenant. Enfin, un sorcier se chargeait d'enchanter le couteau. Le résultat ? Une arme qui tuait à tous les coups.

On ne blessait personne avec un couteau halek. Dès qu'il pénétrait dans un corps vivant – et il était capable de percer n'importe quelle peau, n'importe quelle carapace, n'importe quelle armure –, il libérait des énergies féroces qui parcouraient le corps de la victime et arrêtaient net son cœur. Ni homme ni bête ne lui résistaient. Mais il était à double tranchant : lorsque sa lame se brisait, les énergies refluaient pour tuer celui qui le tenait. Voilà pourquoi on n'utilisait les couteaux haleks qu'en cas d'extrême urgence.

Pyrgus caressa le manche du sien. Il sentait que quelqu'un l'épiait. Quelqu'un qui ne lui voulait pas du bien.

Le jeune homme se trouvait sur le vieux pont Loman, dont la structure ne cessait de grincer. C'était une construction célèbre pour ses échoppes et ses maisons traditionnelles et un passage obligé pour traverser le fleuve au nord de Grand-Bosquet. De nuit comme de jour, il grouillait d'activité. Il aimantait les promeneurs. On s'y baladait le nez en l'air ; on flânait sans but précis, malgré la menace permanente de petits voyous, de pickpockets, d'agresseurs, de tueurs à gages... et de marchands rapaces – les pires ! Bonimenteurs acharnés, ils étaient prêts à tout pour vous extorquer jusqu'à votre dernier centime.

– Gare ! cria soudain quelqu'un.

Pyrgus eut à peine le temps de bondir de côté. Par une fenêtre de la maison la plus proche, le contenu d'un pot de chambre se répandit sur la chaussée.

À l'abri sous l'auvent d'une boutique d'apothicaire, le jeune homme éprouva encore plus fort l'impression qu'il était observé. Il jaugea avec méfiance la multitude de visages qui l'entouraient.

– Un peu de corne de chaos ? murmura l'apothicaire dans un murmure.

Le coup d'œil meurtrier que lui jeta Pyrgus le fit battre en retraite.

– Pardon, monseigneur ! Mille excuses si j'ose exister, moi aussi !

Un éclair cupide anima de nouveau le regard du marchand, et son agressivité disparut.

– Puis-je vous proposer une autre merveille, si la corne ne vous intéresse pas ? Un aimant à or, peut-être ? À moins qu'un homuncule[1] pourpre ex-cep-tion-nel...

Pyrgus l'ignora et se replongea dans la foule en pressant le pas. Son instinct le poussait à fuir. Un grand costaud au crâne rasé tenta de le saisir par son pourpoint. Pyrgus l'esquiva de justesse. Il joua des coudes et de l'épaule sans se soucier des protestations qui s'élevaient sur son passage. Il devait atteindre l'autre rive au plus vite. Il n'en doutait plus désormais : il était en danger de mort.

---

1. Un homuncule est un petit être doué d'un pouvoir surnaturel que prétendaient fabriquer les alchimistes.

9

De l'autre côté du fleuve, la foule était moins dense. Pyrgus se dirigea vers le quartier de Bon-Marché. Il sentait des picotements dans sa nuque à l'idée qu'une main pouvait s'abattre à tout instant sur son épaule.

Le jeune homme savait de quoi il s'agissait. Bien sûr. Il avait été surpris alors qu'il quittait le manoir de Lord Noctifer en pleine nuit. Il s'était éclipsé par une fenêtre située au dernier étage de la bâtisse, emportant le phénix doré du maître des lieux. Quelqu'un l'avait certainement repéré... et reconnu. Or, Lord Noctifer n'était pas du genre à se laisser faire sans broncher, ni à porter plainte. Il avait lancé ses sbires aux trousses de Pyrgus. S'ils l'attrapaient, il ne serait pas question de prison ou de procès. Pyrgus paierait son audace de sa vie.

Le quartier de Bon-Marché était animé. Dédale jalonné de tavernes, il attirait le meilleur et le pire. Pyrgus zigzagua jusqu'à la voie Bouillonnante. L'allée vide exhalait des remugles écœurants. Le fuyard longea à grandes enjambées la rue étroite ;

puis il se précipita sous l'auvent d'une maison, guettant un éventuel agresseur.

Il apercevait l'entrée de l'allée et les nombreux passants, au loin. Personne ne le suivait. Il s'était fait des idées.

Il commençait à se détendre lorsqu'il aperçut quatre silhouettes massives. La première, énorme, n'était cependant rien en comparaison des trois monstres qui la rejoignirent. Pyrgus comprit, horrifié, que les quatre mastodontes allaient remonter la voie de front.

Le jeune homme craignit d'avoir commis l'erreur de sa vie en se réfugiant dans cette ruelle. Il n'avait pas la moindre chance d'échapper aux quatre gorilles s'il faisait demi-tour vers Bon-Marché. S'il continuait droit devant lui, il se heurterait à un mur au sens propre : longtemps, la voie Bouillonnante avait donné sur la Grand-rue de la lande. Depuis peu, Blafardos et Sulfurique avaient construit là une nouvelle usine de colle. L'allée était devenue une impasse.

Une idée traversa l'esprit du jeune homme. Dans les romans d'aventures qu'il avait lus – dans les *bons* romans d'aventures, du moins –, le héros se retrouvait à un moment ou à un autre coincé contre une porte. Après le paragraphe où ses angoisses étaient décrites avec délectation, pressé par l'urgence, il abaissait la poignée, ouvrait la porte, entrait, charmait la jeune (et jolie) fille de la maisonnée qui le cachait le temps que le danger disparût.

Pyrgus abaissa la poignée. La porte ne s'ouvrit pas.

Les quatre hommes, eux, avançaient toujours côte à côte, occupant toute la largeur de la voie

Bouillonnante. Ils en scrutaient avec minutie les moindres recoins. Bientôt, ils arriveraient devant la piètre cachette de Pyrgus. Celui-ci frappa doucement à la porte, en espérant que la jeune (et jolie) fille de la maisonnée aurait une ouïe suprasonique. Puis il frappa plus fort, en espérant que la jeune (et jolie) fille n'était pas sourde.

Les quatre malabars étaient si près qu'il percevait leur respiration. Ce qui signifiait qu'ils pouvaient, eux, entendre ses coups. D'ailleurs, ils accélérèrent l'allure... Pyrgus martela la porte. La jeune (et jolie) fille ne réagit pas davantage. Le héros prit la poudre d'escampette.

– Il est là ! cria l'un des costauds.

Il se mit à courir, aussitôt imité par ses acolytes.

Pyrgus était plus vif que les hommes de Lord Noctifer. Il avait une chance d'arriver au bout de l'impasse avant eux. Et après ? Depuis que Blafardos et Sulfurique avaient construit leur usine puante, la voie Bouillonnante était barrée par un mur percé de hautes portes métalliques sur lesquelles un panneau annonçait la couleur :

☠

DANGER DE MORT

ENTRÉE STRICTEMENT INTERDITE
AU PERSONNEL NON AUTORISÉ
SITE PLACÉ SOUS LA SURVEILLANCE
DE GARDIENS ARMÉS

Un peu excessif pour une banale usine de colle ? Oui et non. Blafardos et Sulfurique appartenaient aux Fées de la Nuit, un peuple connu pour ses agissements louches. Par ailleurs, ils faisaient tout un foin à propos du secret de fabrication de leur colle.

Mais Pyrgus n'avait pas le choix. Il devait entrer dans l'usine. Au diable la prudence ! Il essaya d'ouvrir les portes. Fermées. Dans son dos, il entendait les hommes de main de Lord Noctifer se rapprocher.

Entre deux dangers de mort, Pyrgus choisit le moindre. Sans même jeter un coup d'œil derrière lui, il escalada le portail.

10

En dépit de la féroce mise en garde apposée sur les portes, il n'y avait rien d'extraordinaire une fois celles-ci franchies. Pour seul décor, une vaste cour pavée ceinte de bâtiments neufs (l'usine avait été inaugurée un mois ou deux auparavant) et pourtant décatis. La crasse avait recouvert les toits et les murs. Par-delà les immeubles de bureaux, on apercevait les grandes cheminées des fours à colle qui crachaient une fumée noire pestilentielle. C'était là qu'on préparait la colle miraculeuse de Blafardos et Sulfurique, celle qui « collait tout sur tout support ».

Plus que quelques secondes, et les hommes de Lord Noctifer atteindraient à leur tour le portail de l'usine. Ils ne l'escaladeraient probablement pas ; ils se contenteraient d'exiger qu'on le leur ouvre. On ne plaisantait pas avec l'autorité de Lord Noctifer.

Pyrgus s'apprêtait à traverser la cour en sprintant quand il avisa un gros rat qui s'enfuyait de l'un des bâtiments. L'animal n'avait pas parcouru deux mètres qu'un pavé explosait... et lui avec.

Saisi de stupeur, Pyrgus regarda les éclats de pierre et les lambeaux de rat retomber en pluie autour de lui. Blafardos et Sulfurique avaient *miné* les abords de leur usine ! Pyrgus frissonna. Un pas de plus, et...

À l'évidence, Blafardos et Sulfurique cachaient quelque chose. Quelque chose de très important. On ne protégeait pas une formule de colle – même miraculeuse – avec des mines.

Un garde en uniforme accourut à toutes jambes sans s'intéresser à Pyrgus. Il se dirigeait vers le cratère creusé par l'explosion. Cependant, il ne tarderait pas à le repérer. Où aller ? Que faire ? Pas question de réescalader les portes et de tomber dans les bras des hommes de Lord Noctifer.

Soudain, la sonnette de l'entrée retentit.

– J'arriiive, cria le garde d'une voix agacée.

Mais il continua d'observer le cratère sans se presser, comme s'il cherchait à comprendre ce qui avait déclenché la mine.

Pyrgus ne savait pas ce qui était pire : la fureur de Blafardos et de Sulfurique quand ils découvriraient qu'il s'était introduit dans leur domaine réservé ; ou la cruauté des sbires de Lord Noctifer, en représailles pour le vol du phénix.

La sonnette retentit une deuxième fois, de façon plus insistante.

– Ouais, ça va, un moment ! grogna le garde.

Pyrgus eut une idée. Tous les pavés n'étaient probablement pas minés. Le rat avait bien parcouru deux mètres avant d'exploser. Si Pyrgus se lançait à son tour... si la chance était avec lui... il survivrait peut-être.

Ou pas.

Une autre idée folle lui passa par la tête. Et si, au lieu de courir, il bondissait comme un kangourou ? De la sorte, il toucherait moins de pavés, et aurait donc plus de chances d'éviter les mines. Il était peu probable que Blafardos et Sulfurique aient piégé un pavé sur cinq... Le rat avait marché sur dix pavés au moins avant de sauter. Il n'avait pas eu de veine, décréta Pyrgus. S'il en avait eu, il aurait pu franchir quinze, vingt, peut-être même trente pavés. Pyrgus aurait-il plus de chance que le rat, oui ou non ? Question subsidiaire : la porte qu'il visait était-elle fermée à clé ?

La sonnette de l'entrée retentit. Re-retentit. Ne cessa plus de retentir. C'était le moment d'y aller.

Pyrgus se lança. Terrifié et fasciné à la fois, il regarda son pied approcher d'un pavé. L'effleurer. Y prendre appui avec force. Le jeune homme se raidit, mais le pavé n'explosa pas.

Il bondit de nouveau. Il vit, avec le même effroi qu'au bond précédent, son pied se poser franchement sur le deuxième pavé... qui n'explosa pas non plus. Il venait de se propulser derechef quand il aperçut un pavé d'une couleur différente. Il ferma les yeux. Atterrit. Trébucha. Repartit. Encore trois bonds.

Enfin ! Pyrgus était parvenu au but sain et sauf.

Le garde se dirigeait vers l'entrée de l'usine. Il ne semblait pas se soucier des pavés sur lesquels il marchait. Bizarre. Quand les coups de sonnette s'arrêtèrent, on entendit qu'il maugréait dans sa barbe. Pyrgus inspira un grand coup, abaissa la poignée... et la porte s'ouvrit.

11

Devant lui, un couloir passé à la chaux. Sur la droite, des portes. Pyrgus essaya la première. La chance lui souriait : la porte s'ouvrit sur un placard.

Il aperçut des rangées d'uniformes blancs – les tenues des employés de l'usine de colle ! Il remarqua que des badges y étaient accrochés. Ce qui expliquait l'insouciance du garde allant ouvrir la porte : les badges désactivaient sans doute le champ de mines. Les ouvriers devaient en être munis pour éviter d'être tués !

Pyrgus attrapa une blouse qui lui paraissait à sa taille, la passa, referma le placard, et avança en affichant un air assuré, comme s'il savait parfaitement ce qu'il faisait et où il allait... bien qu'il n'en eût pas la moindre idée. Ainsi vêtu, il pourrait errer dans l'usine sans éveiller le moindre soupçon.

Alors qu'il n'aspirait qu'à sortir de la fabrique, il s'enfonçait à chaque pas davantage dans ses profondeurs. Il finit par arriver dans l'immense hangar où l'on préparait la colle. La chaleur y était infernale ; la puanteur, épouvantable. Pyrgus mobilisa toutes ses forces pour atteindre un seul objectif : ne pas vomir.

Partout, des cuves hérissées de tuyaux crasseux, pleines d'un liquide bouillonnant, exhalant des odeurs nauséabondes. Des rangées de bras automatiques remuaient l'infâme magma visqueux, qui se déversait dans une cuve géante placée dans un four ouvert, à l'autre bout du hangar. Dans la cuve géante, au milieu de l'épaisse bouillie, on apercevait un gros grumeau jaunâtre et verdâtre, quelque chose qui semblait avoir recuit et bouilli pendant de longues heures.

La pièce était pleine d'ouvriers aux uniformes maculés de colle et de sueur. Certains s'affairaient auprès des machines ; d'autres surveillaient le liquide qui coulait dans les cuves ; quelques-uns s'agitaient devant le four, le visage rougi par l'éclat de la fournaise.

Malgré la chaleur, Pyrgus se força à avancer. Une passerelle surplombait la salle à environ cinq mètres de hauteur. Des gardiens y faisaient les cent pas, fixant d'un regard las ce qui se passait à leurs pieds, tandis que des contremaîtres y contrôlaient le niveau du liquide dans les cuves.

Avec un soulagement indicible, Pyrgus aperçut soudain, à l'extrémité de la passerelle, un panneau « SORTIE ». Il se glissa parmi les ouvriers, espérant que les gardiens ne le remarqueraient pas. La mine résolue, il se dirigea vers l'escalier, feignant çà et là d'inspecter une machine. Personne ne lui prêtait attention.

Lorsque Pyrgus parvint au pied des marches qui menaient à la passerelle, la chaleur infernale du four lui sauta au visage. Des ouvriers avaient ôté leur blouse et travaillaient torse nu. Le jeune homme aperçut une petite cage, non loin de là. Dedans se trouvait une chatte qui léchait patiemment cinq chatons pleins d'énergie.

Pyrgus se figea. Il aimait les animaux – c'était d'ailleurs la cause de ses derniers ennuis...

– Il fait trop chaud ici, pour ces chatons, déclara-t-il tout de go à l'ouvrier le plus proche. Tu devrais les éloigner du four.

L'homme sembla prendre la mouche. Du revers de son bras, il essuya la sueur qui coulait sur son front et observa la blouse propre de Pyrgus.

– T'es nouveau, toi ? lança-t-il.

– Oui, je débarque, reconnut Pyrgus. Et alors ?

– Alors, t'es pas au parfum, c'est ça ?

– Au parfum ? De quoi tu parles ?

Il avait l'impression d'être tombé sur l'idiot du village. L'homme avait le sourire cruel d'un enfant qui s'amuse à arracher les pattes des araignées.

L'ouvrier reprit :

– On t'a pas expliqué que c'est pas grave si les minets ont un peu chaud maintenant, vu que l'un des petits va avoir encore plus chaud dans quelques minutes ?

Pyrgus frissonna :

– Qu'est-ce que tu racontes ?

– « Un chaton par jour, et la colle collera toujours ! », répondit l'homme. Ils ne t'ont pas rencardé quand ils t'ont embauché ? Tu rajoutes un chaton vivant à la pâte, et ça te donne une glu du tonnerre. Meilleure que n'importe quelle autre.

Personne sait pourquoi. C'est M. Sulfurique qui l'a découvert par accident...

L'employé se pencha vers Pyrgus et mit un index sale sur sa bouche :

– Motus, hein ? Les gens, s'ils savaient ce qu'on met dans la Colle miraculeuse, ils en achèteraient plus !

Derrière Pyrgus, un bruit s'éleva. Le jeune homme ne s'en soucia pas. Il était sous le choc :

– On... on met des chatons dans la colle ?

– Ouaip ! confirma l'homme. Un par jour. D'ailleurs, tu as de la chance, c'est le moment d'en ajouter un, on va rire !

Le bruit s'amplifia. Pyrgus regarda par-dessus l'épaule de son interlocuteur. À l'autre bout de la salle, il vit un escadron de gardiens se diriger vers lui.

– Tu sais quoi ? reprit l'ouvrier. T'as qu'à jeter le chat toi-même, vu que t'es nouveau... Ce sera le meilleur moment de ta journée.

Au lieu de quoi, Pyrgus lui envoya un direct dans la mâchoire. L'homme recula de quelques pas, plus surpris que choqué ; mais, pour reprendre l'équilibre, il commit une erreur fatale : il posa la main sur le bord du four. La brûlure lui arracha un terrible cri de souffrance.

Pyrgus passa devant lui et s'empara de la cage. Il s'apprêtait à gagner la sortie... et découvrit qu'un gardien lui barrait le chemin.

– Tu crois pas t'en tirer comme ça ? demanda le vigile en ricanant.

Sûr de lui, il s'avança vers Pyrgus sans se méfier.

Du bout de son soulier, le jeune homme le visa à l'entrejambe et toucha au but. Il bondit par-dessus l'homme plié en deux, la cage dans les mains, monta l'escalier quatre à quatre et fonça vers la porte marquée « SORTIE ».

12

Silas Sulfurique ferma la porte de son grenier, au-dessus des bureaux. C'était une pièce sombre, exiguë, sordide, basse de plafond, à peine meublée et encore plus crasseuse que le reste de l'usine. Mais elle était discrète.

Un rictus satisfait déforma le visage fripé de Silas. Il tenait un livre entre ses mains flétries. Le gros volume poussiéreux paraissait encore plus ancien que le vieil homme lui-même. Les feuilles de parchemin étaient reliées par une lourde couverture.

Les doigts grêles de Sulfurique caressèrent le titre doré à la feuille, que le temps avait presque effacé :

LE LIVRE
DE BELETH

Silas en gloussa de bonheur et gratta une croûte sur son crâne presque chauve. Il avait tout ce dont il avait besoin... pour tout posséder.

Il emporta le précieux grimoire sous la lucarne sale et l'ouvrit avec délectation. Sur la page de titre, des ronds et des boucles qui ressemblaient à un griffonnage d'enfant. Mais sous ces ornements, bien des siècles plus tôt, quelqu'un avait écrit six mots, qui se passaient de commentaire :

Beleth a les
clés de l'Enfer.

– Ouiii ! s'écria Sulfurique. Oui, oui, ouiiiiiiii !

Ses yeux chassieux pétillaient de joie. Il l'avait enfin trouvé, son Graal, et sans avoir déboursé un sou. Quel bonheur suprême ! Quelles délices inattendues !

Pendant des années, il avait cherché frénétiquement le *Livre de Beleth*. Il l'aurait payé une fortune (avec joie, en plus !) s'il avait réussi à mettre la main dessus. Et voilà que le grimoire était venu à lui gra-tui-te-ment... ou presque ! Il avait juste eu à verser une prime dérisoire à l'huissier chargé d'expulser la veuve d'un ouvrier et de saisir ses maigres affaires. Négligeable.

L'expulsion elle-même avait été un pur bonheur. D'une façon générale, Silas essayait d'assister autant que possible à *toutes* les expulsions qu'il ordonnait. Rien de tel qu'une humble supplication pour vous redonner la forme. Et, cette fois, il n'avait pas été déçu. *Grosso modo*, la veuve s'était comportée comme les autres. Simplement, elle était plus jeune et plus jolie que la moyenne – ce qui n'ôtait rien à l'intérêt du spectacle, au contraire !

Son mari était mort trois heures plus tôt. Il avait trébuché et plongé dans une cuve de colle. Un maladroit, un triple crétin qui avait gâché une pleine cuve de bonne colle. Bah, c'était un mal pour un bien : le type avait fait des histoires, quelques jours plus tôt, en refusant de noyer un chaton dans la cuve.

Sulfurique avait décidé qu'il était de son devoir d'informer personnellement la veuve du tragique événement. Il adorait jouer les oiseaux de malheur. Il ne laissait à personne le soin d'apporter d'aussi mauvaises nouvelles. Tandis que la femme, sous le choc, pleurait à chaudes larmes, il en avait profité pour lui réclamer ses arriérés de loyer, se doutant qu'elle serait incapable de payer. Vingt minutes plus tard, l'huissier se joignait à la joyeuse compagnie pour procéder à l'expulsion.

La femme s'était débattue. Elle avait crié, lutté, hurlé. À un moment, elle s'était même jetée aux pieds de Sulfurique. Elle avait imploré sa pitié ; elle en avait appelé à sa bonté – sa bonté ! franchement ! – ; elle avait baisé le bas de son pantalon. Sulfurique avait vu cela cent fois, mais cette veuve-là avait joué la scène avec une conviction réjouissante. D'ailleurs, il avait failli éclater de rire. Il s'était maîtrisé, et, sur un ton paternel, lui avait parlé avec tristesse des charges qui lui incombaient en tant que propriétaire.

L'huissier aussi connaissait son métier. Il n'avait pas tenté d'éloigner la femme tant que Sulfurique n'avait pas terminé son discours. Ensuite, ses hommes avaient procédé à l'expulsion et à la saisie. Seule fausse note : la femme avait un petit chien, et celui-ci avait uriné sur les chaussures de Silas.

13

Derrière lui, Pyrgus n'entendait plus *un* gardien lui courir après. Il avait carrément une cohorte d'agents de sécurité aux trousses. Et ce n'était pas le pire. Le pire, c'était ce qui l'attendait devant. À l'autre bout de la passerelle, les vigiles avaient perdu leur nonchalance. Ils fonçaient vers le fuyard pour lui barrer la route. Deux d'entre eux se dressaient déjà entre lui et la porte marquée « SORTIE ».

Pyrgus fonça sur le côté gauche. L'un des deux gardes tomba dans le panneau : il plongea vers le jeune homme. Pyrgus esquiva et réussit à le prendre à contre-pied. Plus qu'un ! Hélas, celui-ci était plus prudent. Il attrapa sa matraque pendue à sa ceinture, se campa devant la porte et attendit.

Pyrgus hésita, mais le temps jouait contre lui. Les bruits de pas précipités le décidèrent à tenter sa chance. Il feinta le passage à droite. Le gardien ne se laissa pas duper. Ses yeux étaient rivés sur Pyrgus. Et ils n'en bougeaient pas.

L'homme n'était pas particulièrement impressionnant. Juste un peu plus grand que Pyrgus. Dans un combat à la régulière, le jeune homme aurait pu prendre le dessus. Mais ce n'était pas un combat à la régulière qui se profilait. Le gardien avait une matraque à la main, et Pyrgus était encombré par la cage des chats.

Les deux adversaires se jaugèrent. Les poursuivants fondaient sur Pyrgus. Le jeune homme jeta un rapide coup d'œil aux chatons. Ils s'étaient détachés de leur mère et pressaient leur petite truffe rose contre les barreaux de la cage. Ils observaient le jeune homme avec une confiance absolue. Celui-ci fit la seule chose qui lui restait à faire : il dégaina son couteau halek.

Les yeux du gardien s'écarquillèrent quand il aperçut la lame translucide. Il s'adressa à Pyrgus pour la première fois :

– J'ai une matraque.

– Oui, j'ai vu, répondit Pyrgus avec un brin d'ironie. Eh bien, tu as intérêt à m'assommer du premier coup. Sinon, tu es mort.

Le regard du vigile allait du visage résolu de Pyrgus au couteau. Les énergies létales sinuaient comme des serpents sur la surface de cristal. Pyrgus brandit la lame, dont la pointe étincela.

– Je te touche, et tu es mort !

Il crut déceler un éclair de peur dans les yeux du gardien, et il bondit en avant. Un infime moment, l'homme ne bougea pas. Puis il sauta de côté, la matraque en berne.

Pyrgus disparut.

14

Une demi-heure après l'expulsion de la veuve, les employés de l'huissier avaient apporté ses affaires dans le bureau de Sulfurique. Il n'y avait pas grand-chose, mais Silas mettait un point d'honneur à s'emparer de tout pour se livrer au plaisir de détruire des objets personnels.

À première vue, les possessions de la jeune veuve n'avaient rien d'original. De pauvres habits ; des ustensiles de cuisine ; un ou deux bibelots bon marché. Mais il y avait un coffre en bois, avec des gonds de métal, qui semblait de meilleure qualité que le reste. Il était fermé à clé.

– Qu'est-ce que c'est ? avait demandé Sulfurique, suspicieux.

– Aucune idée, avait répondu l'un des employés.

Sulfurique avait observé la serrure avec un intérêt accru.

Une fois seul, il avait essayé de l'ouvrir. En vain. Les gonds n'étaient pas en fer, comme il l'avait supposé de prime abord. Le métal utilisé était plus résistant. *Beaucoup* plus résistant. De surcroît, une protection supplémentaire – de nature magique – paraissait empêcher l'ouverture du coffre.

Sulfurique avait commencé par la désamorcer. Désormais, il en était certain : le coffre contenait quelque chose de très, très précieux. Personne ne se donnerait autant de mal pour protéger de pauvres haillons ! Silas avait alors décidé d'employer la manière forte. Il avait fait fondre la serrure au chalumeau et avait dû attendre une demi-heure que l'ensemble refroidît.

L'attente avait attisé sa curiosité. Son cœur bondissait dans sa poitrine. Qu'avait donc caché la veuve ? De l'or ? Des bijoux ? Des secrets de famille ? Des œuvres d'art ?

Quand il avait soulevé le couvercle, il n'en avait pas cru ses yeux. Sur un lit de paille, reposait un livre, entouré d'un ruban couleur d'ambre. Bouleversé, Sulfurique avait lu le titre un peu effacé :

LE LIVRE
DE BELETH

Les mains tremblantes, Sulfurique avait inspiré et expiré à fond pour se calmer : peut-être était-ce un faux. Il en circulait des tas. Lui-même en avait acheté deux à des receleurs qui s'étaient révélés n'être que de vulgaires arnaqueurs.

Cependant, dès qu'il avait ôté le ruban et soulevé la couverture, il avait su que ce livre était *le* livre. Le vrai. L'unique.

Le temps avait roussi le parchemin. La calligraphie à l'ancienne était inimitable, et la couleur passée de l'encre impossible à contrefaire. Mais ce n'étaient là que des signes extérieurs ; le plus important restait le texte lui-même. Sulfurique était suffisamment calé en magie pour affirmer que le rituel décrit dans ce livre était authentique.

Il l'avait trouvé. Enfin.

ENFIN !

Durant trois jours et trois nuits, Sulfurique avait étudié le livre sans prendre le temps de manger. Pour la première fois, il avait délégué à Blafardos l'entière responsabilité de leurs affaires. Cet idiot serait incapable de perdre beaucoup d'argent en un laps de temps aussi court ; mais, quand bien même il y parviendrait, Sulfurique y remédierait sans tarder grâce au *Livre de Beleth*.

Car le grimoire ouvrait les portes de l'Enfer. Il donnait la clé des plus fabuleuses richesses. Celui qui possédait le *Livre de Beleth* avait tout l'or du monde dans les mains. Ou presque...

Comment la veuve avait-elle pu être aussi stupide ? Si elle avait eu conscience de l'importance de ce qu'elle conservait dans ce coffre, elle n'aurait eu aucun mal à payer son loyer ! C'est elle qui aurait expulsé Blafardos et Sulfurique – elle aurait même pu renverser l'Empereur pourpre en personne ! Mais à présent, le livre appartenait à Silas Sulfurique. Et lui saurait en faire bon usage...

15

Pyrgus claqua la porte, dévala le couloir, courut comme un fou... Malgré cela, il perdait du terrain. Déjà, les gardiens le talonnaient. Déjà, les sirènes retentissaient partout dans l'usine. Et, déjà, ils avaient dû boucler toutes les sorties. C'était sans espoir. Bientôt, Pyrgus serait rattrapé. La chatte et ses bébés retourneraient attendre leur mort horrible près du four.

Le jeune homme n'était pas très inquiet pour son sort. Il s'était tiré de situations aussi périlleuses. Par contre, il ne laisserait pas tuer les chatons. Il tourna à un angle et avisa un écriteau, accroché au plafond : « TOILETTES », avec une flèche vers la droite. Pyrgus s'y rendit sans hésitation.

Un regard pour embrasser le décor : la pièce était vide – et pas très propre. Le jeune homme vérifia s'il ne pouvait pas s'enfermer à clé ; mais il n'y avait là que de simples serrures à verrou. Et dans le couloir, les vigiles approchaient...

– Fouillez les toilettes ! cria quelqu'un.

Pyrgus était perdu. Sauf s'il réussissait à bloquer la porte. Il posa la cage sur le sol. Dégaina son couteau. Pensa qu'il n'aurait plus jamais le privilège de posséder une lame semblable.

À cet instant, il entendit la chatte ronronner.

– Oh, non ! Tais-toi ! murmura-t-il, attendri.

Pas question d'échouer ! Il glissa le couteau halek de façon à coincer la poignée. L'arme ne tiendrait pas longtemps. Au premier assaut, elle exploserait ; mais, même si le bois absorbait une partie du souffle, elle dégagerait une charge suffisamment puissante pour assommer ceux qui seraient en première ligne. Et les suivants y regarderaient à deux fois avant de s'aventurer dans le refuge de Pyrgus. Ce serait toujours quelques minutes de gagnées.

Pyrgus reprit la cage et s'éloigna à la première tentative des agents de sécurité pour ouvrir la porte. Il ne regarda même pas derrière lui. Il entendit un hurlement s'élever quand la lame halek explosa. Puis des cris. Et des pas qui battaient en retraite.

Il courut vers la petite fenêtre située à l'extrémité des toilettes. Se hissa sur un lavabo pour l'atteindre. Il crut un moment qu'il ne parviendrait jamais à l'ouvrir... et y parvint, grâce à la force du désespoir.

La fenêtre donnait sur une plate-forme juste assez grande pour s'y faufiler. Pyrgus poussa la cage par l'ouverture, la posa sur la plate-forme et ôta la grille. La chatte et les chatons restèrent où ils étaient, se contentant de le regarder.

– Allez, filez ! siffla Pyrgus. Filez immédiatement ! À la seconde ! Illllllico !

Des bruits indiquaient que les gardiens avaient trouvé le courage de retourner à l'assaut. La chatte jeta un ultime coup d'œil à Pyrgus, puis disparut. Les chatons la suivirent d'une démarche assurée.

Le jeune homme repoussa la cage et entreprit à son tour de grimper sur le toit. Des mains puissantes le saisirent aux chevilles.

– Arrête de rêver, gars ! grogna une voix furieuse.

Pyrgus se débattit. Donna des coups de pied. S'accrocha au chambranle. En vain. Il était irrésistiblement tiré en arrière. La dernière chose qu'il vit, ce fut la cage qui oscillait sur le bord du toit et qui finit par s'écraser dans la cour.

16

Calfeutré dans le grenier, Silas Sulfurique se préparait à invoquer Beleth.

Il laissa le livre sous la lucarne et se dirigea vers le placard. Il en rapporta un sac de clous, un marteau et le cadavre d'un jeune chevreau. La dépouille dégageait une odeur pestilentielle : Sulfurique l'avait sacrifié quatre jours plus tôt, et, depuis, il avait fait chaud. Néanmoins, personne ne remarquerait quoi que ce fût dès qu'il aurait commencé à brûler de l'encens.

Il plaça un grand seau à côté de lui en guise de poubelle, puis il dégaina sa dague pour écorcher l'animal. C'était un travail fatigant, mais il y excellait. Il avait tué des bêtes sa vie durant ; dès son plus jeune âge, il avait disséqué des spécimens appartenant aux espèces les plus variées.

Une fois qu'il l'eut dépecé, il jeta le chevreau dans le seau et découpa la peau en fines lamelles, qu'il fixa en cercle sur le sol, sur trois mètres de diamètre à l'aide des clous. Puis il se recula pour admirer son œuvre.

Le rond sanguinolent était sinistre. On aurait dit qu'une bête féroce émergeait du sol. Sulfurique sourit, puis se mit à glousser. Beleth serait ravi.

Après s'être reposé quelques instants, il revint vers le seau, découpa l'abdomen du chevreau et en extirpa les intestins avec mille précautions. Le livre ne spécifiait pas quel boyau il convenait d'utiliser. Il les mettrait donc tous. Ce qui n'était pas utilisé serait gâché ; en offrir un peu plus que nécessaire reviendrait moins cher que de devoir ressortir et tuer encore un autre animal. Sulfurique utilisa les derniers clous pour donner aux intestins la forme d'un triangle équilatéral, juste au-dessus du cercle de peau. Parfait.

Il retourna farfouiller dans le placard et rapporta les « fournitures énergétiques » dont il avait besoin pour le rituel : trois ampoules métalliques placées sur trois tours d'acier reliées à un petit boîtier de contrôle par des câbles. Il en disposa une à chaque sommet du triangle. Le boîtier de contrôle fut positionné entre le cercle et le triangle.

La fabrication de ce matériel lui avait coûté plus de cinq mille pièces d'or. Une dépense effarante, mais plus rien n'aurait la moindre importance quand il aurait invoqué Beleth.

Sulfurique se sentait oppressé, à présent. Il avait hâte d'entamer le rituel. Cependant, il savait que les préparatifs étaient essentiels. On ne traitait pas Beleth à la légère. Il était beaucoup, beaucoup, beaucoup plus dangereux à manipuler que les démons rachitiques aux yeux globuleux habituels. Le libérer par accident serait la pire des choses, le cauchemar absolu : personne n'arrête un Prince des démons en colère, décidé à tout saccager sur son passage, prêt à dévorer les humains, à anéantir les récoltes, à déclencher ouragans, cyclones, tremblements de terre et cataclysmes... Plus grave : personne n'oblige un démon libéré à exaucer le moindre vœu.

Le vieillard vérifia donc et le cercle et le triangle. Les deux figures étaient d'égale importance. C'était dans le triangle que Beleth apparaîtrait ; le cercle, lui, protégerait Sulfurique. Lorsqu'on invoquait un démon, on ne quittait l'intérieur du cercle sous aucun prétexte si on tenait à la vie...

Dans le grenier, l'obscurité s'épaississait. Dehors, une tempête se préparait. C'était souvent le cas quand on s'apprêtait à faire apparaître une créature de l'Enfer. Sulfurique alluma une bougie pour achever ses ultimes préparatifs. Le cercle était impeccable. Les intestins scintillaient sous la flamme de la bougie et ne présentaient aucun défaut, eux non plus.

Dans le placard, Sulfurique alla encore prélever les derniers matériaux dont il avait besoin : du charbon de bois ; un braséro en métal ; une grande botte d'ase fétide[1] ; un héliotrope non taillé ; des feuilles de verveine ; deux cierges et deux chandeliers ; une petite bouteille de cognac rutanien ; du camphre ; et, le plus important : sa baguette magique foudroyante.

L'objet était long de trente-cinq centimètres. Magnifique, il avait été taillé dans du bois de sang de première qualité. On l'avait si bien poli et repoli

1. L'ase fétide est une résine malodorante extraite d'une plante, autrefois utilisée en médecine.

que le réseau de minuscules veinules du bois était nettement visible. Un maître nordique, mort depuis belle lurette – maudit soit à jamais le petit cœur cupide et noir de ce magicien ! – n'avait pas fait de difficultés pour graver des runes microscopiques chargées de canaliser l'énergie magique, moyennant une somme d'argent exorbitante. La baguette avait ensuite été adaptée à l'aura personnelle de Sulfurique par la Vierge du Commerce. Très, très cher également ; mais très, très rentable. D'autant que les sommes avaient été prélevées sur les comptes de l'entreprise...

Le *Livre de Beleth* était le dernier objet que le vieillard apporta dans le cercle. Il s'assura que tout était prêt pour l'invocation. Quand le rituel était entamé, on ne pouvait plus revenir en arrière. Le moindre oubli serait fatal. C'est pourquoi il valait mieux vérifier plutôt deux fois qu'une qu'on avait suivi les instructions à la lettre.

Quand Sulfurique fut absolument certain qu'il était au point, il prit l'héliotrope et s'en servit pour dessiner un deuxième triangle – dans le cercle cette fois – dont les trois sommets touchaient les bords. Ensuite, il plaça les deux gros cierges noirs sur leurs chandeliers, l'un à gauche du triangle, l'autre à droite. Il les entoura d'une feuille de verveine, puis, d'un petit coup de baguette magique, alluma la mèche. Jusque-là, tout marchait comme sur des roulettes.

Le tonnerre gronda dans le lointain lorsqu'il grava les formules protectrices sur le sol, avec l'héliotrope. Pour cela, il se pencha avec précaution sur le bord du cercle. À l'est, il écrivit « AAY ». Puis, au bas du triangle situé dans le cercle, il inscrivit « JHS ». Il avait à peine fini de dessiner le « S » quand les lettres des deux mots se mirent à luire doucement. C'était bon signe. Très bon signe.

Il remplit alors le braséro avec le charbon de bois arrosé de cognac rutanien. « Ffffouw ! », fit le mélange en s'enflammant sur un coup de baguette magique. Quand les flammes s'apaisèrent, Sulfurique y jeta du camphre, et une odeur entêtante s'éleva dans la pièce. Le vieillard inspira à fond. Il était prêt à affronter Beleth.

17

– C'est bon, dit Pyrgus aux agents de sécurité qui l'entouraient. Je me rends...

– On lui fait la peau ! suggéra un vigile.

Deux d'entre eux lui maintenaient les bras. Un mastodonte portant un uniforme orné d'un insigne de sergent s'avança.

– Ouaip, on n'a qu'à le buter ! glapit-il.

Et le colosse balança un direct au plexus du jeune homme, qui crut étouffer sur-le-champ.

– Excellente idée, approuva l'un des deux types qui le maîtrisaient. On va lui défoncer le portrait, et après, on expliquera qu'il a tenté de résister.

Il s'empara à pleine main d'une poignée de cheveux de Pyrgus et les tira d'un coup sec en arrière. Le sergent frappa derechef. Pyrgus grogna. Un rideau noir enveloppa le cauchemar qu'il vivait. Aveuglé par la douleur, il secoua la tête avec rage. Il avait seulement conscience d'un étrange bruit de tamtam.

Quand il reprit conscience, trois gardiens lui martelaient la poitrine et l'estomac à grands coups de poing. Ses bras étaient toujours tenus solidement. Pas moyen de se défendre. Il voulut décocher quelques coups de pied à ses agresseurs, mais ses jambes ne lui obéissaient pas. Peut-être avait-il été trop optimiste en imaginant qu'il s'en tirerait ! Il sentait la douleur gagner tout son corps, l'envahir, le ronger à la manière d'un parasite. Un voile rouge tombait devant son regard lorsqu'un nouveau venu hurla :

– Qu'est-ce que vous fabriquez ? Vous êtes fous ou quoi ?

Les gardiens qui frappaient Pyrgus reculèrent d'un pas.

– Désolé, capitaine, dirent-ils en chœur.

– Qui est-ce ? Un employé de l'usine ?

– Un fouineur et un voleur, capitaine, rectifia l'un des tortionnaires. Regardez : ce n'est même pas sa blouse ! Il s'est introduit par effraction dans notre usine, et il a volé notre chatte.

– Sans compter cinq chatons à colle !

– Et vous le tabassiez pour *ça* ? s'étonna le nouveau venu.

– Non, capitaine. Pas seulement, capitaine. Il a jeté les chats par la fenêtre. Ils sont sans doute morts à l'heure qu'il est. Même si on les retrouve, on ne pourra pas les utiliser à cause de ce...

– Relâchez-le ! ordonna le capitaine d'un ton sec.

– Vous voulez que...

– Vous m'avez entendu. Ne m'obligez pas à répéter !

Les gardiens libérèrent Pyrgus qui s'effondra sur le sol.

18

Sulfurique brandit le *Livre de Beleth*, se redressa de toute sa hauteur et ferma les yeux.

– Ce qui monte vers toi, ô Grand Premier, est la plus belle offrande que je puisse te faire ! murmura-t-il d'une voix qui évoquait le bruissement des feuilles mortes. C'est un camphre purifié, comme fut purifié ce charbon, fait du meilleur bois.

Une légère lueur éclaira le *Livre de Beleth* que le vieillard tenait dans les mains.

Il continua de louer le Grand Premier un moment. Certes, d'aussi loin qu'il se souvînt, le Grand Premier n'avait pas fait grand-chose pour lui. Cependant, le *Livre de Beleth* conseillait de ne pas hésiter à flatter le Prince suprême des démons, afin de se ménager ses bonnes grâces ; et ce n'était pas le moment de lésiner sur la flatterie.

Quand Silas eut terminé les prières prescrites, il jeta du camphre dans le braséro et passa aux affaires sérieuses.

– Prince Beleth, psalmodia-t-il en lisant directement les phrases rituelles dans le livre, maître des esprits rebelles, je t'en conjure ! Où que Tu sois à cet instant dans ce monde, viens parler avec moi. Je te commande et je t'ordonne, au nom du Grand Premier, de me rejoindre sans odeur infernale, sous une forme plaisante et agréable, et de répondre à haute et intelligible voix, point par point, à ce que j'exigerai de Toi !

« Je veux savoir comment avoir de l'or, songea Sulfurique. Plus d'or. Tout l'or du monde. Pour commencer. Et après, comment avoir plus de pouvoir. *Tout* le pouvoir. »

– Prince de Beleth ! reprit-il. Si Tu échoues, si Tu refuses de m'obéir, si Tu ne viens pas immédiatement, je te jetterai un sort avec ma terrible baguette magique. Tes dents tomberont, ta peau se flétrira, des charbons ardents s'incrusteront dans tes fesses, des suées te prendront la nuit, tes oreilles bourdonneront, tes cheveux se couvriront de pellicules, tu te baveras dessus sans pouvoir t'en empêcher, tu connaîtras les affres de l'arthrite, des lumbagos, de la surdité, de la laryngite, du rhume perpétuel et des ongles incarnés. Ainsi soit-il.

Et, hop ! c'était fait ! Sulfurique en avait terminé avec le bla-bla standard. Pas mot pour mot, évidemment : depuis le temps qu'il invoquait des démons, il aimait ajouter une touche personnelle à ses incantations. C'était plus amusant sans être moins efficace. En tout cas, pour les démons mineurs...

Le vieillard retint son souffle. Il n'eut pas à attendre longtemps. Une étincelle apparut au-dessus de l'ampoule la plus éloignée. Presque aussitôt, la lumière courut d'une ampoule à l'autre, formant un triangle semblable à celui tracé sur le sol. Une forte odeur d'ozone emplit l'air. Des craquements et des rugissements s'élevèrent dans la pièce.

– Viens, Beleth ! cria Sulfurique de manière à couvrir le tohu-bohu. Viens, Beleth, viens !

Le livre vibrait et brillait puissamment, à présent. Sulfurique avait lu que, sans les invocations démoniaques qu'il y avait apprises, ses tentatives de conjuration auraient été vaines. Pourtant, peu importait qu'on eût l'ouvrage en sa possession ou pas. Dès lors qu'il existait quelque part, la route de l'Enfer s'ouvrait à quiconque connaissait les formules incantatoires qui y étaient consignées.

Sulfurique cessa de crier et tendit l'oreille. Derrière les craquements et les grondements, il perçut une mélopée dans le lointain. Le triangle se mit à miroiter. Le vieillard pointa sa baguette dessus comme un mousquet. Et il répéta :

– Viens, Beleth ! Viens !

Le volume de la musique augmenta ; le miroitement prit la forme d'un visage recouvert d'une sorte de capuche ; et la silhouette se solidifia peu à peu.

La créature apparue dans le triangle mesurait plus de deux mètres cinquante. Elle était solidement bâtie, et pourvue d'yeux perçants, injectés de sang. Elle rejeta sa capuche. D'impressionnantes cornes de bélier ornaient son front.

– Viens, Beleth ! V...

– ASSEZ ! hurla le démon.

19

Lorsque Pyrgus revint à lui, le capitaine était penché au-dessus de lui, la mine inquiète.

– Ça va ? J'ai cru qu'ils allaient te tuer...

Pyrgus bougea avec précaution. Son corps le faisait souffrir et le brûlait.

– Ça va, mentit-il en coassant.

– Prends ton temps. Ces crétins t'ont salement amoché...

Pyrgus parvint à s'asseoir avec difficulté.

– Ça va, ça va..., répéta-t-il, comme pour s'en convaincre.

Sa voix était plus forte, à présent. Il regarda autour de lui. Il était dans une pièce exiguë et crasseuse. Pour tout décor, un bureau, une petite armoire où étaient rangés des dossiers, et deux chaises.

Le capitaine fit un pas en arrière pour lui libérer un peu d'espace. Pyrgus réussit à se mettre debout tant bien que mal. Cependant, il comprit qu'il ne tiendrait pas longtemps. Il s'agrippa à une chaise et s'assit. Une vague de nausée le submergea. Il tenta d'oublier la douleur qui irradiait son corps. Le capitaine s'enquit d'une voix douce :

– Ça va mieux ?

Pyrgus acquiesça.

– Je suis le capitaine Pratellus. Avant toute chose, je tiens à m'excuser pour ce que ces imbéciles t'ont fait subir. Leurs actes sont purement et simplement une honte.

Pyrgus le fixa sans rien répondre. Le capitaine Pratellus avait une tête de moins que ses hommes. Il aurait presque pu avoir de la prestance – voire de l'élégance – si sa peau n'avait pas été aussi abîmée.

– Le problème, poursuivit le capitaine Pratellus, c'est que tu t'es introduit dans une propriété privée. Je dois donc te poser des questions. Tu le comprends, n'est-ce pas ?

Pyrgus opina.

– Tu es en état d'y répondre tout de suite, ou tu préfères qu'on attende un peu ?

– On peut y aller...

Plus vite il en aurait fini avec cet interrogatoire, plus vite il serait sorti de cet asile de fous... et plus vite il pourrait s'y attaquer. À présent qu'il savait ce qu'ils faisaient subir aux chats, il n'aurait de cesse que cet endroit fût détruit. Il irait rapporter cette histoire à l'Empereur en personne. Il était stupéfait que le secret des chatons fût resté aussi bien gardé. C'était tellement énorme !

– Bon-bon-bon..., fit le capitaine. Et si je commençais par te demander de décliner ton identité ?

– Pyrgus. Pyrgus Malvae.

– Un nom royal ! Eh bien, Pyrgus, je ne te retiendrai pas une minute de plus que nécessaire.

Veux-tu me révéler pourquoi tu t'es introduit dans cette usine ?

Pyrgus observa Pratellus un moment. Puis il décida de lui dire la vérité :

– J'étais poursuivi. J'ai escaladé l'entrée, et... et voilà.

– Qui te poursuivait ?

– Je ne suis pas sûr. Je pense qu'il devait s'agir des hommes de Lord Noctifer.

– Ouh-là ! Je comprends que tu aies essayé de leur échapper. Donc tu as escaladé l'entrée ?

– Oui, capitaine.

– Appelle-moi Crambus, Pyrgus, pas « capitaine ». J'ai l'impression que nous nous quitterons bons amis, quand cette affaire aura été tirée au clair. Tu connaissais le danger que tu courais en pénétrant dans cette enceinte, même le champ de mines ?

– Je l'ai vite découvert... heureusement !

– M. Blafardos y tient. Un jour, on aura un mort, et, ce jour-là, que dirons-nous, hein ? Enfin, toi, tu as survécu !

– Oui, capitaine... euh... Crambus.

– De toute façon, tu étais prêt à faire n'importe quoi pour ne pas tomber dans les griffes de Lord Noctifer... Donc tu es entré dans l'usine par effraction et par hasard. Il se trouve que l'usine était sur ta route, c'est ça ?

– Oui.

– D'accord... Et les chatons ? Les gardiens ont dit que tu avais volé une chatte et ses chatons.

– Je ne les ai pas volés, je les ai *sauvés*, rectifia Pyrgus.

Pratellus soupira :

– Ah, tu es un ami des bêtes ! Moi aussi, j'adore les animaux. Je ne supporte pas ce qu'ils infligent aux chats, ici.

– Alors, pourquoi ne faites-vous rien ?

Pratellus leva les mains en signe d'impuissance :

– Parce que ce n'est pas illégal à proprement parler.

– Mais on pourrait... on pourrait...

– Tsss, tsss ! Ne nous emportons pas. Nous trouverons peut-être une idée pour sauver les chatons, plus tard. Pour le moment, je suis chargé de rédiger un rapport sur ce qui s'est passé, vois-tu ? Donc, si je résume bien, tu n'avais aucune idée derrière la tête en fourrant ton nez dans cette usine. Comme nombre de jeunes garçons, tu as l'art et la manière de te mêler de ce qui ne te regarde pas, mais tu ne pensais pas à mal. Ça t'irait, cette version ?

Pyrgus acquiesça, soulagé. C'était sans doute la meilleure façon de présenter son aventure.

Mais la voix du capitaine devint sifflante :

– Tu me prends pour un crétin ? Tu crois que je vais avaler cette histoire ?

20

Sulfurique se figea. Beleth avait quelque chose d'inquiétant. Non, pire que cela : Beleth *était* inquiétant. Tout en lui mettait les nerfs de Sulfurique à vif. Beleth était *vraiment* à part. C'était un Prince. Un démon. Et le vieillard le tenait en son pouvoir.

Il s'humecta les lèvres et le salua :

– Ô puissant Beleth ! Je te prie... Non, je te *somme* de rester à l'intérieur du triangle d'intestins de chevreau aussi longtemps que...

– Tu me *sommes* ? grogna Beleth. Tu oses me *sommer* de t'obéir ?

Sulfurique ne se laissa pas démonter. La plupart des démons n'obéissaient qu'à contrecœur. Il fallait être ferme avec eux. Même s'ils étaient *très* impressionnants.

– Oui, je te somme de... de rester à l'intérieur du... du triangle d'intestins de... de chevreau aussi longtemps que je te l'ordonnerai, et...

– SILENCE ! tonna Beleth.

Sulfurique se tut aussitôt. Il espéra que le monstre ne le voyait pas trembler... et il pensa que son idée n'était peut-être pas aussi brillante que ça, en fin de compte. On racontait tant d'histoires terrifiantes sur la difficulté – voire l'impossibilité – de contrôler les démons importants. Bien sûr, la plupart étaient sans doute des mensonges éhontés, des racontars inventés par les Fées de la Lumière. Pourtant, Sulfurique vit avec effroi Beleth se pencher en avant, de telle sorte que la partie supérieure de son corps dépassait les limites du triangle et franchissait même la frontière du cercle. Ce qui, pour le coup, était rigoureusement impossible. En théorie.

Silas Sulfurique pointa sa baguette vers la tête de Beleth. Le démon regarda son arme et sourit.

– Prends garde, Beleth ! couina Sulfurique d'une voix chevrotante. Car il me suffit de le vouloir, et tes dents tomberont, ta peau se flétrira, des charbons ardents te...

Le sourire de la créature s'accentua, et un son strident envahit le grenier. Le bruit s'immisça dans la tête de Sulfurique, paralysant ses pensées. La baguette magique s'affaissa dans sa main et fondit. Malgré la terreur qui le figeait, Sulfurique parvint à pousser un hurlement de protestation. Au prix où il avait payé cette baguette !

Beleth regarda l'arme disparaître, puis il fixa Sulfurique de son regard étincelant.

– Tu n'as pas besoin de me menacer, lui expliqua-t-il d'un ton tranquille.

– Ah bon ? Mais je...

– Un petit sacrifice te suffira pour obtenir ce que tu veux.

Une vague de soulagement inonda Sulfurique, aussi apaisante qu'un baume appliqué sur une brûlure. Il aurait dû y penser avant. Tous les démons exigeaient des sacrifices personnalisés.

– Veux-tu une colombe ? Un chat ? Un chien ? Un mouton ? Pas un taureau, quand même ?

Les taureaux étaient hors de prix... sans compter qu'ils étaient difficiles à tuer. Il fut rassuré en constatant que Beleth n'avait pas réagi. Une idée lui traversa l'esprit :

– Attends un peu... Tu préférerais une espèce rare, c'est ça ? Un spécimen d'une espèce en voie de disparition ?

– Non, non... Je veux juste que tu me sacrifies la deuxième personne que tu rencontreras en sortant du cercle.

Sulfurique écarquilla les yeux :

– Tu veux... tu veux un sacrifice humain ?

– Oui.

Ce n'était que ça ! Rassuré, le vieillard soupira :

– Aucun problème !

21

Le bureau de Jasper Blafardos ne sentait pas le parfum : il cocotait. Sur le sol, une moquette très luxueuse ; aux murs, de lourdes tentures de velours ; devant le bureau, deux superbes peaux de tigres blancs ; dans de magnifiques présentoirs en cristal, plusieurs statues orientales d'une rare beauté. Et, surtout, surtout, debout au fond de la salle, la pièce la plus remarquable de cette collection : Blafardos lui-même ! Il portait un chapeau orné de plumes de paon, une tunique et un pantalon dorés. Un quadruple menton et des bourrelets de graisse au niveau des bras complétaient le tableau.

– Voyons cela ! Pratellus, mon cher et bien-aimé Pratellus, que m'as-tu donc amené aujourd'hui ?

Il traversa la pièce en agitant ses jambons grassouillets ; puis il examina Pyrgus avec minutie.

– Oh ! Un garçon ! conclut-il. Ton attention me touche beaucoup, Pratellus, beaucoup.

Son visage était tout près de celui de Pyrgus. Le jeune homme remarqua le fard qui couvrait les joues du goret.

– Il a été surpris en train d'espionner, expliqua le capitaine d'un ton patelin. Il a volé une chatte et tous ses chatons.

Il baissa la voix et regarda autour de lui avant de souffler :

– Je crois qu'il voulait nous dérober la formule !

Blafardos eut l'air enchanté :

– Un voleur ! Un fouineur ! Un petit fouineur-voleur comme on les aime ! Il doit être puni, n'est-ce pas ? Qu'allons-nous lui faire, Pratellus ? Le battre ? Lui administrer une correction dont il se souviendra *ad vitam aeternam* ? Oh, comme cela va être divertissant !

Il s'avança dans un nuage de parfum. Pour la première fois de son existence, Pyrgus songea qu'il aurait volontiers utilisé son couteau halek contre un homme. Faute de quoi, il se contenta de lâcher :

– Me touche pas, gros lard puant !

– Ooooooh ! s'écria Blafardos en souriant à Pratellus. Mais ça parle, dis-moi ! Quel courage ! Quelle férocité ! Voyons, qu'allons-nous faire de ce petit roquet ?

– Je vous conseille de me libérer. Sinon, mon père vous...

– Oooooooh ! Un fils à papa ! Moi, j'ai toujours préféré ma maman chérie... Mais des goûts et des couleurs, on ne discute pas, n'est-ce pas ? Hélas, mon cœur, ton papa ne me fait pas peur. Il est costaud, c'est ça ? Le plus fort du monde ? Avec des muscles gros comme ça ? Pardon, je retire ce que j'ai dit : ton papa me fait très, très peur. Ouh-la-la ! ce que j'ai peur !

Il se tourna vers Pratellus :

– Bien... Je suppose que tu l'as interrogé ?

– Oui, monsieur. Il est rusé. Il n'a pas voulu cracher le morceau. C'est pour ça que je vous l'ai amené. J'ai pensé que vous auriez peut-être plaisir à le torturer.

– Et comment ! affirma Blafardos avec enthousiasme. J'adore torturer ! Mais avant que nous en venions à de telles extrémités, peut-être vais-je lui poser quelques questions moi-même. L'expérience m'a enseigné que certaines personnes sont parfois disposées à se confier à moi alors qu'elles refusent de parler à d'autres. Qui ne tente rien n'a rien, n'est-ce pas ?

Il se tourna vers Pyrgus :

– Alors, mon cœur, qu'est-ce qui pousse un gentil petit garçon à s'introduire dans les locaux d'une entreprise respectable ?

– « Respectable » ? répéta Pyrgus, incapable de garder le silence comme il se l'était promis. Quelle entreprise « respectable » noierait des chatons pour fabriquer de la colle ?

Blafardos ouvrit de grands yeux compréhensifs :

– Oh ! Tu es inquiet pour les petits chats, hein ? C'est parce que tu ne t'es pas rendu compte qu'il y avait *trop* de chats errants dans nos rues. La plupart mènent une existence terriblement triste. La maladie, la faim, le froid sont leur lot quotidien. En en tuant quelques-uns, c'est à tous que nous rendons service.

– Surtout à vous..., rétorqua Pyrgus.

– Aaaaaaaaah ! s'exclama Blafardos, bon enfant. Pourquoi avoir honte de gagner de l'argent ? Les jeunes gens n'aiment pas ce genre de choses... même s'ils aiment en profiter ! Pourtant, je suis sûr que Sa Sainteté ton Papa serait d'accord avec moi. Allons, je ne veux pas te presser, mais le capitaine Pratellus a raison : si tu ne parles pas, nous allons devoir *t'aider à communiquer*.

– J'étais pourchassé par des hommes de Lord Noctifer, et...

– Et Pratellus ne t'a pas cru ? Que veux-tu, il n'est pas né de la dernière pluie ! Lord Noctifer est un ami à moi. Un ami intime. Et je t'assure qu'il ne perdrait jamais son temps – jamais – à envoyer ses hommes courir après des petits garçons dans ton genre. Ce serait tellement mieux si tu crachais le morceau ! Pourquoi n'avoues-tu pas que c'est Paphia qui t'envoie ?

Pyrgus battit des paupières.

– Paphia ?

– Oui, cet immonde Argynnis Paphia ! Il nous jalouse, ce pauvre Sulfurique et moi-même, depuis des années. Inutile de nier davantage : je lis dans tes yeux que je suis tombé pile ; et je te garantis que tes lèvres ne tarderont pas à me le confirmer. Parole de Blafardos !

Il posa la main sur son front et murmura :

– Hélas, j'ai passé une mauvaise nuit. Je suis beaucoup trop sur les nerfs pour te torturer personnellement.

Il éleva la voix :

– Capitaine Pratellus...

– Oui, monsieur ?

– Nous allons emmener ce petit animal voir M. Sulfurique. M. Sulfurique lui arrachera la vérité – et si ce crétin en est incapable, il n'aura qu'à laisser faire ses démons !

22

On frappa à la porte du grenier au moment où Sulfurique entonnait le rituel qui renvoyait Beleth d'où il venait. Le vieillard avait obtenu un contrat en bonne et due forme. Signé dans le sang par les deux parties. Cependant, Beleth était encore coincé dans le triangle.

– J'ai dit que je ne voulais pas être dérangé ! cria Sulfurique. Allez-vous-en ! Qui que vous soyez, partez !

Et il reprit à voix basse :

– ... et je t'adjure et te conjure de quitter cet endroit d'un seul et même mouvement, sans la moindre hésitation ; de repartir comme tu es venu, de là où tu viens, et d'y rester jusqu'à ce que...

Tout en parlant, Sulfurique se demandait comment il allait éteindre les ampoules du triangle sans sa baguette magique.

– Je crois que tu seras content de voir ce que je t'amène, cher ami..., murmura la voix de Jasper Blafardos de l'autre côté de la porte.

Sulfurique interrompit ses litanies et jeta une poignée d'ase fétide dans le feu. Beleth disparut à la seconde. L'ase fétide était radicale pour tous les démons. Son seul défaut : la puanteur qu'elle dégageait était si forte que, en comparaison, même l'odeur de soufre brûlé pouvait passer pour une fragrance délicate.

– J'arriiive ! grogna Sulfurique.

Il souffla les bougies à la hâte et sortit du cercle en cherchant les clés dans ses poches. Derrière lui, la lumière courait d'une ampoule à l'autre en sifflant. Il trouverait un moyen de l'éteindre plus tard.

Il déverrouilla la porte et l'ouvrit dans un craquement. La première personne qu'il vit, hélas, fut Blafardos, qui souriait jusqu'aux oreilles. Ses dents brillaient. Cependant, son sourire s'évanouit quand il huma l'air ambiant :

– Tu as encore invoqué des démons, petit coquin ?

Sulfurique ignora sa question :

– Qu'est-ce qui se passe ? Pourquoi me déranges-tu ?

Blafardos fit un geste de la tête et retrouva le sourire :

– Je t'amène un superbe jeune homme. Nous l'avons trouvé en train de fouiner dans l'usine.

Sulfurique ouvrit un peu plus le battant pour voir la deuxième personne. Celle qu'il allait sacrifier à Beleth.

23

Sulfurique ne connaissait pas le jeune garçon aux cheveux roux, vêtu d'une sorte de treillis ridicule que les jeunes trouvaient « très mode ». Blafardos avait beau dire, sa prise n'avait rien de « superbe », même si certains auraient pu juger sa silhouette dégingandée agréable. Sulfurique était peu doué pour deviner l'âge des gens ; il estimait néanmoins que ce gamin ne pouvait pas avoir beaucoup plus de quatorze ans.

Ce lèche-bottes de Pratellus était juste derrière lui. En arrière-plan, deux autres gardes raides comme des piquets. Les trois vigiles et leur prisonnier affichaient un air pincé ; seul Blafardos était fier de montrer ses dents magiques.

– Aaaaaaaah, Silas ! s'écria Blafardos en tentant de voir par-dessus l'épaule de Sulfurique. Mon cher et fidèle compagnon ! Nous allons avoir besoin de tes amis de l'Enfer !

Il aperçut la lumière qui dansait dans le triangle en émettant des craquements :

– N'en aurais-tu pas un dans le coin ? Ou viens-tu malencontreusement de les renvoyer d'où ils venaient, grâce à cette ase fétide que tu affectionnes ?

– Que se passe-t-il ? lâcha Sulfurique.

Il fallait toujours rester sur ses gardes avec ce diable de Blafardos...

– Ce qui se passe, Silas ? Argynnis Paphia a envoyé le garçon que tu vois pour saboter notre dernière entreprise. Par chance, notre bon Pratellus l'a pris la main dans le sac !

– Dans *quel* sac ?

Blafardos parut désarçonné par la réaction de Sulfurique. Il agita les mains avec fébrilité.

– Eh bien, dans le sac de... de... du sabotage de notre dernière entreprise !

– C'est ce qu'il t'a dit ?

– Qu'est-ce qu'il m'a dit ?

Sulfurique soupira :

– Le garçon t'a dit qu'Argynnis l'avait envoyé ou pas ?

– Non, bien sûr que non, Silas – quel sacré farceur tu fais, toi, quand tu t'y mets ! Il a nié mordicus. C'est pourquoi nous te l'avons amené... oups, pourquoi nous *vous* l'avons amené, à toi et à tes amis.

– Tu veux que je lui fasse cracher la vérité ?

– Oui.

– Même si tu la connais déjà ?

– Même.

– Très bien, conclut Sulfurique.

La tournure des événements lui convenait. Le gamin devait être sacrifié à Beleth. Une fois le sacrifice consommé, Sulfurique n'aurait qu'à prétendre que le garçon avait succombé pendant qu'il le mettait à la question. Blafardos n'y trouverait rien à redire. Lui-même passait son temps à tuer ses semblables.

C'était l'une des raisons pour lesquelles ils avaient créé cette usine de colle : rien de mieux qu'une cuve bouillonnante pour faire disparaître un corps. Et de toute manière, après le sacrifice, l'avis ou les reproches éventuels de ce crétin de Blafardos n'auraient aucune importance.

– Tu t'en occupes ? s'enquit Blafardos.

– Sans problème.

– Tu vas lui faire rencontrer tes petits démons chéris ?

Sulfurique acquiesça. Pas si petit que ça, le démon, mais...

– Oui.

– Tu vas leur demander de le torturer ?

– Oui.

– Ils essaieront des, hum, expériences médicales inédites avec lui, hein ?

Sulfurique haussa les épaules :

– Sûrement.

Les « expériences médicales inédites » étaient l'un des jeux favoris des démons.

– Alors quand est-ce qu'on commence ? lança Blafardos, enthousiaste. Je veux en être, moi aussi !

Et, mince ! Sulfurique aurait dû le voir venir. Dès qu'il entrait en relation avec les démons, Blafardos essayait toujours de s'en mêler. Mais cette fois, il pouvait toujours courir ! Sulfurique ne le laisserait pas tout gâcher.

– Impossible, grogna-t-il.

Une grimace stupéfaite passa sur le visage de Blafardos :

– Impossible ? Impossible ? Et pourquoi ça, impossible ? Je veux en être. Je veux jouer. Dis-lui, Pratellus. Explique-lui que je dois jouer. D'ailleurs, Silas, je ne te laisse pas le garçon si tu ne m'autorises pas à participer !

– Cher, très cher Jasper, répondit Sulfurique en essayant de glisser une étincelle de chaleur dans sa voix glaciale, je ne cherche pas à te gâcher ton plaisir. Enfin, mon bon ami, tu me connais trop bien pour croire ça ! Non, non, je voulais juste dire qu'il était « impossible » de commencer tout de suite. Je dois procéder à des préparatifs avant la séance, pour m'assurer que les bons démons sont prêts à venir. Écoute, tu sais ce que je te propose ? Laisse-moi le garçon. Puisqu'il est ici, qu'il y reste ! Pratellus veillera à ce qu'il ne lui soit fait aucun mal. Toi, tu vas te reposer un peu, et peut-être boire un coup, non ? Ensuite, quand tout sera prêt, j'enverrai les hommes de Pratellus te chercher pour que tu t'amuses à ta guise. Qu'est-ce que tu en penses ?

Sulfurique retint son souffle. Il n'était pas sûr que Blafardos tombât dans le panneau. Le gros lard avait beau avoir le quotient intellectuel d'une laitue qu'il dissimulait sous une mentalité de requin blanc, il avait un certain instinct pour ce qui concernait ses divertissements.

– Pratellus peut rester avec lui ? demanda-t-il, suspicieux.

– Mais bien sûr ! le rassura Sulfurique.

Les dents de Blafardos lâchèrent leurs étincelles habituelles :

– Tu as raison : faire une sieste, boire un coup, c'est capital ! Ca-pi-tal ! Tu m'enverras chercher dès que tout sera prêt ?

– Cette question ! répliqua Sulfurique aimablement.

– Alors, soit ! lança Blafardos avec emphase. Je laisse mon petit bonhomme entre tes mains expertes !

Et, sur ce, il tourna les talons.

24

Dès que Pratellus et les gardiens eurent ligoté et déposé le prisonnier dans le cercle, Sulfurique les renvoya. Aucun ne fit la moindre objection : Blafardos était plein aux as, mais Sulfurique avait le pouvoir. Il pouvait licencier qui il voulait quand il voulait ; il pouvait envoyer un démon hanter vos rêves si vous l'irritiez un peu trop ; il pouvait vous tuer s'il en avait envie. On ne contrariait pas un tel homme.

Une fois seul, Sulfurique observa le garçon. Pourquoi Beleth le voulait-il tant ? Il était sûr et certain que Beleth avait tiré les ficelles, orchestré cette mise en scène pour parvenir à ses fins. Il n'y avait pas d'autre explication possible. Ç'avait été trop facile, trop simple : la curieuse exigence de Beleth (quel démon réclamait la *deuxième* personne croisée par son invocateur ?) ; l'arrivée du garçon au moment même où Sulfurique était sorti du cercle ; la position du prisonnier derrière Blafardos, de sorte qu'il fût la deuxième personne vue par Sulfurique ; la manière dont Blafardos le lui avait cédé, alors qu'il aurait pu le torturer lui-même ; enfin, la légèreté avec laquelle son imbécile d'associé avait accepté de le lui prêter le temps des préparatifs. D'ordinaire, Jasper était plus méfiant. Beaucoup plus méfiant.

À coup sûr, Beleth était derrière cet enchaînement idéal. Quand on invoquait un démon, on lui donnait une possibilité d'interférer avec l'ordre du monde. Les petits démons se contentaient d'espièglerries sans importance ; leurs princes pouvaient être plus subtils. Donc plus dévastateurs. Oh, au fond, les raisons pour lesquelles Beleth voulait ce garçon ne le regardaient pas ! Du moment que le démon respectait lui aussi son contrat... C'était cela, l'essentiel !

Le vieillard alla chercher le *Livre de Beleth* et l'ouvrit au chapitre des sacrifices. Rien de très compliqué. Il suffisait d'invoquer Beleth de la façon habituelle, puis d'égorger la victime. Beleth absorbait l'essence vitale, scellait le contrat et emportait l'âme du garçon avec lui en Enfer. Un jeu d'enfant. Quand Beleth serait reparti, Sulfurique n'aurait plus qu'à se débarrasser du corps. Pas difficile, avec des cuves de colle qui tournaient à plein régime. Il n'aurait même plus à s'inquiéter de Blafardos.

Il alla dans le placard pour en retirer un couteau aiguisé. Puis il revint au centre du grenier et entreprit de fortifier de nouveau le cercle en vue de l'invocation.

De son côté, Pyrgus regardait le vieillard s'agiter, en espérant qu'il prendrait son temps : le jeune homme avait réussi à atteindre une petite lame dans la poche arrière de ses hauts-de-chausse. Elle n'était pas vraiment affûtée, mais elle lui permettrait de s'attaquer à ses liens...

S'il coupait ses cordes à temps, il pourrait s'échapper. Sulfurique était plutôt bien vivant pour un vieillard, mais il semblait très fragile.

– J'ai bientôt fini, annonça-t-il d'une voix joviale.

– Qu'allez-vous me faire ?

Il n'attendait pas une réponse sincère et honnête. Il espérait juste inciter Sulfurique à parler pour gagner du temps.

– Rien qui ne doive t'inquiéter, affirma Sulfurique.

– C'est-à-dire ? De quoi ne dois-je pas m'inquiéter ?

– De rien. Je m'occupe de tout !

Il se détourna et s'empara d'un grimoire :

– Mais tais-toi ! J'ai du pain sur la planche.

Pyrgus avait à peine gagné une minute.

25

Soudain, Beleth apparut.

Comme la plupart des garçons, Pyrgus avait vu de nombreuses images de démons et lu des récits à leur sujet dans ses manuels scolaires. Mais ceux dont il était question ne mesuraient que quelques dizaines de centimètres de haut. Ils étaient souvent de méchante humeur, soit, et en général plutôt dangereux. En s'y mettant à quelques-uns, ils étaient capables de vous dépecer avec leurs petites dents pointues – ce qui, dit-on, est assez désagréable à vivre. De plus, certaines espèces démoniaques, notamment les gobelins, avaient des pouvoirs magiques. Ils connaissaient les vertus des plantes et n'hésitaient pas à les utiliser pour vous plonger dans les affres de maladies fort variées. Enfin, tous les démons pouvaient vous posséder : il suffisait d'être assez bête pour les regarder droit dans les yeux. Bref, ces sales créatures auraient fait des animaux domestiques détestables ; mais, au fond, ils n'étaient pas si terrifiants.

Par contre, la *chose* qui se matérialisait dans le triangle de lumière... C'était différent. C'était énorme. C'était assourdissant. Ça puait. Ça suintait la malveillance et la haine absolue. Et, cerise sur le vomi : ça souriait.

– Ha-ha ! tonna la chose. Tu as trouvé le garçon...

– Tu savais que ce serait lui, dit Sulfurique. Tu le savais, n'est-ce pas ? Quand tu as exigé que je t'amène la deuxième personne que je verrais... Tu savais déjà qui ce serait.

– Bien sûr que je le savais ! grogna le démon. Crois-tu que je laisserais ce genre de choses au hasard ?

– Pourquoi lui ? demanda simplement le vieillard.

Il se reprit aussitôt :

– Pardon, cela ne me regarde pas ! Pas le moins du monde. Bon. Allons-y !

Il brandit le couteau et se pencha au-dessus de Pyrgus.

– À nous deux, gamin !

– À nous deux, papy ! répondit le jeune homme.

Et il donna un coup sec sur ses cordes. Il avait les mains libres. Ses pieds, toujours attachés, l'empêchaient de courir ; mais il n'avait pas lâché sa petite lame. Il en porta un coup sur la main de Sulfurique. Le vieillard couina et lâcha le couteau.

– Tu m'as frappé ! s'exclama-t-il, stupéfait.

Il regarda sa main et geignit :

– Je saigne !

Pyrgus se dégagea et ramassa le couteau. Commencerait-il par trancher les liens qui entravaient ses pieds ? ou s'en servirait-il pour blesser sérieusement Sulfurique ? La question resta en suspens.

Contre toute attente, Sulfurique bondit et repoussa le couteau juste au moment où les doigts du jeune homme allaient se refermer dessus.

– Compte là-dessus ! siffla le vieillard.

Toujours à terre, Pyrgus lui donna un coup de ses pieds joints. En plein sur le tibia !

Un moment, Sulfurique, déséquilibré, oscilla. Ses bras battirent l'air. Puis il perdit l'équilibre, son corps tomba à moitié hors du cercle.

– Ha ! s'écria Beleth. Me voilà libre !

– NON ! hurla Sulfurique en tentant de s'emparer du couteau.

Mais Pyrgus ne commit pas la même erreur, cette fois. Il roula sur le côté et devança le vieillard. Du coin de l'œil, il vit la forme massive du démon qui sortait du triangle. Puisqu'il ne pouvait pas combattre deux adversaires de front, il oublia Sulfurique et trancha ses derniers liens pour fuir au plus vite le démon. Le couteau devait avoir une lame ionique : il s'enfonça dans les cordes comme dans du beurre.

Pyrgus se remit debout et sauta par-dessus le vieillard pour atteindre la porte. Sulfurique l'avait-il ou non fermée à clé avant d'entamer son invocation ? Aucune importance, de toute façon : ou la porte était ouverte, et Pyrgus avait une chance de s'en sortir ; ou elle était fermée, et...

– Je t'ordonne de me laisser tranquille ! jappa Sulfurique.

– Je suis de ton côté, imbécile ! dit la créature – apparemment à Sulfurique.

Et elle traversa la pièce en deux enjambées. Pyrgus appuyait sur la poignée de la porte quand une énorme main de fer s'abattit sur son épaule.

Pyrgus sentit une terrible déflagration dans son corps, une décharge d'énergie surpuissante qui le terrassa. Quelques soubresauts plus tard, ses muscles étaient rigides. Paralysés. Il *savait* qu'il devait aller de l'avant ; mais son corps était immobilisé, comme figé par la *rigor mortis* [1]. Il s'effondra face contre terre. Du sang jaillit de son nez. Un martèlement violent résonna entre ses oreilles. Derrière lui, il entendait Sulfurique pleurnicher comme un bébé.

Le démon rugit... puis le silence s'abattit sur la pièce.

Le martèlement reprit : « Bam, bam, bam. » Pyrgus se rendit compte que quelqu'un frappait à la porte – et non dans sa tête, comme il l'avait cru. Pour voir, il tenta de bouger son bras. Son corps le faisait souffrir de la tête aux orteils, mais ses muscles fonctionnaient de nouveau.

Le jeune homme roula sur lui-même. Sentit le goût du sang dans sa bouche. S'assit lentement. Regarda autour de lui.

Le grenier était sens dessus dessous. Les tours crépitantes avaient volé en éclats. Des morceaux étaient retombés çà et là. Les lambeaux de chair qui formaient le cercle avaient été arrachés, calcinés, détruits. Le braséro n'était plus qu'un bout de métal tordu. Sulfurique s'appuyait contre un mur, une expression ahurie peinte sur le visage. On aurait dit une terrifiante poupée de chiffon jetée là par un bébé furieux. Il tenait encore son grand grimoire serré dans ses bras.

1. La *rigor mortis* désigne la rigidité qui s'empare du corps après la mort.

Le martèlement s'accentua ; puis la porte du grenier explosa, arrachée de ses gonds. Quatre hommes – des armoires à glace – entrèrent au pas cadencé. La créature disparut à l'instant. Sulfurique se mit debout tant bien que mal.

– Sortez ! Sortez d'ici ! Non mais ! Pour qui vous prenez-vous ?

Pyrgus ouvrit de grands yeux. Il savait que ces hommes se prenaient exactement pour ce qu'ils étaient : des membres de la garde de Sa Suprême Majesté, l'Empereur pourpre, comme l'indiquait l'insigne sur leur uniforme.

26

– Mon garçon ! Où est mon garçon ? gémit Jasper Blafardos.

– Tais-toi ! marmonna Sulfurique.

Le vieillard contemplait les dégâts, encore sidéré par l'enchaînement trépidant des derniers événements. Alors qu'il était sur le point de mettre à exécution son plan ultime, alors qu'il allait atteindre le but sublime de toute son existence... ses espoirs les plus fous s'étaient évanouis. Tout avait disparu. À commencer par Beleth. À continuer par le garçon. À terminer par son matériau qui lui avait coûté si cher. Il lui faudrait des semaines pour le remplacer. Au moins !

Bien sûr, il avait le livre. Et un contrat, aussi. Mais ça, ce n'était pas forcément une bonne nouvelle...

– J'insiste ! couina Blafardos, qui se maîtrisait de moins en moins. J'insiste avec force : où-est-mon-garçon ?

Sulfurique soupira :

– Ils l'ont emporté.

– Qui ça, « ils » ? De quel droit ? Pourquoi ne les en as-tu pas empêchés ?

– Parce qu'ils étaient quatre et que j'étais seul. Parce qu'ils étaient forts et que j'étais hors combat. Et aussi parce qu'ils étaient membres de la Garde de l'Empereur.

Blafardos cilla :

– Des... des gardes de l'Empereur ? Des gardes de l'Empereur *pourpre* ?

– Tu connais un autre Empereur, peut-être ?

Sulfurique n'avait qu'un souhait : que ce gros crétin s'en allât. Vite. Il avait besoin de réfléchir. De dresser un plan pour rebondir.

– Pourquoi l'Empereur voulait-il cet enfant ? demanda Blafardos.

– Aucune idée !

– Tu es dur avec moi, Silas. Pense un peu à ma déception, s'il te plaît !

Sulfurique opta pour la diplomatie :

– Je pense à *notre* déception, Jasper. À la déception que nous éprouvons toi et moi. Mais qu'attendais-tu de moi ? Que je défie seul quatre gardes mandatés par l'Empereur pourpre ?

– Ils avaient un mandat ? signé de l'Empereur en personne ?

– Je ne sais pas si le mandat était de la blanche main de l'Empereur lui-même. Si ça se trouve, ils les impriment par dizaines... Tout ce que je sais, c'est qu'ils m'ont agité sous le nez un bout de parchemin, et ils sont partis.

– Tu as lu ce qui était écrit dessus ?

Sulfurique regarda Blafardos comme s'il était devenu fou.

– Je te dis que c'étaient des gardes de l'Empereur, mon ami, *de l'Empereur* ! On ne finasse pas, avec eux !

En réalité, maintenant qu'il y songeait, il regrettait de ne pas avoir pris le temps de le lire. Il aurait ainsi eu un indice pour comprendre ce que ce gamin avait de si particulier. Que d'amateurs : d'abord, Beleth ; ensuite, l'Empereur pourpre...

Sulfurique traversa la pièce et tint Blafardos par le bras. Il fit un effort considérable pour adoucir et raffermir sa voix à la fois.

– Écoute, Jasper, laisse-moi le temps de ranger un peu ce fatras. Ensuite, je m'occuperai de remettre la main sur ce gamin. Il est entré chez nous par effraction. Il nous a dérobé des chats. Il a enfreint la loi, Jasper. Il nous a causé un préjudice. Nous avons droit à des réparations. Je ne sais pas ce que l'Empereur lui veut, et peu m'importe : nous allons réclamer justice. Même Sa Très Gracieuse et Très Suprême Majesté n'est pas au-dessus des lois. Sois gentil, Jasper ; laisse-moi une demi-heure pour nettoyer les dégâts. Ensuite, envoie-moi Glanville et Grayling dans mon bureau.

– Nos avocats ?

– Oui, répondit Sulfurique patiemment. Si jamais tu rencontrais d'autres Glanville et Grayling, ne leur dis rien. Mais si tu rencontres les Glanville et Grayling qui sont nos avocats, envoie-les-moi.

Il fixa Blafardos et expliqua :

– Nous allons adresser dans les règles une supplique au roi. Si la chance est avec nous, le garçon sera de retour ici dans vingt-quatre heures maximum.

– Tu... tu le crois vraiment, Silas ?

– Oui, mentit Sulfurique. J'y crois vraiment.

27

Le bureau de Sulfurique ne ressemblait pas du tout à celui de son partenaire. Il était beaucoup plus exigu. Beaucoup plus désordonné. Sombre. Et poussiéreux.

Les murs étaient couverts d'étagères où s'alignaient des rangées de livres de sorcellerie et de démonologie, fruits d'une vie de recherche et d'acquisition. Le bureau de Sulfurique disparaissait sous une mer de parchemins. Pour avancer dans cette pièce caverneuse, il fallait slalomer dans un labyrinthe complexe de chemises et de dossiers.

Sulfurique était en train de jouer avec une Main de Gloire quand Glanville et Grayling pénétrèrent dans son antre.

Les avocats auraient pu être jumeaux. Petits, bedonnants, le cheveu rare, ils portaient tous deux un costume trois-pièces et des mocassins étincelants. Chacun transportait un attaché-case en peau d'éléphant orné du même monogramme « G », apposé à la feuille d'or sur le côté. Ils avaient tous deux chaussé des lunettes sans monture, et arboraient tous deux un semblant de moustache qui refusait de pousser davantage. Ils cherchèrent tous deux du regard un siège où se poser, et soupirèrent à l'unisson lorsqu'ils s'aperçurent qu'il n'y en avait pas.

– Jasper Blafardos nous a signalé que vous souhaitiez nous voir, dit Glanville.

– Je dirais même pis : il nous a signalé que vous aviez du travail pour nous, ajouta Grayling.

– Il s'agirait, d'après ce que nous en savons, d'un garçon.

– D'un sauvageon...

– D'un garnement...

– D'un filou...

– D'un voleur...

– ... qui a disparu, déclara Sulfurique d'un ton sec pour couper court.

– Ah, oui ! s'écria Glanville. Emmené par les gardes de l'Empereur.

– Je dirais même pis : enlevé, enchérit Grayling.

Les deux avocats sourirent et dirent de concert :

– Et M. Blafardos voudrait le récupérer.

– En fait, ce n'est pas pour ça que vous êtes là, s'impatienta Sulfurique. Vous allez jeter un œil sur un contrat.

– Du droit contractuel ! s'exclama Glanville, pas décontenancé. Votre spécialité, cher Grayling !

– Je veux que vous examiniez tous les deux ce document ! siffla Sulfurique.

Nerveux, il tripota les doigts de sa Main de Gloire. De petites flammes apparurent au niveau des ongles. Il les éteignit aussitôt, puis il sortit un parchemin de son tiroir et le tendit aux avocats. Glanville s'en saisit, le lut, le passa à Grayling sans commentaires. Grayling mit un peu plus de temps à le lire. Il finit par relever la tête.

– Il est valide ? demanda Sulfurique.

– Oui, lancèrent à l'unisson Grayling et Glanville.

– L'une des parties contractantes est un démon.

– Aucune importance, répliqua Grayling. Le droit contractuel est formel : un démon contractant est un contractant comme un autre.

Glanville tendit la main et reprit le parchemin :

– Tout le monde essaie de faire casser ce type de contrats. D'autant que les démons sont négligents dans leur rédaction.

– Ils sont meilleurs tueurs que juristes, précisa Grayling, avec un sourire éclatant.

– Les faits sont là, continua Glanville. Si Beleth exigeait l'exécution du présent document, il y aurait matière à statuer juridiquement en sa faveur.

– En clair ?

– Il gagnerait à tous les coups. À moins, bien sûr, que votre signature ait été imitée, ou que vous puissiez prouver avoir paraphé ce parchemin sous la contrainte.

– En clair ?

– Le démon vous a-t-il forcé à signer ?

– Non. J'ai signé de mon plein gré.

– Mais je suppute que ce contrat n'a pas encore été exécuté, dit Glanville.

Sulfurique secoua la tête :

– Non. Pas encore.

Il reposa la Main de Gloire sur le bureau, près du coupe-papier. Les cinq doigts semblaient s'agiter faiblement.

– Je veux savoir si j'ai des chances de faire annuler ce contrat, murmura le vieillard.

Grayling agita ses lunettes :

– Cher monsieur Sulfurique, ce document est signé dans le sang.

– Les formulations sont dépourvues d'ambiguïté, ajouta Glanville. Vous avez promis un sacrifice précis à Beleth ; en contrepartie, il a accepté d'exaucer le souhait que vous avez spécifié.

– Vous avez un mois pour accomplir le sacrifice en question. Faute de quoi, la créature répondant au nom de Beleth prendra votre âme.

– Vous êtes fait, monsieur Sulfurique, conclut Glanville.

– Je dirais même pis, renchérit Grayling. Cher monsieur Sulfurique, vous êtes fait comme un rat.

28

L'horizon de Pyrgus était bouché. Le garde impérial qui marchait devant lui était si costaud qu'il lui barrait la vue. À ses côtés, deux autres gardes au visage impassible ; derrière lui, le quatrième. S'il tentait de fuir, Pyrgus aurait peut-être le temps de faire un pas ; mais il serait maîtrisé avant d'avoir esquissé le second. Les gardes n'étaient pas des amateurs.

N'empêche, il devait essayer de les berner.

– J'ai un caillou dans ma chaussure, annonça-t-il d'une voix forte.

Si les gardes s'arrêtaient pour lui permettre de l'ôter, il avait une chance d'en profiter pour filer.

Ils l'ignorèrent.

– Je vous préviens, insista le jeune homme, je risque de finir estropié si vous m'obligez à marcher avec un caillou dans ma chaussure. Moi, franchement, ça m'est égal ; mais vos supérieurs vont vous passer un savon pour avoir ramené un prisonnier blessé.

Pas de réaction.

Les quatre soldats et Pyrgus atteignirent le pont. Six autres gardes se joignirent à eux. Ils portaient des casques intégraux et une tenue anti-émeute, avec des matraques un peu partout. Pyrgus avait bénéficié d'une arrestation de luxe !

Il se demanda de quoi il s'agissait. Quand les quatre hommes l'avaient tiré du grenier, il avait été tellement soulagé d'échapper à Sulfurique et à son démon qu'il ne s'était même pas étonné qu'on lui eût envoyé les gardes de l'Empereur.

– Où m'emmenez-vous ? s'écria-t-il. J'ai le droit de le savoir !

Il attendit. Pas de réponse. Alors, il ajouta :

– Enfin, je *croyais* en avoir le droit...

De toute manière, les gardes n'avaient plus besoin de lui répondre. À présent, il avait une idée assez nette de ce qui l'attendait.

La traversée du pont Loman se déroula comme il convenait : la foule s'écarta au passage de la phalange de la Garde impériale, puis se pressa pour tenter d'apercevoir le prisonnier. Une fois le pont franchi, Pyrgus et les envoyés de l'Empereur longèrent le fleuve jusqu'au gué officiel. Là, ils s'arrêtèrent pour attendre la barge impériale.

Pyrgus comprit qu'il ne s'était pas trompé. Ils allaient au palais. Les dix sbires étaient chargés de l'amener devant l'Empereur.

Le jeune homme soupira. Que lui voulait son père ?

29

Le palais impérial se dressait sur une île située à l'endroit où le fleuve était le plus large. Près de trois kilomètres carrés de jardins officiels étaient entourés d'une forêt où l'Empereur allait parfois chasser le sanglier.

L'édifice avait été construit plus de quatre siècles auparavant en pierres pourpres. La couleur avait fané au cours des ans ; à présent, elle était presque noire, hormis au coucher et au lever du soleil, où elle prenait une légère teinte pourpre. Cette noirceur, alliée au pompeux style architectural à la mode de jadis, donnait au bâtiment une allure sinistre. La plupart des visiteurs le jugeaient intimidant. Pour Pyrgus, c'était juste sa maison.

Il passa l'entrée principale dans le sillage des gardes, avant de s'arrêter, le temps que Tithonus s'avance à leur rencontre. Le gardien portait l'uniforme vert de rigueur, ce qui renforçait le côté « lézard » qu'il avait toujours eu.

– À partir d'ici, c'est moi qui m'occupe de lui, annonça-t-il.

– Nous avons ordre de l'amener devant l'Empereur en personne, protesta le chef des gardes.

– Vos ordres ont été modifiés, dit Tithonus, le visage impassible.

Il fixa le garde droit dans les yeux, et Pyrgus sentit presque physiquement la volonté du soldat céder.

– Bien, monsieur, finit par murmurer le garde.

Il fit un signe à ses subordonnés, et la troupe tourna les talons avec un bel ensemble.

– Toujours aussi efficace, Tithonus, commenta Pyrgus dans un sourire.

– Et toi, toujours aussi mal habillé, grogna Tithonus, impassible. Tu veux te changer avant de voir ton père ?

– Non, je crois que je vais garder mes vêtements actuels. Il verra ce que je suis réduit à porter par sa faute...

Pyrgus ravala son sourire pour demander :

– Qu'est-ce qui se passe, Tithonus ? Pourquoi mon père a-t-il envoyé sa garde spéciale ?

– C'est à cause de Bleu. Viens, on va prendre le grand tour, je dois te mettre au courant d'un fait grave.

– Bleu ? répliqua Pyrgus. Qu'est-ce qu'elle a à voir dans cette histoire ?

Holly Bleu était sa cadette d'un an, ce qui ne l'empêchait pas de disposer d'un réseau d'espionnage qui faisait l'envie des Services de renseignements impériaux.

– Qu'est-ce qu'elle est allée raconter à Père, cette fois ?

– Que tu t'es mis Lord Noctifer à dos. Vrai ou faux ?

– Vrai. Il m'a surpris en train de lui voler son phénix doré.

Tithonus battit des paupières :

– Grands dieux ! Tu te rends compte des conséquences ?

– Il le maltraitait ! s'écria Pyrgus.

– Bien sûr qu'il le maltraitait ! Lord Noctifer maltraite même sa propre mère, alors... Tu ne l'as pas libérée pour autant, n'est-ce pas ?

– Non, j'avoue que non...

– Qu'est-ce que tu as fait de l'oiseau ?

– Je l'ai nourri puis relâché dans la nature.

Tithonus le dévisagea, bouche bée :

– Pyrgus, est-ce que tu sais combien ça coûte, de capturer un phénix doré ?

– Non.

– Tu as au moins conscience que Lord Noctifer est un homme puissant ?

– Ça ne lui donne pas le droit pour autant de maltraiter un phénix !

– C'est un membre éminent de la noblesse, et...

– Il appartient au peuple des Fées de la Nuit ! glapit Pyrgus.

– Oui, c'est une Fée de la Nuit *et* un noble. Il a des relations politiques considérables – et je ne parle même pas de ses *ambitions* politiques, encore plus considérables. Lord Noctifer est le porte-parole de toutes ces crapules sans foi ni loi !

– À propos de crapule, comment se porte Comma ?

– N'essaie pas de détourner la conversation, lâcha

Tithonus d'un ton glacial. Lord Noctifer va te chercher des poux dans la tonsure et, crois-moi, il va t'en trouver.

– Je n'ai pas peur de lui, affirma Pyrgus.

– Attends de parler avec Sa Majesté Impériale...

Le Gardien prit une grande inspiration :

– Pyrgus, je pense qu'il est temps pour toi de te rendre compte de qui tu es... et de ce que tu n'es pas. Tu n'es pas un jeune soldat en quête de fortune. Et tu auras beau t'acharner à te déguiser en fils de commerçant ou d'artisan, tu restes Son Altesse le Prince héritier. Ce qui te donne un certain nombre de devoirs, je dirais même de responsabilités, que tu vives ou non au palais.

– C'est grave, alors ?

Tithonus acquiesça :

– Ton histoire avec Lord Noctifer a interrompu des négociations très délicates. Ses hommes t'ont reconnu. Ils ont envoyé un rapport à leur employeur dans l'heure qui a suivi l'effraction. Lord Noctifer ne traite peut-être pas son phénix avec toute l'affection et le respect requis ; mais il y tient car, lui, il sait parfaitement ce qu'il vaut. Il a exprimé des exigences auxquelles il sera difficile d'accéder. Il a lancé des hommes à ta poursuite. Vu les circonstances, il est en mesure de te mettre le grappin dessus et de te garder. Tu imagines le scandale que cela susciterait ? Le Prince héritier à la merci d'une Fée de la Nuit ? Ton père est furieux !

Pyrgus sentit son cœur se serrer, comme c'était souvent le cas lorsque la discussion portait sur son père.

– Ne perds pas ton calme devant lui, conseilla Tithonus. Quoi qu'il arrive.

30

Pyrgus perdit son calme devant son père dès le début de leur conversation.

– Je n'ai pas abandonné la maison ! hurla-t-il, hors de lui. Je n'ai pas fui mes responsabilités ! C'est toi qui m'as forcé à partir : je n'arrive pas à croire que tu chasses encore des animaux ; que tu as conservé ton zoo ; que tu respectes ces traditions barbares qui...

– Tu sembles te soucier davantage des animaux que des gens, l'interrompit son père d'une voix coupante. Mais il ne s'agit pas d'animaux, Pyrgus : il s'agit de l'avenir de l'Empire.

– Tout de suite les grands mots ! ironisa Pyrgus sur le ton le plus approprié pour faire sortir son père de ses gonds.

Ils étaient dans le jardin d'hiver situé derrière la salle du trône. L'odeur entêtante des orchidées flottait dans l'air. L'Empereur pourpre n'était pas grand, mais il était large d'épaules. Il avait le crâne tondu à la manière papale. En tant qu'Empereur, il était aussi le chef de l'église de Lumière. Il portait une chemise ouverte qui montrait ses tatouages officiels, des papillons qui semblaient battre des ailes tandis que le monarque luttait pour ne pas perdre sa maîtrise de soi.

Pour une fois, il y réussissait plutôt mieux que Pyrgus. C'est d'une voix presque calme qu'il dit :

– Je n'emploie pas de grands mots, Pyrgus. Je parle de la vraie vie. De *ta* vie comme de la mienne. Je suppose que Tithonus t'a rappelé qui tu étais.

– Sans doute lui avais-tu demandé de le faire.

– Oui, en effet. Parfois, tu es plus attentif à ses paroles qu'aux miennes. J'espérais que, en discutant avec toi, il parviendrait à te mettre dans de bonnes dispositions d'esprit pour notre petite conversation, mais je m'aperçois que j'étais beaucoup trop optimiste. Pyrgus...

– Tu sais que l'usine de la voie Bouillonnante utilise des chatons pour fabriquer de la colle ? coupa le jeune homme en colère. Tu sais que les Fées de la Nuit invoquent des démons majeurs ? Tu sais que l'une d'elles a voulu m'assassiner ?

– Il est de notoriété publique que le comportement des Fées de la Nuit laisse beaucoup à désirer ; néanmoins...

– Père, tu négocies pourtant avec elles ! Tu les traites comme tes *égales* !

– Je les traite comme des sujets de l'Empire, ce qu'elles sont. Que ça te plaise ou non. Elles sont difficiles, je le reconnais ; toutefois...

Pyrgus crut qu'il allait exploser.

– « Difficiles » ? cracha-t-il. Elles cherchent à saper les fondations de notre monde, oui !

– Tu as raison. C'est exactement leur but. Et c'est exactement pourquoi nous devons les traiter avec beaucoup de prudence. Voilà des mois que je négocie avec leurs chefs, y compris Lord Noctifer. Nous en sommes à un point critique. La dernière chose dont j'aie besoin, c'est que mon imbécile de fils fourre son nez au mauvais endroit et donne à mes adversaires de nouvelles armes contre moi !

– Mère n'aurait jamais accepté de s'abaisser comme tu t'abaisses !

Le monarque se tourna vers Pyrgus avec rage :

– Laisse ta mère en dehors de cette affaire, veux-tu ? Tu n'as pas la moindre idée de ce qu'elle aurait accepté ou pas ! Tu n'as pas la moindre idée de ce qui se trame ! J'ai essayé de t'intéresser aux affaires de l'Empire, mais tu es incapable de prendre autre chose en considération que tes maudits animaux et ton nombril ! Pourtant, si nous n'arrivons pas à un accord avec les Fées de la Nuit, elles ne s'attaqueront pas seulement aux oiseaux et aux petites créatures qu'elles tueront : elles s'attaqueront aussi aux gens !

– Les Nuisibles tuent déjà des gens, de toute façon.

Un instant, l'Empereur parut au bord de l'apoplexie. Il réussit de justesse à se contrôler et reprit :

– Ça suffit. J'en ai assez. Je ne t'ai pas fait amener ici pour parler de politique ou t'expliquer mes décisions. Je suis l'Empereur, et cela me donne certains droits. Quand *tu* seras sur le trône, libre à toi d'édifier des sanctuaires pour les chats et les chiens errants du royaume. En attendant ce grand jour...

– Je ne veux pas édif...

– TAIS-TOI ! tonna l'Empereur. Pour changer, tu vas écouter ce qu'on te dit ! C'est de ton avenir que je vais te parler – de *ton* avenir à toi ! Alors, auras-tu l'extrême amabilité de m'écouter ?

Pyrgus foudroya son père du regard, mais il ne dit rien.

L'Empereur avisa ses mains qui, sans qu'il s'en rendît compte, avaient arraché quelques précieuses orchidées. Il jeta les pétales sur le sol et fixa Pyrgus :

– Tu es en danger.

– Holly Bleu ne sait pas ce qu'elle...

– Tu es censé m'écouter, dit le monarque calmement.

– Pardon.

– Holly Bleu n'a rien à voir dans l'affaire. Elle m'a raconté ton escapade chez Lord Noctifer, mais ce que je vais te rapporter m'a été relaté par le Service d'information impérial. L'information a été recoupée ; elle est garantie véridique. Il semble que tu aies été une cible privilégiée depuis que tu as quitté le palais.

L'Empereur leva la main pour empêcher Pyrgus de l'interrompre :

– Je sais que tu as gardé ton identité secrète. Je sais que tu t'es fait passer pour une sorte de baladin.

Il jeta un regard de dégoût aux vêtements que portait Pyrgus.

– Tes traits ne sont pas vraiment connus, concéda-t-il. Mais nous ne sommes pas les seuls à avoir nos espions. Nous serions naïfs de croire que nos amies de la Nuit n'ont pas eu vent des petites, euh, divergences que nous avons eues. Et plus naïfs encore de penser qu'elles n'ont pas été au courant de ton départ. Selon nos informations, elles n'ont eu de cesse qu'ils ne te retrouvent. Leur plan était – non, leur plan *est* – de te kidnapper. Pas pour l'argent, bien sûr : pour que je ne puisse refuser leurs exigences politiques. En entrant par effraction chez Lord Noctifer...

– Père..., murmura Pyrgus, gêné pour la première fois depuis le début de leur conversation.

– Je ne peux pas te le reprocher, avoua l'Empereur. Lord Noctifer est un immonde personnage. Il maltraite abominablement tous ceux qui lui tombent sous la main : serviteurs, admirateurs, proches, animaux... Peu lui importe. À ton âge, j'aurais commis la même bêtise que toi, je le crains. Mais, dans les circonstances actuelles, tu leur as apporté ta tête sur un plateau. Lord Noctifer est en droit de réclamer justice. Et ça m'étonnerait qu'il te traite beaucoup mieux que son phénix doré...

Le monarque se tut quelques instants avant de conclure :

– De plus, il *sait que je sais* que tu es virtuellement en son pouvoir. Il ne manquera pas de s'en servir.

– Mais il doit savoir aussi que tu ne me ferais jamais passer avant l'Empire ! rappela Pyrgus.

– Bien sûr que si, répliqua son père. Je t'aime.

31

Le jeune homme suivit l'Empereur dans le vaste couloir autour duquel s'organisait le palais.

– Qu'est-ce que tu *attends* de moi ? demanda-t-il.

Des serviteurs s'inclinaient sur le passage de l'Empereur, comme des vagues sur la plage.

– Je veux que tu te fasses oublier quelque temps, dit le monarque.

Ils arrivaient dans les quartiers privés. Un sort de silence permanent leur permettait de parler librement, sans crainte d'être espionnés : ici, les murs n'avaient pas d'oreilles.

– Le problème, c'est qu'aucun endroit n'est sûr pour toi, ici, dit l'Empereur. J'ai préparé ta translation.

– Vers le Monde analogue ?

L'Empereur acquiesça :

– Tu n'iras pas seul. Tithonus est trop vieux, mais Calme et Boucle te serviront de domestiques et de gardes du corps. Tu devrais débarquer sur une île déserte du Pacifique. Un climat agréable, des fruits exotiques en abondance et une faune sauvage très développée. Tu te sentiras comme un poisson dans l'eau ! Dès que les négociations auront été conclues, tu pourras revenir. C'est l'affaire d'un mois maximum, pas plus.

– Je pars quand ? demanda Pyrgus après un silence.

Son père lui posa la main sur l'épaule :

– Calme et Boucle ont déjà été translatés. Ils t'attendent sur l'île. Le portail a été ouvert dans la chapelle. J'aimerais que tu t'y rendes maintenant.

– Pour un mois ?

L'Empereur opina.

– Ne te fâche pas, dit Pyrgus, mais il y a quelque chose que j'aurais souhaité faire absolument...

Son père le regarda. Pyrgus déglutit :

– C'est à propos de cette usine...

Derechef, le monarque inclina la tête :

– Celle de Blafardos et Sulfurique ? Je me demandais combien de temps il te faudrait pour découvrir cette affaire...

Pyrgus sentit la colère le reprendre – mais pas contre son père, ce coup-ci :

– Ils tuent des animaux. Ils tuent...

Son père l'arrêta :

– Nous sommes au courant. Cependant, cette pratique n'est pas illégale. La colle est fabriquée depuis très longtemps à partir de cadavres d'animaux. Ne t'inquiète pas : des avocats s'efforcent de trouver un prétexte afin de fermer cette usine. Je devine ce que tu ressens ; hélas, tu vas devoir me laisser régler ce problème. Tu me fais confiance ?

– Oui...

Ils parvenaient à la chapelle, où les attendaient Holly et Comma.

La jeune fille se précipita vers Pyrgus et le serra dans ses bras.

– Je croyais que cette saleté de Lord Noctifer t'avait tué ! s'écria-t-elle. J'ai mis trois jours avant d'avoir de tes nouvelles.

Pyrgus se dégagea doucement :

– Lord Noctifer ne m'a jamais inquiété. C'est un autre qui a failli avoir ma peau.

– Qui ça ? demanda Holly d'une voix chargée de menaces. Si tu ne veux pas en parler à Père, je peux m'en occuper, tu sais...

Il n'en doutait pas. Dans quelques années, elle serait incroyable. Déjà, Holly était l'un des êtres les plus formidables qu'il connût. Même Tithonus la traitait avec respect. Pyrgus secoua la tête :

– Non, non, laisse tomber, c'était juste une blague.

Elle le fixa avec suspicion. Il comprit qu'elle ne laisserait pas tomber. Dès qu'il aurait été « translaté », elle activerait son réseau pour apprendre où il avait traîné et ce qu'il avait fait avant l'arrivée des gardes impériaux.

– Notre frère aime beaucoup les blagues, Holly ! minauda Comma.

Les commissures de ses lèvres se tordirent, formant un sourire bizarre.

– Allons, mieux vaut ne pas retarder davantage ton voyage, reprit-il. Plus vite tu seras parti, plus vite tu seras en sécurité.

Ses yeux étincelèrent, rappelant l'éclat des dents de Jasper Blafardos.

Le portail avait déjà été monté entre les piliers de l'autel. On aurait dit un feu d'un bleu éclatant. Si Pyrgus n'avait pas été au courant, il n'aurait jamais cru que quiconque pût entrer dans ce feu... et en ressortir vivant. Or, en dépit des apparences, *il n'y avait pas de flammes*. Si elles existaient – ce qu'aucun philosophe n'avait jamais établi avec certitude –, c'était entre les mondes. En tant que telles, elles n'étaient rien de plus qu'une manifestation visible de la séparation, une ligne de démarcation indiquant la limite entre deux dimensions.

La véritable puissance du portail résidait dans les améliorations apportées par les coûteuses machines qui distendaient l'espace-temps à cet endroit précis. Nul, dans l'empire des Fées, n'ignorait l'existence de cette technologie – elle était entrée dans la légende depuis des siècles ; mais seule la famille impériale était en mesure de se l'offrir. Le Monde analogue, où conduisait le portail, était l'ultime et l'unique porte de sortie en cas de menace contre l'Empereur et ses proches. Personne ne pouvait les retrouver là-bas.

– Comma a raison, Pyrgus, dit le monarque en revenant vers ses enfants. On t'a vacciné ?

Aussitôt, un prêtre s'avança, une seringue hypodermique à la main :

– Pas encore, Majesté.

Pyrgus releva sa manche et regarda ailleurs quand le prêtre piqua. Il ressentit une petite douleur, puis plus rien.

– Prêt ? demanda l'Empereur.

– Je crois.

– Tu ne manqueras de rien, le rassura son père.

Nous avons envoyé sur l'île ce dont tu pouvais avoir besoin. Calme et Boucle ont dû finir de préparer l'endroit, et ils attendent ton arrivée.

– Merci, Père.

La Princesse serra encore son frère contre elle et lui plaqua un bisou sonore sur la joue.

– Tu vas *tellllement* me manquer ! murmura-t-elle. Porte-toi bien.

Pyrgus l'embrassa.

– Et moi, cher frère ? intervint Comma. Tu ne m'embrasses pas ? J'ai peur que nous nous revoyions dans *tellllement* longtemps...

Pyrgus l'ignora et s'engagea au milieu des flammes bleues.

III

LA FÉE

32

Henry se figea, bouche bée. Ses yeux papillotaient énergiquement tandis qu'il essayait de déterminer quelle *chose* il avait aperçue dans la gueule de Hodge. Une petite silhouette ailée. Les ailes elles-mêmes ressemblaient à des ailes de papillon ; en revanche, la silhouette, elle...

Henry n'en revenait pas. La *chose* qu'il était en train d'examiner était une fée. Tout simplement. Enfin, pas si simplement que ça : les fées n'existaient pas.

D'accord, M. Fogarty *croyait* aux fées, comme il croyait aux fantômes et aux soucoupes volantes. M. Fogarty croyait aussi que le monde était gouverné par une conspiration secrète de banquiers suisses. Mais ce n'est pas parce que M. Fogarty croyait en quelque chose que cette chose existait.

– Hodge ! cria le garçon. Lâche ça, imbécile !

Il se jeta sur le gros matou et le prit par la peau du cou, comme font les chattes avec leurs chatons. Hodge protesta en miaulant et relâcha le... la... Bref, Hodge relâcha ce qu'il avait dans la bouche. Alors, Henry libéra à son tour le matou. L'animal le fixa d'un air accusateur et s'éloigna de deux pas avant de s'asseoir. Henry enferma la fée dans ses mains en coupe en prenant garde de ne pas froisser ses ailes.

Il écarta légèrement les doigts pour jeter un autre petit coup d'œil. La créature était un jeune homme de taille minuscule, pourvu d'ailes, qui devait être à peine plus vieux que Henry. Il portait une veste et un pantalon – non, des hauts-de-chausse vert bouteille tirant sur le marron. Ses ailes étaient grisâtres.

– Qui es-tu ? demanda le garçon.

La fée – c'était forcément une fée, une fée mâle mais une fée quand même – plaqua ses mains contre ses oreilles et essaya de s'échapper. Henry se dépêcha de placer ses pouces de manière à bloquer la sortie. Puis il redemanda, moins fort :

– Qui es-tu ?

Il se rendit compte que sa question montrait qu'il avait accepté beaucoup de présupposés.

1) Il avait admis que, comme dans les livres, la fée pouvait parler.

2) Il avait aussi admis que les fées existaient ; or, qu'est-ce que c'était, une fée ? Peut-être juste un petit insecte. Enfin, juste un petit insecte très rare.

3) Pourtant, en s'adressant à une fée en anglais, Henry avait également admis qu'une fée était peut-être intelligente (plus qu'un insecte en tout cas)... et susceptible de comprendre l'anglais.

Il ne distinguait pas très bien ce que fabriquait la fée dans ses mains ; il crut cependant voir bouger sa bouche. Aucun son n'en sortit.

– Je ne veux pas te faire de mal, dit Henry. Sans

moi, le chat t'aurait mangé. Hoche la tête si tu me comprends.

La fée acquiesça. Le garçon l'emmena dans la remise et chercha du regard un bocal vide. Il en dénicha un, y déposa la créature avec précaution, puis le reboucha soigneusement. La fée porta les mains à sa gorge, comme si elle suffoquait déjà.

– D'accord, d'accord, pousse-toi..., grommela le garçon.

Il n'avait pas l'intention d'ôter le couvercle ; mais, avec son couteau de poche, il y pratiqua quelques ouvertures pour laisser passer l'air. La fée s'était installée au fond du pot tandis que Henry trouait le couvercle. À l'évidence, elle n'était pas idiote.

Bon, et maintenant, qu'allait-il en faire ? Qu'était-on censé faire quand on avait attrapé une fée ?

Il eut une idée. Il essaya de l'oublier, mais elle revenait, insistante. Il finit par céder et, conscient de sa naïveté, il chuchota :

– Est-ce que tu exauces trois souhaits ?

La fée indiqua qu'elle n'avait pas entendu. Henry s'humecta les lèvres et reprit, un peu plus fort :

– Est-ce que tu exauces trois souhaits ?

La fée opina vigoureusement, puis demanda par gestes au garçon d'ouvrir le bocal.

– Non, non, non, dit Henry sans hésiter.

Il avait l'impression de s'être laissé aller. Il n'y avait que les petits enfants pour s'imaginer que les fées exauçaient trois vœux, non ? Mais il n'y avait aussi que les petits enfants pour s'imaginer que les fées existaient... Henry était perplexe.

Peut-être M. Fogarty saurait-il le conseiller. M. Fogarty avait un avantage de taille sur Henry : il croyait à l'existence des fées, lui. Ce qui signifiait probablement qu'il les avait étudiées. Qu'il les connaissait. Même s'il n'en avait jamais vu, il avait pu lire un livre où on expliquait la marche à suivre. Avant même d'avoir balayé ses dernières objections, Henry avait glissé le bocal dans sa poche et était parti à la recherche du vieil homme.

33

– Ça y est, terminé ? demanda M. Fogarty quand il aperçut le garçon.

Il était dans la cuisine, en train de se préparer un bol de café soluble.

– Non, je n'ai même pas encore commencé, répondit Henry.

– Ah ? Tu veux un café ?

– Non merci...

– Tant mieux. Je viens de finir cette cochonnerie cent pour cent chimico-toxique.

– Je voulais vous montrer quelque chose..., murmura Henry.

Soudain, M. Fogarty parut sur ses gardes :

– Quelque chose que tu as trouvé dans la remise ?

– Non, pas exactement *dans* la remise. Juste devant, en réalité.

M. Fogarty se pencha pour examiner le récipient poussiéreux. Il inspecta son contenu, les sourcils froncés :

– Tiens tiens, un jouet pour bébé...

La fée bougea.

– Grands dieux ! s'exclama le vieil homme en sursautant.

Puis un sourire éclaira son visage :

– Excellent ! J'ai failli croire qu'il avait réagi à mes mots. Comment ça marche ? C'est une poupée radiocommandée ?

– Non, dit Henry. C'est une fée.

– Quoi ?

M. Fogarty se pencha sur la table de la cuisine, où le garçon avait posé le bocal, et examina l'étrange créature avec attention.

– Ses lèvres bougent, mais je n'entends rien, remarqua Henry.

– Peut-être est-ce un problème de volume. Vu la taille de ses poumons, ça ne m'étonnerait pas...

– Il nous entend, signala Henry. Et il nous comprend.

– Logique. C'est intelligent, ces bêtes-là, aucun doute là-dessus. Intelligent *et* dangereux.

Henry plissa les yeux :

– Dangereux ? Comment un truc aussi riquiqui peut-il être dangereux ?

– Ça fait partie de l'astuce : comme elles ont l'air inoffensives, on les suit sans méfiance au pays des Fées, et là, crac ! on se retrouve à leur merci !

– À cause de la magie ? demanda Henry, désarçonné.

– À cause de leur nombre. En plus, certaines d'entre elles ont des dards empoisonnés, comme les abeilles en Afrique.

Le garçon n'en revenait pas :

– Vous... vous croyez vraiment que le pays des Fées – avec de la magie et tout et tout – existe ?

– Encore la magie ! C'est pas une histoire de magie ! Je te parle d'une autre dimension de la réalité. On ne t'a pas appris ça, à l'école ?

– Eh bien, je...

Mais M. Fogarty n'écoutait pas :

– Einstein – tu connais Einstein ?

Henry opina.

– Einstein s'est rendu compte qu'il y avait environ un milliard d'univers à notre porte, dit le vieil homme. Les spécialistes de la physique quantique l'ont confirmé. Cette créature doit venir d'un univers parallèle. Comme les OVNI, si tu veux...

La fée était assise en tailleur dans le bocal. Elle les regardait fixement. Si elle les entendait, elle ne le montrait pas.

– Enlève le couvercle, ordonna le vieil homme.

– Hein ? Mais si... Mais s'il s'enfuit ?

– S'enfuir ? Où ça ? J'ai fermé les fenêtres et la porte de derrière. Et s'il tente quoi que ce soit, pan, un bon coup de tapette et on n'en parle plus !

M. Fogarty sourit à la créature :

– Tu m'as compris, pas vrai ? Regarde-moi cette mine sournoise ! Il n'a pas perdu une miette de notre conversation ! Un bon coup de tapette si tu veux faire ton malin, d'accord ? *Comprendido ?*

À l'intérieur du bocal, la fée acquiesça. Henry ouvrit le pot à son corps défendant. Il posa le couvercle sur la table. Pendant un moment, la fée ne bougea pas. Puis elle se hissa jusqu'au bord et émergea à l'air libre.

Henry remarqua qu'elle ne se servait pas beaucoup de ses ailes. Elle se laissa glisser sur la table, son regard furieux vrillé sur M. Fogarty.

– Maintenant, ouvre grandes tes oreilles, ordonna celui-ci. On doit avoir une petite discussion, tous les deux. Bon, d'accord, tu m'entends alors que moi, non. Rassure-toi, c'est provisoire : je vais arranger ça. Si c'est une histoire de volume, je peux bricoler un truc. Cela dit, essaie de t'enfuir, et tu retournes *illico* dans le bocal. Définitivement. Alors, tu vas être sage ?

La fée opina.

– Tant mieux. Je n'en ai pas pour longtemps...

La créature s'assit, adossée contre le pot, tandis que M. Fogarty s'emparait d'une vieille boîte à chaussures sur la plus haute des étagères. La boîte était pleine de fils électriques et de pièces poussiéreuses. M. Fogarty farfouilla dans le bric-à-brac, sélectionnant des objets qu'il déposait sur la table, parmi lesquels le petit haut-parleur d'un ancien transistor. Il s'empara d'un tube de soudure instantanée à moitié utilisé et l'ouvrit pour évaluer son état.

– Personne ne se sert plus de ces machins-là, commenta-t-il. Il n'y en a que pour les nanopuces et les circuits électroniques...

Fasciné, Henry regarda le vieil homme assembler son amplificateur féerique, qui se terminait par le haut-parleur. Les mains de M. Fogarty étaient constellées de taches de vieillesse. Pourtant, ses doigts couraient avec une agilité stupéfiante, laissant supposer qu'il était un habitué de ce genre d'exercice. À un moment, la fée se leva et se mit à tendre les composants dont M. Fogarty avait besoin. Apparemment, elle savait d'instinct ce qu'il mijotait et ce dont il avait besoin pour le réaliser.

Lorsque le dernier morceau fut en place, M. Fogarty dit à Henry :

– Va voir dans le placard, sous l'évier : il doit y avoir une pile rectangulaire de neuf volts.

À première vue, sous l'évier, il n'y avait guère que des cordes. Pourtant, tout au fond, Henry finit par trouver une pile :

– Ça va, ça ?

M. Fogarty finissait de peaufiner l'amplificateur. Il accorda à peine un regard à Henry.

– Oui, lâcha-t-il.

Il prit la pile, y raccorda les fils et désigna à la fée un microbouton plus gros que la tête de la créature :

– Parle là-dedans.

La fée se pencha vers le micro, regarda le vieil homme puis Henry. Ses lèvres bougèrent, et une petite voix s'éleva du haut-parleur :

– Tu n'as pas été gentil avec le chat...

34

Henry battit des paupières :

– Il voulait te dévorer ! Il t'avait pris pour un papillon, il t'aurait tué !

Cependant, le garçon était plus étonné que scandalisé par l'ingratitude de la fée. Lui aussi aimait les chats, même ce gros matou de Hodge.

– Je m'en serais sorti tout seul, affirma la créature.

– On se fiche du chat, lança M. Fogarty. Il y a plus important. Tu comprends ce que je te dis, hein ?

– Oui.

– Et tu parles anglais, apparemment...

– Là, je parle anglais ?

– Oui ! Où l'as-tu appris ?

– Je ne l'ai pas appris. Je n'en ai pas eu besoin.

Le vieil homme grimaça :

– Donc c'est ta langue maternelle ?

– Je ne pense pas.

– Tu veux jouer au plus malin avec moi ? s'agaça M. Fogarty.

La fée le regarda avec une expression indéchiffrable :

– Pourquoi cette histoire de langue vous préoccupe-t-elle tant ? Vous me comprenez, je vous comprends, où est le problème ? J'ai besoin de votre aide.

– Notre aide ? J'espère que tu ne comptes pas sur nous pour te livrer des secrets de notre civilisation, parce que...

– Qu'attends-tu de nous ? coupa Henry.

Dans les contes, il fallait toujours être serviable avec les fées. Peut-être que celle-ci lui revaudrait son petit service. Il pensait à ses parents. Il pensait aux trois vœux. Mais il ne pouvait pas parler des trois vœux ni de ses parents devant M. Fogarty. Sans compter que, lorsqu'on réclamait, les fées se braquaient, parfois...

– Je veux retourner d'où je viens, dit la créature.

– Au pays des Fées ? demanda Henry.

– Si c'est ainsi que tu appelles cet endroit.

– Et toi, comment l'appelles-tu ? s'emporta M. Fogarty.

La fée haussa ses petites épaules :

– Je n'ai pas de nom particulier... L'Empire, peut-être... ou le monde, tout simplement.

– Mais ce monde, ce n'est pas le nôtre ? s'enquit Henry.

Le vieil homme précisa :

– C'est une sorte de dimension parallèle, n'est-ce pas ?

– Oui.

M. Fogarty se tourna vers Henry :

– Qu'est-ce que je te disais ? Cette créature est un extraterrestre.

– Comment t'appelles-tu ? voulut savoir le garçon.

– Pyrgus, dit la fée. Pyrgus Malvae.

– Et tu viens d'ailleurs...

– Oui. Tithonus, mon précepteur, m'a expliqué que votre monde est analogue au nôtre. Et réciproquement : notre monde est analogue au vôtre, nos mondes sont analogues... On peut le dire comme on veut, c'est la même idée.

– Mais qu'est-ce que ça veut dire, des « mondes analogues » ? demanda Henry.

– Ça veut dire qu'ils sont connectés, traduisit Pyrgus. D'après Tithonus, c'est comme quand on rêve, sauf qu'on ne quitte pas son corps. Les mondes oniriques peuvent être sacrément tordus, pas vrai ? N'empêche, on comprend toujours ceux qui y vivent...

Henry n'était pas du tout certain d'avoir saisi ; cependant, M. Fogarty semblait satisfait.

– Donc tu t'es téléporté dans notre monde, conclut-il.

– Téléporté ? Nous, nous disons « translaté ». En fait, quand on se translate, on ne bouge pas physiquement. On entre juste dans un autre état de conscience.

Attentif à ne pas perdre ses interlocuteurs, Pyrgus ajouta :

– Mais, au fond, on a quand même l'impression de bouger physiquement.

– Vous vous translatez dans notre monde depuis des siècles ? supposa M. Fogarty.

– Seuls certains d'entre nous se translatent, précisa Pyrgus soudain sur ses gardes.

– Tu veux dire que tout le monde n'a pas les moyens de se translater ?

– Oui, en quelque sorte...

Pyrgus changea de position, ce qui n'empêcha pas le micro de continuer à fonctionner parfaitement.

– Bon, je ne sais pas qui vous êtes..., commença la fée.

– Je m'appelle Henry Atherton, répondit le garçon aussitôt.

Il avait décidé qu'il appréciait Pyrgus : il aimait son côté rentre-dedans.

La fée l'ignora :

– ... mais je ne vous adresserai plus un mot tant que vous ne m'aurez pas promis de m'aider à revenir chez moi.

– Tu ne peux plus retourner chez toi ?

La petite créature garda le silence.

– Comment pourrait-on t'aider si tu boudes ? s'exclama M. Fogarty.

Pyrgus croisa les bras et scruta le plafond. Le vieil homme céda :

– D'accord, d'accord, on va t'aider ! Mais je te préviens : c'est donnant-donnant.

– Qu'est-ce que vous voulez ? Que j'exauce trois vœux, vous aussi ?

Henry rougit.

– On reparlera de ça, déclara M. Fogarty. Il faut juste que tu saches que, dans ce monde, on n'a rien sans rien.

– Prouvez-moi que je peux vous accorder ma confiance, exigea Pyrgus.

Le vieil homme sourit :

– À part nous, qui peut t'aider ?

La fée le regarda fixement.

– Tu vois ce que je veux dire ? reprit M. Fogarty.

Pyrgus continua de l'observer un long moment, puis grommela quelque chose comme :

– Vous ne serez pas pires que Sulfurique, de toute façon...

D'une voix plus distincte, il lança :

– Entendu, donnant-donnant : vous m'aidez à rentrer chez moi, et je vous enverrai de l'or à mon retour.

– On te croit..., lâcha M. Fogarty.

– Ben quoi ? protesta Pyrgus, furieux. Vous avez vu la taille que j'ai, actuellement ? Vous pensez que je me trimballe avec combien de lingots sur moi ?

– Tu n'avais pas cette taille, avant ? s'étonna Henry.

– Non. Ni cette taille, ni ces ailes ridicules.

– Je pense qu'il est temps que tu nous racontes avec précision ce qui t'arrive, conclut M. Fogarty.

35

Une fois lancé, Pyrgus semblait intarissable. Il se noyait dans des détails inintelligibles, se permettait des raccourcis difficiles à suivre... et pourtant, son histoire demeurait fascinante.

Les Fées de la Lumière avaient découvert le Monde analogue – celui de Henry – environ cinq mille ans plus tôt, lorsque trois familles de grainetiers avaient fait naufrage sur une île volcanique perdue au fin fond du pays des Fées. L'endroit était aride et les marchands y seraient sans doute morts de faim si l'un des enfants n'avait buté sur quelque chose de très étrange : deux piliers de basalte, qui dévoilaient un brasier incandescent ne dégageant aucune chaleur.

L'enfant – une fillette appelée Arana – s'était aventurée dans la fournaise froide. Elle s'était retrouvée dans un endroit qui, loin d'être aride, était luxuriant. L'eau y coulait en abondance et il y poussait une jungle de plantes et de fleurs gigantesques. Arana était d'autant plus excitée qu'elle avait été transformée en créature ailée capable de voleter d'une fleur géante à une autre.

La fillette s'était amusée un bon moment dans ce monde stupéfiant. Puis, quand sa famille lui avait trop manqué, elle avait trouvé le courage de se risquer entre les piliers en feu ; et elle était revenue sur l'île aride. Ses ailes avaient disparu.

Quand elle avait raconté son aventure, personne ne l'avait crue ; cependant, elle avait réussi à convaincre son grand frère, Terryen, de l'accompagner jusqu'aux piliers enflammés. Avant que celui-ci pût l'en empêcher, elle s'était avancée dans le brasier. Terryen plongea à son tour dans l'étrange fournaise pour essayer de la sauver... et il se transforma à son tour en créature ailée dans un monde verdoyant.

Terryen était assez mûr pour se rendre compte qu'il n'était pas entouré de fleurs et de plantes *géantes* : il comprit que c'était lui qui avait rapetissé. Lorsqu'il revint sur l'île avec sa sœur, ils perdirent tous deux leurs ailes et récupérèrent leur taille initiale.

La découverte du portail de feu sauva les naufragés de la famine : ils dénicheraient de quoi subsister en s'installant dans l'autre monde. En bons grainetiers, ils connaissaient déjà nombre de plantes qu'ils repérèrent, et ils introduisirent sur Terre quelques espèces du Royaume des Fées dont ils avaient sauvé les semences lors du naufrage.

– Lesquelles ? demanda M. Fogarty.

– Les campanules, les digitales..., énuméra Pyrgus. La plupart de vos fleurs avec des clochettes viennent de « mon » monde.

Les premiers mois, Terryen retourna régulièrement sur l'île déserte, dans l'espoir d'apercevoir un bateau qui viendrait à leur rescousse. À mesure que le temps passait, ses voyages devinrent de moins en moins fréquents. Il finit par laisser une trace écrite de ce qui était arrivé aux naufragés, à l'abri des intempéries. Sur un rocher proche des piliers, il peignit de grands signes pour indiquer où se trouvait son récit. Il espérait que, si des gens débarquaient un jour sur l'île, ils repéreraient le journal et viendraient chercher les naufragés dans le Monde analogue pour les ramener chez eux.

Cela n'arriva jamais.

36

Au début, Terryen mettait son récit à jour tous les six mois. Bientôt, il ne le mit plus à jour qu'une fois par an. Puis ces mises à jour s'espacèrent, jusqu'à cesser définitivement.

À cette époque, il avait la quarantaine, et la petite Arana n'était plus une fillette : elle était devenue une femme. Les fils et filles des différentes familles de grainetiers s'étaient unis de l'autre côté des piliers, donnant naissance à des enfants ailés. Ces nouvelles générations de fées n'avaient jamais connu le monde dont étaient originaires leurs parents, hormis le petit coin d'île déserte qui ne les intéressait guère. Ils avaient leurs racines au milieu des plantes et des fleurs du Monde analogue.

Il fallut près de quatre cents ans avant que quiconque mît le pied sur l'île des naufragés. Le premier à y débarquer fut un sorcier nommé Arion : le moteur de son bateau de pêche avait des ratés, et il voulait le réparer à sec.

– Vous avez des sorciers, dans votre monde ? s'étonna Henry, passionné.

Pyrgus lui adressa un regard blasé :

– Les sorciers sont juste des gens qui font marcher les choses. Un peu comme M. Fogarty.

– Continue ton histoire, grommela l'intéressé.

Arion avisa les signes sur le rocher, un peu passés mais encore lisibles. Il suivit les instructions et mit la main sur le récit de Terryen, qui avait plutôt bien résisté aux siècles. Mais il eut beau chercher, il ne parvint pas à repérer les piliers où brûlait ce feu mystérieux. Il ne décela pas non plus la moindre trace de naufrage. Il conclut que le journal était un faux.

Cependant, même faux, le manuscrit avait plusieurs siècles ; de quoi éveiller une curiosité légitime. Par conséquent, Arion légua sa trouvaille à la Guilde des sorciers.

– Vous avez même une Guilde des sorciers ? s'enthousiasma Henry.

M. Fogarty lui fit signe de se taire.

L'ouvrage de Terryen resta inexploité encore six décennies. Ce fut un noble aventurier, Urticae, qui s'y intéressa le premier. Urticae était une Fée de la Nuit.

– Vous avez des *nobles* ? s'extasia Henry.

– Mais tais-toi donc ! explosa M. Fogarty.

N'ayant rien de mieux à faire, Urticae se rendit sur l'île des naufragés. Lui non plus ne parvint pas à localiser les piliers de basalte. Toutefois, il comprit qu'un tremblement de terre avait ravagé l'île ; les éboulements avaient pu recouvrir le portail. Il ne lui fallut pas longtemps pour se convaincre que ce portail avait bel et bien existé. Il devina qu'une porte d'entrée vers un autre monde pourrait avoir des conséquences politiques et militaires considérables.

Il supposa également que le portail n'était pas apparu ici par hasard : quelque chose dans les conditions naturelles de l'île justifiait sa présence. À la stupéfaction de sa famille et de ses amis, il passa les trois années suivantes à visiter des sites volcaniques dans l'espoir de découvrir un autre portail. Le lendemain de son trente-troisième anniversaire, son rêve devint réalité.

Le nouveau portail – le deuxième seulement à être mis au jour dans le Monde des fées – était situé dans la propriété d'un autre noble, une Fée de la Lumière appelée Iris. Urticae tenta de lui racheter le site, mais Iris, sentant qu'il y avait anguille sous roche, refusa de vendre. La Maison d'Urticae déclencha une attaque contre la Maison d'Iris, ouvrant les hostilités entre les Fées de la Nuit et les Fées de la Lumière... qui n'avaient cessé de causer des dommages depuis lors.

La Maison d'Iris remporta la bataille : ce n'est qu'une fois les forces d'Urticae défaites que la Fée de la Lumière comprit le fond de l'affaire. Il fouilla sa propriété tant convoitée de fond en comble et finit par tomber sur le portail naturel. Au départ, il ignorait ce dont il s'agissait. Une rapide enquête l'éclaira. Sa découverte devait sceller les fondations de la puissance et de la richesse que connurent désormais les siens.

M. Fogarty se pencha vers la fée :

– Tu veux dire qu'il n'y a qu'un seul portail entre nos deux mondes ?

– Non. Entre-temps, d'autres ont été découverts.

On en compte aujourd'hui dix-huit. Mais tous ne sont pas toujours ouverts. Certains sont ensevelis – comme on suppose que le premier l'a été. D'autres ne fonctionnent plus, sans que personne comprenne pourquoi. Actuellement, cinq sont en état de marche, y compris celui de l'Emp... celui dont Urticae n'a pas réussi à s'emparer.

Les traits de M. Fogarty paraissaient impassibles ; cependant, une lueur de curiosité brillait dans ses yeux.

– Qu'est-ce qu'il a de si spécial ? demanda-t-il.

Pyrgus hésita, avant de lancer :

– Il a été, euh... modifié.

M. Fogarty attendit la suite. Comme elle ne venait pas, il répéta :

– Modifié ? Comment ça ?

– L'Emp... le... Enfin, des sorciers ont étudié le phénomène. Il y a un moment, hein – ça se passait avant ma naissance... Le portail a été ordinaire pendant, mettons, des siècles. Un jour, la Maison d'Iris a réussi à modifier son mode de fonctionnement. Les autres portails ne conduisent qu'à un seul endroit, dans le Monde analogue. Résultat, deux d'entre eux sont inutilisables : l'un débouche en plein océan, l'autre au cœur d'un volcan en activité. Et ils ne mènent nulle part que là. Ils sont une sorte d'entre-deux-mondes fixe. Le portail de la Maison d'Iris est un entre-deux-mondes mobile. Grâce à lui, on peut aller où on veut.

– C'est celui que tu as utilisé pour venir ici, non ? dit M. Fogarty.

– Comment le savez-vous ?

– J'ai remarqué un portail « fixe » au fond de

mon jardin. J'imagine qu'il ne s'ouvre que lors de « translations » spéciales. Pourquoi as-tu choisi de venir ici ?

Pyrgus se tut un moment.

– Ce n'était pas délibéré, finit-il par répondre. Je n'étais pas du tout censé atterrir ici. Ni me retrouver miniaturisé ou muni d'ailes. Le portail de la Maison d'Iris est équipé d'un filtre qui permet d'éviter les inconvénients habituels de la translation. Cette fois, il n'a pas fonctionné... et je ne sais pas pourquoi.

– Parce qu'il a été saboté, affirma M. Fogarty.

37

– Alors, qu'est-ce que tu as cru dans son récit ? demanda M. Fogarty à Henry.

Le garçon écarquilla les yeux. Il avait *tout* cru.

– Vous pensez qu'il ment ?

– En grande partie. J'ai du mal à gober ces histoires de réduction de taille et d'ailes qui poussent...

– Il est petit et il a des ailes, objecta Henry.

– Et alors ? Ça ne veut pas dire qu'il a rétréci et qu'il n'avait pas d'ailes avant. Peut-être a-t-il toujours été comme ça !

Henry et le vieil homme étaient installés dans le salon en désordre de M. Fogarty. Ils avaient laissé Pyrgus Malvae dans la cuisine, en train de grignoter une chips quasiment aussi grosse que lui.

– Pourquoi mentirait-il ? lança Henry.

– Pour que nous baissions la garde. C'est mignon, n'est-ce pas, une gentille petite fée avec des ailes de papillon qui a des ennuis ? Qui se méfierait ?

– Mais pourquoi voudrait-il que nous baissions la garde ?

M. Fogarty se mordit les lèvres, se pencha vers Henry et souffla :

– Pour que les extraterrestres nous envahissent.

Henry n'en revenait pas.

– Pour que les extraterrestres nous envahissent ? reprit-il en écho.

– Tu sais combien d'Américains sont enlevés par les extraterrestres, chaque année ? Six millions ! SIX MILLIONS !

– Monsieur Fogarty...

– Et je ne parle que des Américains ! Imagine ce que ça donne à l'échelle mondiale... Crois-moi, il y a un complot dans l'air, et ça ne m'étonnerait pas que cette pseudo-fée en fasse partie. Il a déjà admis qu'il venait d'un univers parallèle. Et qu'est-ce qui vient des univers parallèles ? Des nounours en peluche, peut-être ? Non, Henry : imagine que cette créature soit verte avec des tentacules, ou qu'elle ressemble à l'espèce de chose qui sort de la poitrine de John Hurt, dans *Alien*. Lui accorderais-tu ta confiance, dis-moi ?

Henry n'avait jamais vu *Alien*. Il ne savait pas ce qui sortait de la poitrine de John Hurt, mais il avait tout lieu d'imaginer que cette « espèce de chose » était horrible.

– Non, évidemment, poursuivit M. Fogarty. Tu ne lui accorderais pas ta confiance, et tu aurais raison. Tu serais sur tes gardes. Penses-y. Si tu étais répugnant, avec de la bave qui suinte de partout, tu ne penserais pas à améliorer un peu ton look ? Tu ne prendrais pas la peine de revêtir une apparence moins inquiétante ? D'autant que ce n'est pas compliqué, avec un peu de technologie extraterrestre avancée – un réajusteur moléculaire, à mon avis. Et en quoi tu te changerais, hein ? En fée, voilà en quoi ! En fée !

– Et pourquoi, s'il vous plaît ?

– Pourquoi ? Pourquoi *quoi* ? Pourquoi en fée ?

– Oui.

– Parce qu'une fée, c'est sympa et menaçant à la fois. Tout le monde aime les fées ; et, en même temps, tout le monde en a peur. Elles ont un pouvoir qu'on ne contrôle pas.

– Mais si Pyrgus *est* vraiment un envahisseur extraterrestre, pourquoi nous aurait-il indiqué qu'il a rapetissé ?

M. Fogarty fronça les sourcils :

– Pardon ?

– Pourquoi nous raconterait-il des histoires aussi compliquées ? Pourquoi ne se contenterait-il pas de nous dire qu'il est une fée comme les autres ?

– Pour gagner notre sympathie ! Il veut nous faire peur *et* se rendre sympathique.

– Si nous croyions qu'il était une fée authentique, il n'aurait pas besoin de notre sympathie. Il l'aurait forcément. Tout le monde aime les fées, c'est vous qui l'avez dit.

Le garçon attendit que M. Fogarty réfléchît à ça. Le vieil homme était un peu timbré, d'accord, mais il n'était pas idiot.

– D'après toi, donc, je devrais lui faire confiance ? finit-il par demander.

– Bien sûr ! répondit Henry avec fougue.

– Et *nous* devrions même lui donner un coup de main ?

– Oui !

M. Fogarty haussa les épaules. Sa colère soupçonneuse semblait avoir disparu quand il marmonna :

– Eh bien, allons-y !

38

– Henry et moi avons eu une petite conversation, annonça le vieil homme à la fée, et nous avons décidé de...

– C'était quoi, ce truc ? l'interrompit Pyrgus.

– Quel truc ?

– Le truc que vous m'avez donné à manger.

– Une chips – une tranche de pomme de terre frite, quoi... Elle n'était pas empoisonnée, si c'est ce que tu penses.

Pyrgus leva des yeux surpris sur lui :

– Non, ça ne m'est pas passé par l'esprit. J'ai trouvé ça très bon.

– C'était juste un peu de patate parfumée à l'oignon et au fromage, précisa M. Fogarty.

– Tu n'en avais jamais mangé ? s'étonna Henry.

– Non, répondit la fée. Ça n'existe pas, chez nous.

– Incroyable ! s'exclama le garçon.

Il avait du mal à imaginer un monde où l'on ne pouvait pas déguster un bon paquet de chips quand on en avait envie...

– Qu'est-ce que vous mangez, en apéritif ?

– Des mouchetés, en général. Des bulles de fumée, à la rigueur. Ou des nanettes, si on préfère le sucré. Il y a aussi les tranches d'ordelle ou de la poudre de corne de chaos – enfin, ça c'est un truc sexuel. Du côté de Bon-Marché, on peut trouver du rétinducule récupéré dans les écuries...

– Cette corne de chaos..., reprit Henry.

– On peut en reparler une autre fois ? coupa M. Fogarty.

Il fixa le garçon puis la fée :

– Donc, comme je l'ai dit, Pyrgus, Henry et moi-même avons eu une petite discussion, et nous avons décidé de t'accorder le bénéfice du doute.

– Le doute ? répétèrent en chœur Pyrgus et Henry. Quel doute ?

Le vieil homme les ignora :

– Nous avons décidé que tu étais peut-être ce que tu prétendais être, même si tu ne nous as pas encore dit *qui* tu étais. Cependant, nous avons quelques questions à te poser. Une question, en fait : tu crois qu'on va vous aider, ton peuple et toi, à envahir notre monde ?

Abasourdi, Pyrgus bégaya :

– En... envahir votre monde ? Vous êtes fou ? Il pleut tout le temps, ici ! Et vous croyez que nous aimons devenir minuscules avec des ailes dans le dos ? nous retrouver dans la gueule du chat ? être placés dans un bocal en verre ? Il n'existe qu'un seul portail équipé d'un filtre, et s'en servir coûte cher. Très cher. Mon pè... Les personnes qui le possèdent se plaignent sans arrêt du prix exorbitant. On ne s'en sert donc qu'en cas d'absolue nécessité. Je vous le répète, aujourd'hui, il n'y a qu'un seul autre portail qui vous emmène où vous voulez aller. Alors, rassurez-vous : ce n'est pas demain que vous verrez débarquer des hordes de fées !

M. Fogarty avait le même regard que celui de Hodge, au moment où il s'apprêtait à bondir sur une souris.

– Alors *d'où* viennent nos fées ? cracha-t-il.

– Ce sont les descendants de Terryen et des grainetiers naufragés !

– Ah...

Le vieil homme en resta sans voix, mais il se reprit très vite :

– D'accord. Dans ce cas, réponds-moi : à quoi tu ressembles, quand tu n'es pas transformé en fée ?

Pyrgus sourit :

– À un beau gosse...

39

La conversation continua ainsi un moment. Pyrgus répondit aux questions de M. Fogarty. Il fournit des explications cohérentes. Quand l'heure du repas arriva, il avait réussi à gagner la confiance de son hôte – du moins, assez pour que le vieil homme l'autorisât à quitter la cuisine et à se joindre à eux au salon, où Henry servit les haricots blancs à la sauce tomate qu'il avait cuisinés. Il en coupa un en petites tranches à Pyrgus. La fée prit chaque morceau dans ses mains comme s'il s'agissait d'une tranche de pastèque. À la fin du repas, Pyrgus s'essuya les lèvres sur sa manche et leva le pouce vers Henry.

Ils retournèrent dans la cuisine. Pyrgus s'assit sur l'épaule de Henry et s'empara de son micro tandis que le garçon prenait place sur une chaise.

– C'était encore meilleur que la chips, s'enthousiasma la fée. Qu'est-ce que c'était ?

– Un haricot blanc.

– Tu es un supercordon-bleu, Henry ! Comment tu as fait la sauce sublime qui allait avec ?

– Euh... Eh bien... À vrai dire, elle était toute préparée...

– Henry, déclara M. Fogarty, il doit y avoir une petite boîte dans le tiroir, là-bas. Il faut que nous construisions un micro portatif...

Henry se leva :

– Non, laisse, je vais m'en occuper moi-même. Je veux mettre au point un micro différent...

Il alla farfouiller dans le tiroir, d'où il tira une vieille boîte de dimensions très réduites. On aurait dit une blague à tabac.

– Voilà qui fera l'affaire. Ah...

Du magma de fils et de composants électriques qui jonchait la table, il extirpa une toute petite tête de micro.

– Ça va nous simplifier la vie..., grommela-t-il.

Sous les regards intrigués de Henry et de Pyrgus, qui s'était installé sur le plan de travail, le vieil homme s'affaira quelques instants, accrochant des bouts de fil à des objets divers et variés, fixant la tête de micro au bout d'un long fil.

– Et hop ! Un micro portable – enfin, plus ou moins...

Il revint vers le tiroir et y prit cette fois deux élastiques. Il les attacha au micro-cravate qu'il venait de confectionner :

– Bien ! Pyrgus, tu te sens capable de transporter ceci ?

La fée examina l'engin :

– J'imagine...

Pyrgus replia ses ailes. Glissa ses bras sous les élastiques. Passa la batterie et le haut-parleur comme un sac à dos. Étendit les ailes pour voir. Les bretelles de l'appareil étaient à la bonne taille.

– Dis quelque chose, exigea M. Fogarty.

– Quoi, par exemple ?

La voix de la fée sortait de la blague à tabac, sur la table, légèrement étouffée mais très distincte.

– Parfait ! s'exclama M. Fogarty. Henry, tu prends Pyrgus et la boîte.

Le garçon étendit la main. La fée sauta dessus et grimpa le long de son bras jusqu'à l'épaule.

– Où va-t-on ? demanda Pyrgus.

– Au fond du jardin. Si on veut trouver un moyen de renvoyer ce petit bonhomme chez lui, il faut que je sache comment il est arrivé ici.

Henry se sentit soulagé. Le vieil homme semblait avoir accepté l'idée que Pyrgus n'était pas un envahisseur de l'espace !

40

Ils sortirent tous les trois de la maison. Pyrgus était assis sur l'épaule de Henry, s'accrochant de temps en temps à son oreille. Sur son dos, la batterie du micro tressautait. Henry avait fixé l'amplificateur à son poignet.

– J'espère que le chat de tout à l'heure n'est plus dans les parages, gémit la petite voix de Pyrgus.

– Pas de panique : il se méfie de mes coups de pied au postérieur..., grommela M. Fogarty, qui aimait faire semblant de ne pas partager l'affection que Henry portait aux animaux.

Quand ils approchèrent de la remise, le vieil homme demanda :

– C'est par là que tu as débarqué, Pyrgus ?

– Juste derrière ce bosquet, je crois. J'ai été, euh... attiré par ce buisson-ci. J'aimais bien son odeur...

M. Fogarty fronça les sourcils :

– Tu as été « attiré par ce buisson » ? Comment cela ?

– Eh bien, je... je ne sais pas... C'est juste que je

l'aimais bien... Son odeur... Tout ça... J'avais l'impression d'y être en sécurité...

– Bizarre, commenta le vieil homme. Le buddleia attire les papillons, en général...

Ils s'avancèrent jusqu'aux arbustes. Plusieurs papillons s'étaient posés dessus. Henry les observa avec attention, espérant y découvrir une nouvelle fée.

C'était fou : la veille, il ne croyait pas aux fées ; aujourd'hui, il en *connaissait* une ; voilà maintenant qu'il était convaincu qu'il en existait d'autres, quelque part, sur la planète, qui descendaient de Terryen et des siens. Des fées qui avaient oublié leur monde d'origine... Cela lui donna une idée. Il tourna la tête vers Pyrgus.

– Terryen et Arana et les autres... Tu sais où le portail de l'île les a translatés, précisément ?

– Non.

Henry réfléchit :

– Déjà, puisqu'on en trouve partout dans le monde, ils ne se sont pas translatés sur une autre petite île. Ils n'auraient pas essaimé sur toute la planète.

– À mon avis, déclara Pyrgus, personne ne doit connaître l'endroit de la première translation : ça s'est passé des siècles avant que d'autres fées apprennent à se servir d'un portail. Après quoi, il a fallu attendre encore plusieurs siècles avant que des fées entrent en contact avec les descendants des grainetiers. À cette époque-là, ils n'avaient plus grand-chose en commun avec nous. Pour eux, les portails étaient devenus des mythes. Peut-être les premiers d'entre eux étaient-ils arrivés en Angleterre...

– On *est* en Angleterre ! s'écria Henry.

Pyrgus sourit :

– Je sais. M. Fogarty me l'a dit.

– Hum, je vois, tu te moquais de moi ? conclut Henry.

– Un peu, avoua la fée. Mais pas seulement : j'avais entendu évoquer l'Angleterre, avant d'arriver ici... et je ne parviens pas à me rappeler pourquoi. Ça m'énerve !

Pendant que le garçon et la fée conversaient, M. Fogarty avait fait le tour du massif de buddleia. Il repoussa des vieux bidons d'huile et des pièces détachées d'auto, dont un carter rouillé. Henry et Pyrgus le suivirent jusqu'à un endroit où des touffes d'herbe haute se dressaient, telles des pierres tombales.

– C'était là, exactement là, annonça la fée.

– Tu es sûr ?

– Oui. J'étais furieux en voyant tout ce fatras. J'étais censé débarquer en bon état sur une île exotique, et j'arrivais sous forme de papillon au milieu d'une décharge. Bon, pas une décharge, mais...

– Oh ! le coupa Henry en désignant un rond dans l'herbe. Qu'est-ce que c'est ?

– On dirait la marque que laissent les OVNI en atterrissant, grommela M. Fogarty.

– C'est un peu petit pour un OVNI, objecta Henry. Ça ressemble plutôt à un grand anneau !

– C'est une trace d'énergie, expliqua Pyrgus.

– Bizarre, comme énergie..., marmonna M. Fogarty.

– Les portails fonctionnent à l'énergie *volcanique*, avança la fée. Enfin, je crois. En tout cas, les portails naturels apparaissent près des volcans, ou là où se produisent des secousses sismiques. Mais il n'y a pas de volcan en activité près de celui que j'ai utilisé pour venir ici.

– Et le filtre ? s'enquit le vieil homme.

– Lui, il fonctionne à la lumière statique.

– Tu veux dire à *l'électricité* statique ?

– Non, à la lumière statique. Sinon, j'aurais dit « à l'électricité statique », pas si bête.

Mais M. Fogarty était têtu :

– Ça doit quand même être de *l'électricité* statique. Henry, tu veux bien aller jeter un œil autour du buisson ?

Henry acquiesça et se glissa sous les ramures. Il contourna les arbustes sans rien repérer de suspect. Il s'apprêtait à le signaler à M. Fogarty lorsque le portable du vieil homme se mit à sonner.

– Aïe ! gémit Pyrgus en plaquant les mains sur ses oreilles.

– Oui, j'écoute ! grogna M. Fogarty. Pardon ? Entendu.

Il raccrocha aussi sec.

– Saletés modernes : ça vous file une tumeur au cerveau à tous les coups... Henry, ta mère t'attend à la maison.

– Je...

– Elle a dit : « Je l'attends *illico*. »

Le cœur de Henry se serra : il avait presque réussi à oublier ce qui se passait chez lui ! Mais il ne discuta pas : il savait qu'on n'échappe pas à ses soucis – on peut juste les tenir à distance de temps en temps...

41

« Il se trame quelque chose d'anormal », pensa Son Altesse Sérénissime la Princesse Holly Bleu en sortant de sa chambre. Dans le couloir, un prêtre passait en courant. Les prêtres ne couraient jamais dans les couloirs du palais... ni ailleurs. Même les prêtres techniciens. Ils avançaient en procession, très dignes, très lents. Quand on était coincé derrière eux, il ne restait plus qu'à prendre son mal en patience.

Ce prêtre-ci courait. Sa toge de cérémonie voletait, dévoilant des chevilles poilues. Il exécuta un dérapage contrôlé qui lui permit de s'engager sans ralentir dans l'escalier principal. Il dévala les marches, débouchant dans la cour. Holly Bleu rentra dans sa chambre pour le suivre des yeux depuis sa fenêtre. L'homme fendit un groupe de domestiques avant de disparaître vers les cuisines ou l'entrée principale du palais. Impossible de le savoir.

Holly Bleu s'en agaça. Elle ignorait pas mal de choses, depuis quelque temps. Déjà, elle avait ignoré pendant des jours où avait disparu Pyrgus. Ce n'était pas que sa faute à elle : quel besoin avait éprouvé cette tête de mule d'aller jouer les gens du peuple ? Il était le Prince héritier. Qu'il le veuille ou non. Il avait de la chance : elle serait là pour le conseiller quand il serait Empereur. Mais quand même...

La disparition de Pyrgus n'était qu'un exemple. En voici un autre : son père négociait avec les Fées de la Nuit. Le détail des tractations lui était inconnu ; or, le processus s'était accéléré. Elle l'avait *senti*. Trop d'allées et venues. Trop de conversations discrètes dans les coins. Trop de visages inconnus dans le palais. Et son père qui refusait de lui en parler ! La dernière fois qu'elle avait mentionné les Fées de la Nuit, il avait failli quitter la pièce en courant.

Énième indice qu'il se préparait un événement grave : lorsque Holly Bleu avait signalé à son père que Lord Noctifer avait une dent contre Pyrgus, elle avait eu l'impression qu'il lui en voulait... au lieu de lui être reconnaissant !

La jeune fille s'assit devant sa coiffeuse. Elle regarda sa boîte à bijoux. Une dernière hésitation. Bien sûr, elle était une Princesse de la Maison d'Iris, et en troisième position sur la liste des héritiers potentiels. Par conséquent, elle n'aurait jamais dû être tenue à l'écart de la moindre décision. Même – *surtout* – si les temps étaient troublés. Le manque de confiance justifiait qu'elle recourût à des moyens exceptionnels.

Peut-être. Reste que, si on la prenait la main dans le sac, elle était mal. Toute Princesse de la Maison d'Iris qu'elle fût. Ce qu'elle s'apprêtait à faire était interdit.

Elle n'en ouvrit pas moins la cassette. Un instant plus tard, une araignée psychotronique en émergea. Ses grands yeux papillotèrent, le temps de s'habituer à la lumière. La créature avait un dos arc-en-ciel, qui ressemblait aux irisations du soleil sur une tache d'huile. Elle erra quelques secondes sur la coiffeuse, examinant la brosse et le peigne, reniflant les flacons de parfum. Ensuite, elle se dirigea vers la jeune fille, s'avança jusqu'au bord de la table et attendit.

Holly Bleu tâtonna dans le petit panier d'osier où elle rangeait son nécessaire à couture. Elle y prit une aiguille qu'elle désinfecta en vitesse, se piqua le doigt, nettoya l'aiguille et la rangea. Elle appuya sur son doigt, de manière à faire couler une goutte de sang sur la table. L'araignée frissonna d'excitation puis suça le sang.

Holly s'assit au fond de son fauteuil. Elle aurait aimé être moins tendue, mais l'impatience était trop forte. Elle attendait que le lien de sang entre la créature et elle fût en état de marche. Soudain, elle sentit que le contact était établi. Elle caressa mentalement l'araignée, qui ondula en ronronnant comme un chaton. Alors, elle lança la recherche.

Ses perceptions bondirent. Son cœur battant la chamade, la jeune fille prit conscience de la pièce. Puis de tout le premier étage. Puis du palais dans son ensemble. Puis de l'île. Puis...

« Stooop ! » cria-t-elle en son for intérieur.

Elle avait envie de continuer l'exploration. C'était une sensation merveilleuse, enivrante, à nulle autre pareille. Cependant, si l'on se laissait aller, le retour en arrière devenait impossible, et l'on sombrait dans la folie. Voilà pourquoi les araignées psychotroniques étaient interdites, même dans les Services d'espionnage impériaux. Trop d'excellents agents, éblouis par cette ivresse, s'étaient transformés en légumes...

Holly Bleu se maîtrisa : elle souhaitait assouvir sa curiosité. Et sa curiosité était simple : elle voulait savoir ce qui se passait dans un endroit très précis du palais.

Elle eut l'impression d'avoir quitté son corps et de s'être engouffrée dans un tunnel balayé par les vents.

Elle réduisit son champ de vision puis l'étira de nouveau, de manière plus limitée. Une minute plus tard, elle s'était faufilée en esprit dans les quartiers privés d'Apatura Iris, son père, *alias* l'Empereur pourpre.

42

Perché sur l'épaule de M. Fogarty, Pyrgus regarda Henry s'éloigner. Et ses problèmes lui revinrent d'un coup.

D'abord, il n'aimait pas être petit, faible, impuissant, à la merci des autres. Il n'aimait pas être dépendant de ce micro magique pour se faire entendre – en plus, il n'aimait pas *ne pas* comprendre comment fonctionnait précisément cette magie.

Ensuite, il n'aimait pas être coincé ici, dans le Monde analogue, tandis que des chatons innocents étaient massacrés chaque jour par ces horribles Blafardos et Sulfurique. Il n'aimait pas être coincé ici, tandis que son père négociait avec les Fées de la Nuit. Il n'aimait pas être coincé ici tandis que celui qui avait saboté le portail devait se réjouir de sa mort. Pour le moment, Pyrgus avait survécu dans cet environnement imprévu. Coup de chance : on apprenait très tôt aux fées que la plupart des translatés mal préparés mouraient dans l'heure qui suivait leur arrivée. Et c'est ce qui lui avait pendu au nez avec Hodge. Malgré lui, Pyrgus était obligé de reconnaître que Henry lui avait sauvé la vie en le tirant des mâchoires du matou.

Enfin, il n'aimait pas ne pas savoir quand il rentrerait. Ni comment. L'inconvénient du portail modifié qu'il avait emprunté, c'est qu'il n'était pas toujours ouvert, contrairement aux portails naturels. Il ne fonctionnait qu'au moment de la translation. Il n'y avait qu'une possibilité pour qu'il revînt : que son père réutilisât le portail pour vérifier que tout s'était bien passé.

– Peut-être vont-ils rouvrir le translateur, dit-il à haute voix.

– Qui ça, « ils » ? demanda M. Fogarty.

– Les gens qui m'ont envoyé.

– Quand ?

– Aucune idée.

– Pourquoi le feraient-ils ?

– Pour s'assurer que je suis bien arrivé comme prévu.

– Comment ça se passe ?

– On rouvre le portail, et on regarde.

– Donc, d'après toi, dans ton monde, des gens vont s'apercevoir qu'il y a eu du vent dans le potage ?

– Du vent dans le potage ?

– Du rififi dans le bouillon, si tu préfères.

– Oui, sûrement, répondit Pyrgus au hasard.

– Alors, faut qu'on garde un œil dessus, aujourd'hui, conclut le vieil homme.

Et il tourna les talons. Direction la maison !

– Euh... attendez, protesta Pyrgus. Je croyais qu'on allait garder un œil sur le portail !

– Qu’est-ce que tu t’imagines ? Que je vais m’embêter à surveiller un cercle dans mon jardin vingt-quatre heures sur vingt-quatre ? Tu ne m’as pas regardé, mon bonhomme ! Je vais bricoler une alarme, et puis basta !

43

Deux hommes se tenaient dans la chambre de l'Empereur : le monarque en personne et Tithonus, le Gardien. Tous deux, habillés sans apparat particulier, avaient un verre d'alcool à la main. Pourtant, leurs mines graves indiquaient que ce n'était pas là une réunion d'agrément.

– Pyrgus a perdu son calme, disait l'Empereur. Moi aussi. Mais il m'a écouté. Sans doute grâce à ce que tu lui avais raconté.

Tithonus haussa les épaules :

– Il est en sécurité, à présent. C'est la seule chose qui compte.

– Tu as raison... même si ça ne résout pas nos problèmes. Loin de là !

– Ça ne les résout pas, ça les simplifie, rétorqua le Gardien.

Il but une gorgée et se retourna. Holly Bleu eut l'impression qu'il la fixait. Elle pensa jeter un écran de protection pour se dissimuler. Elle y renonça. Tithonus ne pouvait pas la voir. Son corps physique était encore dans sa chambre à elle. Seule sa conscience s'était immiscée dans les quartiers de l'Empereur.

– A-t-on signalé de nouveaux mouvements de troupes ? s'enquit le monarque.

Holly Bleu sursauta. Des mouvements de troupes ? Et elle n'était pas au courant ? Elle croyait que son père était en train de négocier avec les Fées de la Nuit ! Des mouvements de troupes, cela ne signifiait rien d'autre que la guerre – ou la menace de la guerre...

– Oui, répondit Tithonus. Bien sûr, Lord Noctifer maintient que ces manœuvres étaient prévues de longue date. Elles n'auraient rien à voir avec les négociations en cours. Mais je doute fort de sa parole : les forces en présence sont trop nombreuses pour un simple exercice, et des renforts ne cessent d'affluer.

– Il cherche à me faire peur, souffla l'Empereur.

– Ou pire...

– Que veux-tu dire ?

– J'ai pris la précaution de placer nos propres forces en état d'alerte.

– Tu... tu crois que Lord Noctifer oserait une attaque militaire ?

– Je crains surtout qu'il ait un plan beaucoup plus vaste, dont les soldats ne sont que la partie émergée. N'oubliez pas qu'il avait l'intention d'assassiner Pyrgus.

Holly Bleu allait de surprise en surprise. Tuer Pyrgus ? Elle s'imaginait que Lord Noctifer voulait juste lui mettre la main dessus : le jeune homme n'avait-il pas plus de valeur comme otage que mort ?

– Tu as raison, répliqua l'Empereur. Cela expliquerait peut-être que...

On frappa à la porte. Le monarque jeta un coup d'œil à Tithonus, qui se leva et ouvrit d'un coup sec. Il échangea quelques mots avec le visiteur, puis s'écarta pour le laisser entrer. Un prêtre de la chapelle impériale fit son apparition.

– Majesté, je ne suis pas porteur de bonnes nouvelles. Je... Il se trouve que... Pour dire les choses comme elles sont, je...

– Au fait !

– Majesté, le Prince héritier Pyrgus n'a pas atteint sa destination.

L'Empereur fronça les sourcils, interloqué :

– De quoi parlez-vous ?

– La translation ne devait être qu'une routine... Mais nous avons contacté Calme et Boucle. Son Altesse le Prince héritier ne les a pas rejoints.

– Comment ça ? s'écria le monarque.

– Je l'ai vu entrer dans le portail ! s'exclama Tithonus.

– Nous l'avons tous vu entrer, reconnut le prêtre.

– Où est-il passé, s'il n'est pas avec Calme et Boucle ? s'emporta le Gardien.

– Je ne sais pas.

– Où *peut-il* être passé ? insista Tithonus.

Le prêtre secoua la tête et lâcha dans un murmure :

– N'importe où. Vraiment n'importe où.

44

Henry prit le bus au bout de la rue de M. Fogarty et envisagea son avenir. Il se sentait bizarre. À présent qu'il ne l'avait plus sous les yeux, il ne croyait pas avoir vu une fée pour de bon. Et encore moins une fée qui avait besoin d'un micro pour qu'on la comprît – d'un micro *fixé avec des élastiques* ! Bref, n'importe quoi !

Ce qui attendait Henry aussi relevait du n'importe quoi, en moins rigolo. Tant qu'il avait l'esprit occupé, Henry était parvenu à ne plus penser au fait que sa mère couchait avec une femme – la secrétaire de son mari – alors qu'elle avait eu deux enfants. Deux enfants, quand même, ce n'était pas rien !

En entendant les portes du bus s'ouvrir, le garçon se leva et descendit sans vérifier s'il était bien à son arrêt. Quelle importance ? Au point où il en était, il s'en fichait !

Les portes se refermèrent au moment où il mettait pied à terre. Il trébucha et fonça dans une femme qui descendait d'un taxi. Rouge de confusion, il s'excusa platement :

– Je... Je suis désolé... Je ne vous ai pas fait mal ?

– Henry ? demanda la femme.

Elle avait les yeux grands ouverts. Elle était visiblement stupéfaite. Henry aussi. La femme qu'il avait bousculée n'était autre qu'Anaïs Ward.

45

L'esprit de Holly réintégra son corps d'un coup. Des soubresauts agitèrent la jeune fille. Elle chercha son souffle, s'étira pour dérouiller ses muscles. Son cœur battait la chamade. « Pyrgus a disparu ! » se répétait-elle en rangeant l'araignée psychotronique dans sa boîte. Puis elle bondit hors de sa chambre.

La chapelle était sens dessus dessous. Des hordes de prêtres techniciens marchaient de-ci, de-là, sans but apparent. Les yeux de Holly se posèrent sur le portail. L'espace translateur, entre les piliers, était rempli par un brouillard grisâtre. Plus de flammes bleues. Alentour, le sol était jonché de pièces métalliques : on avait démonté le filtre et le mécanisme de translation.

Un prêtre au bord de l'hystérie jaillit à la rencontre de la jeune fille :

– Entrée interdite ! Personne n'est... Euh, je vous demande pardon, Votre Altesse, je ne vous avais pas reconnue.

Holly avança sans lui accorder un mot ou un regard. Elle venait d'aviser Pavane, l'Ingénieur en chef du portail. Un interlocuteur idéal !

– Que s'est-il passé ? lança-t-elle.

– Votre frère n'est pas arrivé à destination, annonça l'homme.

– Je suis au courant, mais vous n'avez pas répondu à ma question : que s'est-il passé ?

– Un problème technique... peut-être provoqué par une intervention préalable.

– C'est-à-dire ?

– Je pense que le portail a été saboté.

Holly Bleu accusa le choc :

– C'est votre intuition personnelle ?

– Un peu plus que ça. Il y a des coïncidences suspectes. Le portail ne fonctionne pas correctement, puisque votre frère n'est pas arrivé à destination ; mais le filtre non plus ! Je viens de le démonter moi-même. Or, le filtre et le portail sont deux mécanismes différents. Deux ennuis techniques du même coup, ça me paraît curieux.

– Le filtre ne fonctionne pas du tout ? Donc Pyrgus, où qu'il soit, est un petit monstre avec des ailes, comme s'il avait utilisé n'importe quel portail naturel ?

– C'est plus complexe que ça. La charge d'absorption des changements dégagée par le filtre finira par faire son effet ; et Pyrgus retrouvera sa taille habituelle tôt ou tard.

– Tôt *ou* tard ?

– Difficile à déterminer...

– Donnez-moi un ordre de grandeur.

– Vraiment, c'est difficile : cela peut prendre quelques jours... une semaine ou deux... un mois au maximum.

– Quoi ? Pendant un mois, mon frère va être une

pauvre petite créature à la merci du premier prédateur venu !

– Un mois ou quelques jours, rappela l'Ingénieur en chef.

– Holly Bleu ! tonna la voix puissante de l'Empereur pourpre. Va-t'en ! Je dois parler avec Pavane.

– Je suis au courant, Père. Et j'aimerais assister à votre entretien... si vous le permettez.

La jeune fille grinça des dents. Ce ton protocolaire qu'il fallait adopter en public l'agaçait parfois au plus haut point !

L'Empereur hésita un bref instant, puis sembla en prendre son parti.

– Sait-on s'il est en vie ? s'enquit-il.

– Non, Sire, répondit Pavane.

– S'il l'est, peut-on déterminer où il est passé ?

– Pas encore.

– Dans combien de temps ?

– J'ai peur qu'il nous faille une semaine.

– Pardon ? Vous voulez que j'attende une semaine pour apprendre où est mon fils... et s'il est vivant ?

– Je comprends votre impatience, Sire, mais nous devons analyser chaque composant de la machine. Après quoi, nous devrons effectuer certains tests. Si nous avons de la chance, nous aurons la réponse plus vite que prévu. Néanmoins...

– Le filtre aussi a été saboté, signala Holly Bleu.

– « Saboté » ? répéta le monarque. Ce n'est pas un accident ?

– Peut-être pas, reconnut Pavane.

– Ce n'est pas un accident, déclara le Prêtre médecin en chef.

L'homme, de grande taille, avait un visage bonhomme et de longs cheveux gris. Cependant, son visage était tendu ; et ses yeux étaient injectés de sang.

– Puis-je vous parler en privé, Votre Majesté ? demanda-t-il.

Holly Bleu voulut suivre les deux hommes, mais son père lui fit signe de s'éloigner. Elle ne parvint pas à décrypter leur conversation, même en tendant l'oreille et en tâchant de lire sur leurs lèvres. Une minute plus tard, la mine grave, l'Empereur hocha la tête et lança :

– Holly Bleu, viens avec moi. Tithonus, va chercher Comma, et venez nous rejoindre tous les deux dans mes appartements.

– Bien, Sire, murmura le Gardien.

46

Henry regardait Anaïs Ward. La seule idée qui lui venait, c'était : « Elle ne peut pas être lesbienne ! » Anaïs était trop féminine pour *ça*. Trop belle, aussi. Trop jeune. Plus jeune que sa mère. Pas tellement plus vieille que Henry, en fait.

Le garçon ne savait pas quoi lui dire. « Laisse ma mère tranquille ou je te casse la figure » ? Il ne le pensait pas. Maintenant, il pensait juste : « Pourvu que je ne rougisse pas ! »

– Ça va ? demanda-t-il d'une voix blanche.

– Ça va, ça va. Et toi ?

– Ça va, répondit Henry en s'accrochant à ces deux mots pour oublier sa gêne.

Car Anaïs n'était pas jolie – elle était très, très, très belle. Elle portait un tailleur, un collant noir, des chaussures à talons. Elle sentait bon. Henry aimait la forme de son nez. Henry aimait la forme de sa bouche. Il se demanda à quoi elle ressemblerait, avec des ailes de papillon dans le dos.

S'il avait été plus vieux, il imaginait qu'il aurait très bien pu craquer pour Anaïs, lui proposer de l'inviter au cinéma, ce genre de choses. Il imaginait aussi que son père aurait très bien pu craquer pour elle. Évidemment, son père était encore plus vieux que sa mère, ce qui signifiait qu'il était beaucoup plus vieux qu'Anaïs. Mais ça s'était déjà vu : les vieux craquent souvent pour des femmes beaucoup plus jeunes, et les femmes craquent parfois pour des hommes plus vieux.

Sauf que ce n'était pas ça, l'histoire. L'histoire tenait en deux phrases, qui lui revenaient en mémoire : « Est-ce que tu as une liaison avec Anaïs, P'pa ? – Non, moi, je n'ai pas de liaison avec Anaïs. Ta mère, si. »

Soudain, sans logique apparente, Henry pensa à Pyrgus Malvae. Ils avaient *grosso modo* le même âge. Pyrgus, dans son monde, avait sans doute une vie comparable à celle de Henry.

Sauf que ce n'était pas ça non plus, l'histoire. L'histoire, c'est que Pyrgus avait été transformé en papillon avec un corps d'humain miniature. Un chat avait failli le tuer. Il ignorait comment rentrer chez lui. Comment aider quelqu'un dans cette situation ? Et comment aider quelqu'un que sa femme larguait pour une autre personne ? Et comment aider quelqu'un dont la mère aimait les femmes... surtout quand ce quelqu'un, c'était vous ?

Les yeux de Henry se remplirent de larmes, et il se mit à sangloter.

47

– Le Prince Comma est là, Votre Majesté, annonça Tithonus.

Comma entra, la tête basse, comme s'il s'attendait à se faire réprimander. C'était son attitude habituelle, puisqu'il avait l'art de s'attirer les ennuis... et les foudres de son père.

– Très bien. J'aimerais que tu restes, Tithonus, déclara l'Empereur. Asseyez-vous, tous les trois. Comma, je t'ai convoqué parce que tu es le deuxième héritier de la couronne. Toi, Holly Bleu, tu es membre de la Maison d'Iris ; donc, ce que j'ai à dire te concerne, toi aussi. Quant à toi, Tithonus, tu es mon Gardien. Dans les circonstances actuelles, j'ai encore plus besoin de tes conseils que de coutume.

L'Empereur se tourna vers sa fille :

– Tu aimes ton frère Pyrgus, mais... mais... mais je dois t'informer qu'il n'en a peut-être plus pour longtemps à vivre.

– Je suis au courant pour le filtre, répliqua la jeune fille. Et je sais que beaucoup de translatés meurent dans l'heure qui suit leur arrivée dans le Monde analogue, quand ils n'ont pas été filtrés. Pyrgus, lui, se débrouillera, j'en suis sûre !

– Le filtre n'est qu'une partie du problème, rétorqua le monarque. C'est déjà une tentative d'assassinat d'une ignominieuse lâcheté. Ce n'est pas la seule. Pyrgus a *aussi* été empoisonné. Le portail a sans doute été saboté pour éviter qu'on ne puisse lui porter secours.

Comma réussit enfin à détacher son regard de ses chaussures, longtemps après que Holly et Tithonus eurent levé des yeux stupéfaits sur l'Empereur.

– Le Prêtre médecin en chef m'a informé que le vaccin injecté à Pyrgus avant son départ avait été falsifié, expliqua le monarque. Des traces de triptium ont été retrouvées sur la seringue.

– C'est quoi, le triptium ? grogna Comma.

– Un produit utilisé par les assassins des Ténèbres, expliqua le Gardien.

– Je vais être plus clair, poursuivit l'Empereur. On a injecté une toxine à retardement à Pyrgus. La substance réagit au contact du sang et se développe à la manière d'une bactérie. Au début, il n'y a pas de symptômes ; ce n'est qu'après une période d'incubation – qui peut aller de quelques jours à deux semaines – que les effets du triptium sont perceptibles. Le produit attaque alors le cerveau. Il y fermente. La pression crânienne augmente. La personne atteinte a des nausées et des migraines épouvantables. Et pour finir... Pour finir...

L'Empereur n'arrivait pas au bout de sa phrase. Paniquée, Holly Bleu insista :

– Pour finir *quoi* ? Allez, dis-le-nous ! On a le droit de savoir ! On n'est plus des bébés !

Le monarque ferma les yeux et lâcha :

– Pour finir, la tête explose.

IV

APATURA IRIS

48

– Nous avons une bonne nouvelle..., dit Grayling.

– ... et une mauvaise, s'empressa d'ajouter Glanville.

Sulfurique les regarda en plissant des yeux. Il n'avait qu'une envie : les jeter à la porte. Ou leur arracher la langue, à la rigueur. Le bavardage de ses avocats le saoulait à l'avance ; mais c'était aussi ce bagout intarissable qui faisait leur force. Au cours d'un procès, leurs adversaires étaient prêts à toutes les concessions pour qu'ils se taisent.

– La bonne nouvelle, c'est que nous avons de beaux chefs d'accusation sous la main, estima Grayling, la mine réjouie.

– Tout Prince héritier qu'il soit, aux yeux de la loi, Pyrgus Malvae est un sujet comme les autres, exposa Glanville.

– Nous l'avons donc attaqué en justice pour viol de la propriété privée d'autrui...

– ... et vol de chat. La loi n'aime pas ça.

– Nous avons vu la juge. Elle a inculpé le Prince

et a signé un mandat d'amener au profit de la firme Blafardos & Sulfurique.

Glanville sortit un parchemin de son attaché-case :

– Le voici ! Grâce à ce papier, vous avez le droit de mettre la main sur le dénommé Pyrgus Malvae et d'en faire ce que bon vous semble pendant six mois.

– Et ne vous inquiétez pas : nous vous obtiendrons sans problème six mois de délai supplémentaire, affirma Grayling.

– Parfait ! conclut Sulfurique en se frottant les mains.

Ce jour s'annonçait comme le plus beau de sa vie, si bien qu'un sourire éclairait son visage – fait inhabituel chez lui.

– Hélas, intervint Glanville, nous sommes également porteurs d'une mauvaise nouvelle.

– Tout ce que nous vous avons dit jusqu'ici est nul et non avenu, spécifia Grayling. Paperasserie et billevesées, comme le répétait feu mon père...

– Je me fiche de votre père, grinça Sulfurique. Expliquez-vous !

– L'individu – l'inculpé serait le terme exact – ne relève plus de notre juridiction, annonça Glanville. Il a quitté ce monde.

– Il est mort ?

Sulfurique se mit à trembler. La mort de Pyrgus précéderait de peu la sienne ! Beleth ne lui pardonnerait jamais d'avoir raté le sacrifice promis.

– Pas à ma connaissance, répondit Grayling. La Maison royale – à qui nous avons présenté le mandat d'amener – nous a appris qu'il avait été translaté dans le Monde analogue, qui, comme vous ne l'ignorez pas, ne ressortit pas à la juridiction de la Cour des Fées.

– On vous a menti ! rugit Sulfurique.

– C'est très improbable. Nous avons une attestation écrite revêtue du sceau de l'Empereur. Les Fées de la Lumière ne consigneraient pas un mensonge par écrit. Je pense que, s'ils attestent que l'inculpé est dans le Monde analogue, l'inculpé y est.

– Ramenez-le-moi, suggéra Sulfurique.

– Comment ?

– Envoyez une équipe de spécialistes dans le Monde analogue. Qu'ils le prennent par la peau du cou et...

– L'idée est bonne, le coupa Grayling.

– Je dirais même pis, renchérit Glanville : l'idée est excellente. L'action d'enlèvement ne serait pas même illégale, puisque nous nous situons hors de la juridiction des tribunaux compétents. Mais il y a un petit souci. On ne peut pas savoir où l'inculpé est passé. Le portail de la Maison d'Iris est mobile.

– Autrement dit, il permet des translations multidirectionnelles, explicita Grayling. Celui qui s'en sert peut aller n'importe où dans le Monde analogue.

– Exigez qu'on vous révèle vers où était destinée la translation, ordonna Sulfurique.

– Cela risque de prendre du temps, avertit Grayling. Les avocats de la Maison d'Iris vont nous mettre des bâtons dans les roues...

– Alors, je vais activer mon réseau d'espions... et celui de Blafardos.

– À quoi bon ? demanda Grayling. Même si vous

découvrez la destination, vous ne pourrez pas y envoyer une équipe. Il n'y a qu'un portail mobile : celui de la Maison d'Iris !

Les commissures des lèvres de Sulfurique remontèrent, craquelant son visage sec et gris. Une lueur mauvaise passa dans ses yeux, et il murmura :

– Il ne faut pas toujours croire les bruits qui courent...

49

Quand Henry était arrivé à la maison, sa mère l'avait sermonné parce qu'il avait mis longtemps à rentrer. Il avait aperçu son père dans la cuisine et avait décidé de prendre un bain : il avait fait un travail salissant, la pluie l'avait trempé... Le bain avait été une mauvaise idée. Une de plus. Inutile de retarder les explications. Quoi qu'il se passât, il n'y avait RAS (rien à sauver). Il ferma les yeux. Il aurait tant voulu se translater dans un autre monde !

Au lieu de quoi, en sortant du bain, Henry revoyait encore et encore la même scène en boucle : lui qui se met à sangloter comme un gros bébé... Anaïs qui le serre contre elle pour le consoler... lui qui respire son parfum, sa chaleur, sa douceur, et qui sanglote sans fin... la morve qui coule sur le chemisier blanc de la jeune femme... et elle qui ne dit rien... elle qui continue de demander ce qui ne va pas – comme si elle l'ignorait...

La honte.

– Henry ! cria son père. Tu peux venir une minute ?

Le garçon finit de s'habiller sans répondre et descendit.

– On aurait pu attendre qu'Alicia soit de retour, lança Tim dès que Henry entra dans la cuisine. Mais on a préféré avoir une petite discussion très vite avec toi. On mettra Alicia au courant quand elle reviendra.

« Bienvenue, Alicia ! pensa Henry. Maman a une liaison avec la secrétaire de papa, et papa a décidé de partir. » Ils devraient retourner le paillasson pour qu'on ne voie plus le mot écrit dessus...

– Tu as parlé avec ton père, je crois ? dit Martha.

Henry opina.

– Bien. La première chose qu'il faut que tu saches, c'est que ce qui se passe n'est pas ta faute. Ni celle d'Alicia, évidemment.

« Elle a dû relire ses magazines de psycho à deux sous », conclut le garçon.

– Je sais que ce n'est la *faute* de personne, affirma-t-il sans en être convaincu.

– Tu... Tu as raison, je voulais juste le... le verbaliser avec toi.

« "Le *verbaliser* avec toi" ? Banco ! *Psycho Mag* est passé par là ! »

– L'important, commença son père, c'est que...

– On avait dit que tu me laissais parler, l'interrompit Martha.

– Tu as raison. Excuse-moi.

– Ton père m'a téléphoné pour me signaler que vous aviez discuté. Nous avons essayé de déterminer quelle était la meilleure manière de prendre cette situation en main. Beaucoup d'intérêts sont en jeu. Le tien. Celui de ta sœur. Et, accessoirement, le nôtre.

Henry était un peu perdu. D'ordinaire, il voyait venir ses parents à un kilomètre. Là, il n'arrivait pas à savoir si sa mère se préparait à lui annoncer un divorce ou une condamnation à mort.

– Nous n'allons pas divorcer, dit Martha.

« Reste la condamnation à mort », déduisit Henry.

– Nous allons nous *séparer*.

– C'est quoi, la nuance ? demanda le garçon.

– Nous continuerons à former une famille. Nous nous verrons de temps en temps. Et pendant un moment, peut-être un mois, rien ne va changer. Il faut qu'on s'organise.

– Qui garde la maison ? voulut savoir Henry.

– Nous avons pensé que... qu'il était plus simple pour ton père de déménager. Il trouvera un appartement proche de son bureau. Ça lui évitera de dormir sur place. Ce sera beaucoup mieux.

Le garçon fixa Martha, stupéfait. Mais sa mère croyait à l'énormité qu'elle venait de prononcer. Elle croyait vraiment que ce serait beaucoup mieux si son mari quittait le domicile familial.

– D'autant que l'école est plus proche de la maison, insista-t-elle.

Elle parlait de l'école qu'elle dirigeait, évidemment. Pas de celle d'Alicia ou du collège de son fils. « Moi d'abord », telle aurait pu être sa devise.

– Qui garde les enfants ? demanda Henry.

– Voyons ! Ne dis pas ça ! Personne ne « garde » qui que ce soit ! Nous avons pensé qu'il était préférable que vous restiez ici. Comme ça, tout continuera presque comme avant. Tim viendra vous voir. Souvent. Et Anaïs aussi, de temps en temps. Juste pour faire un petit coucou, voir comment on va...

– Elle va s'installer ici ?

– Pas dans l'immédiat, en tout cas. Et pas si Alicia ou toi y voyez un inconvénient. Mais tu aimes bien Anaïs, non ?

Henry se mordit la lèvre inférieure. Il ne répondrait pas. Même s'il aimait bien Anaïs. Pourquoi ne l'aimerait-il pas ? En fait, la question, c'était : comment supporter l'idée d'avoir deux mamans, et plus de papa ?

Henry se tourna vers son père.

– Toi, ça te va ?

– Je ne peux pas dire que ça me va, répondit prudemment celui-ci. Je reconnais que c'est *a priori* la solution la plus juste.

« La plus juste » ? Il prenait ses cliques et ses claques pour laisser la place à l'amant*e* de sa femme, et il trouvait cette solution « juste » ? Martha avait réussi à le convaincre ! Elle était trop forte. Elle aurait dû être marchande de tapis, ou vendeuse d'automobiles !

– Qu'est-ce que tu en penses, Henry ? s'enquit sa mère.

L'intéressé haussa les épaules et se dirigea vers la porte.

– C'est votre décision. Merci de l'info.

– Où vas-tu ?

– Voir Charlie. Mme Severs m'attend pour le goûter.

– Tu ne vas pas parler de ça à Charlie, hein ? lança sa mère.

La porte d'entrée claqua.

50

Des jours et des jours avant de décrocher un rendez-vous avec Lord Noctifer ! Sulfurique fulminait. D'autant qu'il n'avait même pas obtenu mieux que de parler à un de ses sous-fifres, Harold Dingy.

Le sbire de Lord Noctifer, un homme massif à la mine patibulaire vêtu d'un costume gris argent, était accompagné d'un endolg[1] sanguin. Il avait tenu à ce que la rencontre ait lieu au zoo. Sulfurique ne savait pas pourquoi. Ce qui l'agaçait. Beaucoup. Il tendit la main à l'armoire à glace et lança un premier mensonge :

– Ravi de vous rencontrer.

Dingy ignora la main tendue :

– Tant mieux !

– Il est réglo, patron, grogna l'endolg après avoir reniflé Sulfurique plusieurs fois. Pas d'armes. Rien que les sorts et enchantements habituels.

– M. Blafardos vous a-t-il dit pourquoi je souhaite voir Lord Noctifer ? demanda Sulfurique.

1. Endolg : animal doué de parole, capable de détecter des armes cachées.

Le vieillard avait abattu d'emblée sa plus grosse carte. Depuis le temps que cette verrue de Blafardos affirmait être un grand ami de Lord Noctifer !

– Non, lâcha Dingy.

A priori, il ne paraissait ni impressionné ni dévoré par la curiosité.

– On est obligés de parler devant les perroquets ? s'agaça Sulfurique.

– J'aime bien les perroquets.

– Il aime bien les perroquets ! répéta l'oiseau le plus proche.

Sulfurique risqua son deuxième mensonge de l'entretien :

– Moi aussi. Néanmoins, ce que j'ai à vous dire doit rester confidentiel !

– Il veut pas qu'on répète ! lança alors un perroquet d'une voix puissante.

– Bon, direction le vivarium, concéda Dingy.

Le vivarium était chaud et humide. Juste ce qui ne convenait pas aux sinus de Sulfurique. Mais, au moins, l'endroit était calme, et les lézards ne risquaient pas de rapporter les conversations.

– Je voulais parler du portail de Lord Noctifer, murmura-t-il à l'oreille de Dingy.

– Mmm ?

– Il paraît qu'il est multidirectionnel.

– D'après qui ?

– J'ai mes sources, souffla le vieillard.

Inutile de préciser lesquelles : c'est Blafardos qui avait dévoilé ce scoop un jour qu'il était ivre. Le problème étant que, quand il était ivre, Blafardos dévoilait pas mal de faux scoops.

– Il faut croire que quelqu'un a pris votre vessie

pour une lanterne, ironisa Dingy. J'espère qu'il n'avait pas d'allumettes sur lui...

Sulfurique haussa ostensiblement les épaules, en homme qui connaît son affaire.

– Tant pis, grommela-t-il. Dans le cas contraire, j'étais prêt à payer cher pour l'utiliser.

– ...

– Très cher.

– Alors, c'est dommage, conclut Dingy, qui fit mine de s'éloigner.

– Un instant ! Quand je dis « très cher », je veux vraiment dire « *très* cher ».

– Combien ?

– Un million de pièces d'or.

Dingy ne broncha pas.

– Un million pour Lord Noctifer, précisa Sulfurique. Et deux cent cinquante mille pour vous.

– Voilà qui donne à croire que vous avez un très, très grand besoin d'un portail multidirectionnel. On peut savoir pourquoi ?

Sulfurique hésita. Mentir sur un sujet aussi grave à un homme de Lord Noctifer accompagné d'un endolg capable de renifler une embrouille au premier mot de travers ? Trop dangereux. Mieux valait lâcher une demi-vérité.

– Je dois retrouver le Prince héritier.

– Pyrgus Malvae ? s'étonna Dingy sur un ton innocent. Tiens, il s'est perdu ?

– Il est dans le Monde analogue.

– Et pourquoi voulez-vous le retrouver ?

– Parce que nous avons une affaire à régler.

– Quel genre d'affaire ?

Sulfurique se jeta à l'eau :

– Je veux le tuer.

– Woh-woh, patron ! aboya l'endolg. Il veut assassiner le Prince !

Harold Dingy se pencha vers Sulfurique, l'air menaçant :

– Je vais vous accorder une faveur, monsieur Sulfurique. Une faveur qui va vous permettre d'économiser beaucoup, beaucoup d'argent. Un million deux cent cinquante mille pièces d'or. Vous m'écoutez, monsieur Sulfurique ?

Le vieillard opina en reculant d'un pas.

– Ne vous mettez pas en peine de tuer le Prince Pyrgus. Voulez-vous savoir pourquoi, monsieur Sulfurique ?

– Oui.

Un sourire effrayant barra le visage de Dingy :

– Parce qu'il est déjà mort.

– Mort et enterré, confirma l'endolg avant d'ajouter, optimiste : ou alors, mourant.

– Mort ? répéta le vieillard, blême.

Les commissures des lèvres de Dingy se relevèrent encore de quelques millimètres. L'homme avait l'air ravi quand il déclara :

– Oh, oui, monsieur Sulfurique. Bel et bien mort !

51

– Ta mère est *quoi* ? s'exclama Charlie.

– Amoureuse d'Anaïs Ward, la secrétaire de Papa, dit Henry.

– Non ! Ta mère est lesbienne ?

Henry acquiesça. Sa copine s'écria :

– Wow ! C'est trop classe !

La pluie avait cessé. Les deux copains profitaient donc du jardin des Severs. La maman de Charlie leur avait préparé un goûter pantagruélique : saucisses, frites, pop-corn, gâteau rose vif, bonbons. Puis elle les avait laissés à leurs papotages ; et les enfants avaient dévoré ses plats, arrosés de deux bonnes bouteilles (de limonade).

Henry avait cru qu'il serait incapable d'avaler une bouchée. Il avait dévoré. Il détestait ce qui lui arrivait. Mais *savoir* l'avait soulagé. Et il avait englouti comme quatre Charlies.

– Tu penses que c'est classe d'avoir une mère lesbienne ? reprit-il, stupéfait.

– Ouais, trop classe. Pas toi ?

– Euh... Je n'y avais pas réfléchi sous cet angle, avoua Henry.

– Moi, si. À l'homosexualité, hein, pas à ta mère. Les filles en parlent souvent, à l'école.

– Non ?

– Y en a même qui se sont, euh... embrassées.

– Des filles de ton collège ?

– Ouaip !

– Sur la bouche ?

– Bien sûr ! Il paraît que c'est une phase par laquelle on passe.

– Toi aussi, tu...

Charlie éclata de rire :

– Non, merci, ce n'est pas mon truc. Tu ne l'as pas mal pris ?

– Pour ma mère ? Si, plutôt mal.

– Tu es réactionnaire, Henry. Hyper réac.

– M'en fiche. Mon père souffre à cause d'elle.

– Je le comprends, murmura Charlie.

Henry lui jeta un coup d'œil. Sa copine était petite ; elle avait de beaux cheveux et des yeux bleus. Sortie de l'école, elle ne portait que des jeans et des chemises de garçon. Souvent, Henry pensait qu'elle était folle. N'empêche, il savait qu'on pouvait parler de tout avec elle. Elle ne se braquait jamais. En plus, elle ne répétait rien à personne.

– Qu'est-ce que tu vas faire ? demanda-t-elle.

– Moi ? Qu'est-ce que je *peux* faire, d'après toi ?

– Je sais pas. Ils vont divorcer ?

– Ils disent que non, mais...

– Ils veulent rester ensemble un moment « pour le bien des enfants » ?

Henry opina.

– Tu sais, mes parents ont divorcé, dit Charlie.

– Non ! Ils se sont remis ensemble, alors ? ou Peter n'est pas ton vrai père ?

– Peter n'est pas mon vrai père, confirma la jeune fille. Ma mère a quitté mon père quand j'avais trois ans. Ou quatre. Bon, bref, lorsqu'il rentrait à la maison, le soir, il était ivre et il la battait. Elle ne voulait pas divorcer à cause de moi. Une nuit, pourtant, il lui a cassé le bras et m'a fait valdinguer au pied de mon lit. C'est la goutte d'eau qui a fait déborder le vase. Un an et demi plus tard, elle a rencontré Peter...

Henry la regardait, bouche bée :

– J'étais pas au courant...

– Quand Maman s'est remariée, Peter m'a adoptée, donc je porte son nom et celui de Maman.

– Wouah ! Et ton vrai père, tu l'as revu ?

– Non. Jamais. Pour quoi faire ? J'ai oublié à quoi il ressemblait. Maman a brûlé toutes ses photos. Elle dit que c'était un gros nul.

Soudain, Charlie se mit à sourire :

– Comme quoi, on peut survivre à la séparation de ses parents ! Si moi j'ai réussi, toi aussi, tu en es capable.

– J'espère, murmura Henry.

Il sentit les larmes lui monter aux yeux. Il tourna la tête. Trop tard. Charlie passa la main autour de son cou et l'attira contre elle. Il réussit à retrouver contenance plus vite qu'avec Anaïs.

Charlie lui caressa le visage :

– Tu as vécu une drôle de journée, hein ?

Un papillon passa devant les enfants, voletant çà et là. « Et encore, Charlie ! pensa Henry. Je ne t'en ai pas raconté le quart... »

52

Malgré le sort de flottaison, l'or pesait trop lourd pour le vieillard. Sulfurique essaya de soulever le coffre : son dos émit un craquement inquiétant. Inutile d'insister. Il allait devoir recourir à un porteur. Et le tuer après. Poison ou couteau dans la gorge. C'était la seule manière sûre de le réduire au silence et de garder sa fuite secrète.

Agir vite – autrement dit : maintenant. Tout était là. Beleth était retourné dans son monde. Il ne partirait pas en quête du vieillard avant l'expiration du contrat. Ce jour-là, Sulfurique aurait disparu depuis longtemps. À condition d'accepter la défaite. De passer ses possessions par pertes et profits. De n'emporter que le strict minimum : quelques livres – les plus importants – de sa précieuse bibliothèque ; et de l'or, surtout. Ainsi, il pourrait repartir de zéro.

Sauf si Beleth décidait de se lancer sur ses traces et le retrouvait. Le vieillard frissonna. Un jour, il avait frôlé le succès, le pouvoir absolu. Et aujourd'hui, il fuyait pour sauver sa vie et son âme. Surtout son âme. Les Princes des démons ne connaissaient pas la pitié. Beleth se servirait de l'esprit de Sulfurique pour habiter un golem. Ou pour garder une tombe. Ou pour nourrir ses enfants démons : dans ce cas, il couperait perpétuellement une tranche de l'âme de Sulfurique. C'était horrible. Effrayant. Au-delà des mots. Tout, plutôt que *ça*.

Sulfurique ouvrit la porte de son bureau et rugit :

– Porteur !

Impossible d'emporter l'intégralité de son or. Même avec l'aide d'un porteur. Il était contraint d'en laisser, et pas qu'un peu : des dizaines de milliers de pièces. Des centaines de milliers. Cette simple idée était une torture abominable. À son âge, être obligé de déménager, de débarquer quelque part, sans relations, sans amis... Bon, à dire vrai, il n'avait jamais eu beaucoup d'amis. Mais c'était le principe. Et puis, s'installer dans un réduit... se remettre au travail... s'assurer que sa réussite ne soit pas éclatante pour éviter d'attirer l'attention sur lui... Quelle perspective pénible !

Un homme se tenait debout devant lui.

– Je suis le porteur, annonça-t-il.

Sulfurique le laissa entrer et désigna le coffre, près de son bureau.

– Vous pouvez soulever ça ?

L'homme acquiesça, chargeant la malle d'or sur son épaule comme si elle ne pesait rien.

– Oh ! Un sort de flottaison ! Merci...

– Mettez le coffre dans le fiacre noir qui est garé devant l'entrée. Puis revenez chercher votre... euh, votre pourboire.

L'homme sortit. Sulfurique ouvrit un tiroir de son bureau. Il examina les couteaux qui s'y dissimulaient. Tous avaient de longues lames d'acier tranchantes. Il en choisit un courbe, en métal ionique, particulièrement approprié pour décapiter le porteur. Il alla se dissimuler derrière la porte. Des pas lourds retentirent dans le couloir : le porteur revenait déjà.

Sulfurique n'aimait pas trancher des gorges. Voir couler le sang qui s'échappait de la jugulaire n'était pas très excitant. Et le nettoyage durait si longtemps. Bon, ça, au moins, ce n'était pas son problème : il ne remettrait jamais les pieds dans son bureau. Dommage. Il s'y était toujours senti bien. Mais il n'avait plus le choix.

Quoique... Au moment où la poignée de la porte s'abaissait, Sulfurique eut une idée si simple, si évidente qu'il s'étonna de ne pas y avoir pensé avant. Il n'avait pas besoin de se cacher. Il n'avait pas à s'enfuir. Il lui suffisait de brûler le *Livre de Beleth* ! Le grimoire était le vecteur qui reliait le monde de Beleth au monde du vieillard. Plus de grimoire, plus de Beleth. Sulfurique sauverait son âme, son or, ses livres, ses contacts, ses amitiés. Bon, pas ses amitiés puisqu'il n'en avait pas. Le reste, au moins. En remettant ses neurones au travail, il trouverait même un moyen d'être encore plus riche et plus puissant. Soudain, la vie redevenait merveilleuse !

Il jeta son couteau au moment où le porteur entrait dans la pièce.

– Le coffre est dans le fiacre, monsieur. Pour mon pourboire ?

– Asseyez-vous dessus, mon brave ! Je ne pars plus ! Je ne pars plus !

Le vieillard dévala en dansant les escaliers de l'usine. Direction le bâtiment où il avait son grenier.

Le grenier était toujours dans un état lamentable. Sulfurique n'en avait cure. Il ignora les débris qui jonchaient le sol et se dirigea vers le placard. La porte s'ouvrit après qu'il eut désamorcé le sortilège de protection.

Le *Livre de Beleth* avait disparu !

Le coffre d'or aussi, constata Silas quand il rejoignit son fiacre, devant l'usine. Ce satané porteur avait pris son pourboire.

53

Alicia revint le vendredi soir, relatant en détail ses aventures avec un poney nommé Chester et avec Damien Middlefield, un imbécile de moniteur. Elle eut l'air stupéfaite quand ses parents refusèrent de l'écouter jusqu'au bout : ils tenaient en effet à lui expliquer que la vie n'était pas une boîte de chocolats. *Psycho Mag* avait encore frappé. Henry alla se coucher avant la fin du sermon.

Le lendemain matin, il trouva Alicia en pleine phase de dénégation.

– Chester est super grand, mais super gentil ! s'extasiait-elle. Il est prêt à tout, même à sauter des obstacles super hauts ! J'aurais tellement voulu le ramener à la maison ! Oh, Henry ! Tu crois que Maman et Papa seraient d'accord pour que j'aie un poney ? On a la place, non ? Il suffirait d'arracher cette pergola. Peut-être que Chester est à vendre. Si Papa achète le champ du Dr Henderson, Chester aura largement assez de quoi paître, et...

– Qu'est-ce qu'ils t'ont dit, hier soir ? la coupa Henry.

Ils étaient seuls dans la maison. Martha était allée faire les courses ; Tim s'était rendu au bureau. Samedi ou pas. Les parents avaient averti qu'ils ne rentreraient pas avant l'après-midi. Henry en avait déduit que *Psycho Mag* devait conseiller de laisser les enfants seuls pour qu'ils *verbalisent* eux-mêmes ce qui leur arrivait.

– Je ne leur ai pas parlé de Chester, répondit Alicia. Pas encore directement, mais...

– Alicia ! On en discute ou pas ?

– De quoi ? de Chester ?

– De ce qui arrive à Maman et Papa.

– Qu'est-ce qui leur arrive ?

Henry eut envie de l'étrangler :

– Maman sort avec la secrétaire de Papa !

– Ah, ça ? Pfff... ça ne signifie rien. Maman n'est pas homo.

– Pardon ?

– Non. C'est pas du tout son genre ! En plus, elle me l'a dit, hier soir.

– Elle t'a dit qu'elle n'était pas homo ? Elle t'a quand même annoncé qu'elle sortait avec Anaïs Ward, non ? Tu ne crois pas que c'est un peu contradictoire ?

– Non. Tu n'as pas rendez-vous avec le vieux, là, Fogarty ?

Henry ignora sa tentative pour changer de sujet :

– Ils t'ont dit qu'ils se séparaient ? Que Papa partait et qu'on restait avec Maman ?

– C'est très provisoire, affirma Alicia.

– De quoi tu parles ?

– De la séparation. Maman fait une crise de ménopause anticipée, un truc dans le genre. C'est pas comme si elle sortait avec un autre mec. Elle est juste arrivée à un âge où les femmes aiment essayer de nouvelles expériences, se remettre en cause, tout ça... Tu peux pas comprendre, toi, t'es un garçon. Quand Maman aura passé ce cap, Papa reviendra. S'il part un jour. Ils ont expliqué qu'il faudrait du temps à Papa pour trouver un appartement. Ça se peut que Maman ne soit plus avec Anaïs, à ce moment-là.

Henry n'en revenait pas. Il n'avait jamais pris sa sœur pour une lumière ; pourtant, quand elle allumait son cerveau, il devait reconnaître qu'elle pouvait être brillante... aveuglante, même !

– Et tu penses que Papa fera comme si rien ne s'était passé ? s'exclama-t-il.

– Il n'aura pas besoin de lui pardonner. Maman ne sort pas avec un autre type !

Henry laissa tomber. Alicia préférait penser que leur vie allait continuer comme avant ? ou que, si elle changeait, elle redeviendrait rapidement comme avant ? C'était son choix. Chacun affrontait les problèmes à sa façon.

– D'accord, conclut-il en allant prendre sa veste.

– D'accord *quoi* ? demanda Alicia, soupçonneuse.

– D'accord, tout va bien.

Au moment où Henry ouvrait la porte d'entrée, la voix de sa sœur le rattrapa :

– Où tu vas ?

– Chez « ce vieux, là, Fogarty ».

– Comme par hasard !

– Quoi, comme par hasard ?

– Si tu étais un peu plus souvent à la maison, rien ne serait peut-être arrivé !

Henry se retourna vers Alicia. Elle lui avait coupé le sifflet. C'était elle qui avait passé une semaine dans son sale poney-club pourri, et c'était *lui* qui aurait dû être plus souvent à la maison ? Avant qu'il eût trouvé une réplique bien sentie, Alicia avait repris son attaque :

– En plus, franchement, qu'est-ce que tu fabriques, chez un vieux type, seul, pas marié ? Hein ? Pourquoi il se paie un gamin deux ou trois fois par semaine ? Tu es sûr que c'est Maman qui est homo, dans la famille, Henry ?

– Mais ferme-la, crétine !

Il se retint de la gifler : il sentait que, au fond, elle ne cherchait même pas à le provoquer. Elle voulait oublier sa peur, éviter de penser à leurs parents.

– Ouh, le petit Henry est vexé ! Alors, qu'est-ce que tu fais, chez lui, si tu ne...

– Je nettoie sa maison. Sa remise. Je range des trucs. Il a besoin qu'on l'aide : il a plus de quatre-vingts ans, à mon avis !

– C'est tout ce que tu fais ? du ménage ?

– Non.

– Ha-ha ! Comme par hasard ! Et on peut savoir ce que tu fais, à part jouer à la bonne ?

Henry explosa :

– On aide des fées. Une fée, pour être précis. Une fée avec des ailes, et qui s'appelle Pyrgus.

Alicia éclata d'un rire sardonique :

– Ça m'étonne pas ! Les fées, c'est comme les rats : pour les attraper, rien ne vaut une bonne tapette !

Henry fila avant de commettre l'irréparable.

54

Devant la maison de M. Fogarty, un parterre de pelouse fatiguée faisait pendant au jardin. L'herbe y semblait grise, comme si on l'avait saupoudrée de suie. Quand Henry lui avait proposé de la couper, M. Fogarty avait refusé : il trouvait son ami trop jeune pour ça. Pourtant, il avait une magnifique tondeuse très puissante. Elle était même disproportionnée par rapport à son jardin ! Le vieil homme la graissait avec soin et la gardait à l'abri dans sa remise, bien emballée dans des sacs en plastique.

Henry sonna à la porte. Parfois, M. Fogarty répondait aussitôt. Parfois, il mettait plusieurs minutes. Parfois, le garçon était obligé d'aller frapper à la fenêtre de derrière pour se faire ouvrir. Aujourd'hui, la réaction fut immédiate, comme la veille, quoique très différente. Il était sur ses gardes.

– Non, merci ! cria-t-il. Ça ne m'intéresse pas !

– C'est moi, monsieur Fogarty... Henry !

– Ah...

La porte s'ouvrit. Le vieil homme sortit la tête et regarda des deux côtés de la rue avant d'adresser un de ses rares sourires à Henry :

– Hé-hé ! J'ai une visite qui va beaucoup t'intéresser...

Le garçon le suivit au salon. Comme la plupart des pièces, celui-ci était jonché de piles de livres et de cartons entassés. Ce n'était pas facile de se frayer un chemin à travers ce labyrinthe. M. Fogarty avait bouché le bas des vitres avec du papier kraft pour se protéger des regards indiscrets, de sorte que la pièce était plongée dans une semi-obscurité. Cependant, Henry voyait assez bien pour distinguer un inconnu : un garçon un peu plus âgé que lui, avec des cheveux roux vif.

– Salut, Henry !

– Euh, salut...

Le jeune homme tendit la main :

– Je m'appelle Pyrgus. Pyrgus Malvae.

– P... Pyrgus ! bégaya Henry. Mais... tes ailes...

– Fini !

– Et... tu as grandi !

– Oui, on me le dit souvent depuis quelque temps. Je dois être en période de croissance !

Henry serra la main que Pyrgus lui tendait.

– C'est vous, monsieur Fogarty, qui avez réussi à..., commença-t-il.

– Non, j'y suis pour rien.

– Ça s'est passé cette nuit, déclara Pyrgus.

– Petite précision, Henry, intervint le vieil homme, l'air malicieux. Il faut l'appeler Son Altesse. Pyrgus est un Prince.

– Ne l'écoute pas !

– Tu n'es pas Prince ? demanda Henry.

– Si, si. Mon père est l'Empereur pourpre. Mais tout le monde m'appelle Pyrgus.

– D'après lui, intervint M. Fogarty, ce sont les Fées de la Nuit qui sont responsables des rapts extraterrestres.

– Hein ?

Pyrgus traduisit :

– M. Fogarty m'a dit que, parmi votre peuple, des gens sont enlevés par des créatures bizarres qui ressemblent aux démons des Fées de la Nuit.

– Et les Fées de la Nuit, c'est quoi ? s'enquit Henry.

– Le contraire des Fées de la Lumière.

– Très éclairant..., ironisa le garçon.

– Je suis une Fée de la Lumière, dit Pyrgus.

– Et c'est pour ça qu'on t'attendait avec impatience, Henry, enchaîna M. Fogarty. Si on renvoie Pyrgus chez lui, il pourra aider son père à fermer les portails qu'utilisent les Fées de la Nuit pour envoyer leurs démons. Plus de démons, plus de rapts ; et plus de rapts, plus de disparitions.

Henry fronça les sourcils. Grimaça. Essaya de récapituler :

– Je vois... C'est par les portails que les Fées de la Nuit envoient des démons... Pyrgus est un Prince des Fées de la Lumière... S'il rentre chez lui, il pourra demander à son père, l'Empereur pourpre, de fermer les portails par lesquels passent les démons...

– Exactement !

– Mais... mais pourquoi m'attendiez-vous avec impatience ? demanda le garçon.

– Bonne question ! s'écria le vieil homme. Enfin, une bonne question ! Eh bien, suis-nous dans la cuisine, je vais tout t'expliquer...

55

– Tu sais, souffla Henry à Pyrgus, aucun extraterrestre n'enlève des gens pour de bon. C'est M. Fogarty qui imagine des choses, mais ça n'est pas vrai.

– Tu es sûr ? s'étonna Pyrgus à haute voix.

M. Fogarty se retourna :

– De quoi vous parlez ?

– De rien, de rien...

Henry et Pyrgus se dépêchèrent de le rejoindre. Il avait étalé un énorme croquis sur la table. Dessus, il y avait le dessin d'une machine à l'ancienne (avec des rouages, des leviers, des engrenages), des symboles électriques et des signes cabalistiques – du moins aux yeux de Henry. À un bout, une spirale était désignée comme une « radiation éloptique ».

– Qu'est-ce que c'est ? voulut savoir le garçon.

– Une machine hiéronymique, dit M. Fogarty. Le premier portail entièrement artificiel entre les mondes analogues. Pendant que tu te la coulais douce chez toi, Pyrgus m'a décrit le portail. J'ai trouvé que cela ressemblait beaucoup à la machine hiéronymique.

– Qu'est-ce que c'est ? répéta Henry.

– On ne vous apprend donc rien, à l'école, de nos jours ? La première version de la Machine fut brevetée par Galen Hieronymous en 1949. Ça ressemble à un détecteur de métaux : grâce à lui, si on te vend un lingot d'or, tu peux vérifier que c'est bien de l'or, par exemple. Mais il y a un défaut : un utilisateur sur cinq n'arrive pas à faire fonctionner la Machine.

– Trop compliquée ?

– Non. Suffit de l'allumer, de mettre un échantillon devant le transformateur de Tesla et de lire le résultat en tapant sur le plateau de détection. Et pourtant, une fois sur cinq, ça ratait. Un certain Campbell a voulu comprendre ce qui clochait. Il a demandé à un gamin de l'essayer. La Machine fonctionnait sans problème. Elle détectait les métaux à la perfection... sauf que Campbell s'est aperçu après coup que le gamin avait oublié de l'allumer.

– C'est de l'électricité statique, conclut Henry. On croit qu'il n'y a pas d'alimentation, mais il en reste un peu des utilisations précédentes...

– Non, aboya M. Fogarty. Campbell a vérifié.

– Alors, quel était le truc ?

Une lueur ravie passa dans le regard de M. Fogarty. Henry sentit qu'il avait de nouveau posé la bonne question.

– Le truc, c'est qu'il n'y en avait pas, répondit le vieil homme.

– Il... il n'y en avait pas ?

– Non. La Machine hiéronymique fonctionnait au bluff. Il fallait y croire pour le voir.

Henry secoua la tête :

– C'est une blague ?

– Pas du tout ! On connaît l'électronique. Alors, on croit que tout ce qui ressemble de près à un engin électronique fonctionne. Quelque chose passe entre l'esprit et la machine. Sauf pour un crétin sur cinq, qui n'y croit pas.

– Ça te paraît logique ? demanda Henry à Pyrgus.

– Pourquoi pas ? Les magiciens utilisent ce principe sans arrêt, chez nous.

– Et ce n'est pas une affaire de logique, insista M. Fogarty, mais de réalisme. Cette machine marchera, point à la ligne. Enfin, à une condition : que nous la construisions.

Henry observa le plan de montage avec attention :

– Où allez-vous trouver ses composants ?

– J'en ai déjà pas mal, et je sais où me procurer des transformateurs de Tesla. Il me manque juste un ou deux petits éléments pour les circuits hiéronymiques. Pour les obtenir rapidement, je ne vois qu'une solution.

– Laquelle ?

– Que tu les voles dans ton collège, Henry.

56

– C'est quoi, cette histoire de fée, Henry ? demanda Tim quand son fils fut de retour.

Le garçon en resta ébahi. Alicia ne croyait pas :

1) que leurs parents allaient se séparer ;

2) que leurs vies allaient changer ;

3) que le fait d'avoir une mère homo fût *grave*.

Par contre :

1) elle avait cru que Henry avait vraiment sauvé une fée ;

2) ou, en tout cas, elle avait fait semblant de le croire ;

3) elle avait décidé de rapporter, sans doute pour se venger de Henry qui l'avait obligée à regarder la réalité en face.

– De fée *et de M. Fogarty*, compléta Martha.

– Y a pas d'histoire, marmonna Henry. C'était juste une blague.

– Admettons, dit Tim. Quoi qu'il en soit, j'ai mené ma petite enquête sur M. Fogarty. Il paraît qu'il croit aux fées, lui. Et aux extraterrestres qui enlèvent des gens. Il ne t'a pas aussi parlé d'un complot juif, tant qu'il y était ?

– Non, il n'a rien contre les Juifs.

« Il a une dent contre les banquiers zurichois, songea Henry. Mais je ne crois pas que ce soit un crime, si ? »

– Il y a un mot pour désigner les gens comme ça, continua son père sans l'écouter. On les appelle des paranoïaques. Ce sont des malades. Des fous. Il ne faut pas les croire.

– Je ne crois pas aux extraterrestres, Papa.

– Et aux fées ?

– J'ai raconté ça pour faire enrager Alicia.

– Je m'en doutais, affirma Martha. Alicia aussi, du reste, a senti que cette histoire de fée cachait quelque chose.

– Ah bon ?

– Un homme d'un certain âge et un jeune garçon... Henry... Tu n'es plus un bébé, tu dois comprendre que...

– Que je me fais draguer par un vieillard de quatre-vingts ans quand je vais ranger sa remise ?

– Henry !

– Eh bien, non, désolé ! Je ne suis pas homosexuel, moi, ni pervers : les vieillards, ça ne m'excite pas. Parce que, pour ton information, Maman, M. Fogarty n'est pas un homme d'un certain âge, il est très *vieux*.

– Qui t'a parlé de sexualité, Henry ? riposta Martha d'une voix cinglante. C'est curieux que tu abordes le sujet, s'il n'en est pas question !

– Ta mère a raison, Henry, insista Tim. Nous devons nous méfier. M. Fogarty a un casier judiciaire.

57

« Il faut que tu les voles dans ton collège, Henry », avait dit M. Fogarty.

Les mots du vieil homme revenaient à la mémoire de Henry tandis qu'il regardait son cochon agiter ses ailes de carton. Cela lui rappelait son ancienne vie. Sa vie de petit garçon. Oui, ce battement d'ailes le ramenait à l'époque où il croyait encore qu'il n'y avait rien de plus important qu'un mécanisme de carton-pâte. Où il s'imaginait que ses parents seraient toujours à côté de lui. Où il n'imaginait pas qu'on lui interdirait de voir un vieil homme inoffensif, sous prétexte qu'il avait un casier judiciaire.

Comment quelqu'un qui rêvait de construire une Machine hiéronymique pouvait-il être dangereux ? Bien sûr, il avait demandé à Henry de voler dans son collège. Le garçon avait protesté :

– C'est fermé pour les vacances d'été.

– Ça va être plus facile, non ?

– Je ne suis pas un voleur. Ne comptez pas sur moi pour ce genre d'aventures. Occupez-vous-en vous-même.

– Voyons, Henry, je peux à peine marcher jusqu'au bout de la rue. Tu dois le faire, *toi*. Pyrgus t'aidera.

– Et si on nous attrape ?

– Hé ! Je ne te demande pas de voler les Joyaux de la Couronne ! Il n'y a personne dans le collège. En outre, tu sais combien de vols sont élucidés, dans le district ? Dix pour *cent*. Un sur dix. Dont la moitié sans preuve. Faut vraiment être idiot pour être pris.

– Je ne le ferai pas.

– Tu ne veux pas aider Pyrgus à rentrer chez lui ?

– Si, c'est voler, que je ne veux pas.

– Tu es petit joueur.

– Voler n'est pas jouer.

– On remettra en place après coup ce qu'on prendra. Ce ne sera pas du vol, juste un petit emprunt.

– « *On* remettra en place » ? Donc il faudra que j'entre deux fois par effraction dans mon collège ?

– Si je trouve quelqu'un pour la restitution, est-ce que tu te chargeras de l'emprunt ?

– À qui pensez-vous ?

– À des gens. J'ai des contacts.

– Envoyez-les pour l'emprunt aussi.

– Pas le temps.

Pyrgus était intervenu à ce moment-là :

– Écoute, Henry, si tu me montres ton collège, je me charge du reste, d'accord ? Je n'aime pas ça, mais on a tenté de me tuer, ce qui signifie sans doute que mon père est en danger. En plus, j'ai quelques comptes à régler chez moi. Si je dois voler quelques objets pour me faire justice, je n'hésiterai pas. Surtout si M. Fogarty promet de tout restituer.

– Ça ne marchera pas, comme ça, avait grommelé le vieil homme. Même si je dresse une liste de ce dont j'ai besoin, Pyrgus, tu ne sais pas ce qu'est un transistor, par exemple, si ?

– Vous n'avez qu'à dessiner.

– Je sais pas assez bien dessiner pour ça. L'idéal serait que je donne la liste à Henry. Henry connaît les lieux. Henry a cours dans le labo. Henry sait où sont les choses. Henry...

– C'est bon, Henry le fera, vous avez gagné, avait soufflé l'intéressé.

– Enfin, te voilà raisonnable, mon garçon ! s'était exclamé M. Fogarty. Demain, c'est dimanche. Il n'y aura personne dans les rues. Vous opérerez à l'aube. À quatre heures moins le quart, une voiture passera te chercher, Henry.

– Une voiture ?

– Le conducteur te dira qu'il vient de la part d'Alan. Tu demanderas : « Alan qui ? » Il te dira : « Alan Fogarty ». Ce sera votre mot de passe. Compris ?

Henry avait acquiescé. À présent, à l'abri dans sa chambre, il s'en voulait ; mais il était trop tard pour reculer.

Il s'approcha de son cochon et soupira. Peut-être avait-il tort de s'inquiéter à ce point. Après tout, si les cochons pouvaient voler, pourquoi pas lui ?

58

La vitre avant de la vieille Ford bleue s'abaissa :

– Henry Atherton ?

– C'est moi.

– Moi, c'est Bernie. Je viens de la part d'Alan.

– Alan qui ?

– Alan Fogarty.

Henry grimpa à l'arrière.

Son chauffeur était un vieil homme de l'âge de M. Fogarty, beaucoup plus petit et plus fluet. Soit il se teignait les cheveux, soit il portait une perruque : ses cheveux noirs de jais tranchaient avec le réseau de rides qui creusaient son visage.

Henry sentit un mélange d'excitation et de honte l'envahir. Il était sorti en catimini de chez lui, conscient de :

1) désobéir à ses parents...

2) ... pour aller cambrioler son collège...

3) ... au profit d'un repris de justice.

Dehors, l'aube poignait, mais le brouillard nimbait encore le paysage d'un halo grisâtre, donnant au monde un aspect fantomatique, presque irréel.

La voiture sentait la poussière et les crottes de souris. Bernie conduisait lentement, l'œil rivé sur son rétroviseur central.

– Qu'est-ce que tu penses des Ford ? demanda-t-il à Henry.

– Euh... j'aime bien, répondit celui-ci au hasard.

– T'as raison. Parce qu'on peut dire ce qu'on veut, mais une Ford, quoi qu'il arrive, ça restera toujours une Ford. C'est fiable. Et quand ça coince, pof, t'as la pièce de rechange au garage du coin. Pas comme ces voitures avec des noms bizarres. Une Ford, même un chimpanzé pourrait la réparer au bord de la route. Alan la démontait les yeux fermés, à sa grande époque. Il conduisait que ça. Pas besoin de lui demander la marque de sa tire : c'était toujours une Ford. Toujours. J'ai respecté la tradition, même après qu'on a pris notre retraite. Bon, celle-ci fait des bruits bizarres, je dis pas le contraire. Elle est pas toute jeune, c'est vrai. Presque une antiquité. Mais qu'il pleuve ou qu'il vente, elle roule, jour et nuit. Qu'est-ce qu'on peut exiger de plus, hein ?

Au début, Henry essayait de suivre le débit abondant de Bernie. Il comprit rapidement que ce n'était pas nécessaire : le vieil homme parlait pour lui. Le garçon se laissa emporter par le flot de paroles, ferma les yeux... et s'endormit.

Bernie le réveilla quand ils furent devant la maison de M. Fogarty. En entendant la voiture, celui-ci sortit, Pyrgus à son côté.

– Paré ? demanda-t-il à Henry qui vint à sa rencontre en se frottant les yeux.

– Mouais. Bernie est au courant de ce qu'on va faire ?

– Évidemment.

– Et ça ne le gêne pas d'aider des cambrioleurs ?

M. Fogarty secoua la tête :

– Bernie était un de mes collègues de travail.

– Et... et alors ?

– Alors il faut beaucoup plus qu'un emprunt dans un collège, crois-moi, pour gêner un braqueur de banques.

Henry étouffa un cri :

– Un braqueur de...

– Ouais. Les gens mettent leurs économies à la banque, on les vole, ils peuvent toujours récupérer leur argent. Un braquage bien mené n'a jamais fait de mal à personne !

– Mais la banque...

– Les banquiers ont plein d'argent. Trop. Ils ne savent plus quoi en faire. Moi, j'ai des idées. Et, entre professionnels de la banque, ça roule : je n'ai jamais blessé personne. Sauf cette andouille de vigile, la dernière fois – il en avait trop envie.

– Il est mort ?

– Tu parles ! Quelques semaines à l'hôpital, et il a pu retourner crâner devant ses potes. Ah, c'était le bon temps... Bernie était mon chauffeur. Avant. Et après. C'était le meilleur. Et pourquoi ?

– Oui, pourquoi ?

– Parce qu'on ne le remarquait pas. Il avait une voiture banale – une Ford, quand même, à cause de la fiabilité –, il ne dépassait jamais la vitesse autorisée, il mettait toujours son clignotant et demeurait courtois, même quand on lui grillait la priorité.

– Vous opériez en duo ?

– Non. On était toute une bande. Une sacrée bande... J'ai pris ma retraite depuis un bout de temps, mais je suis tranquille : avec Bernie, vous êtes entre de bonnes mains.

Henry hocha la tête.

– Tu as un souci, mon garçon ? s'inquiéta le vieil homme.

– J'en ai deux.

– Mauvais, ça. Faut jamais partir au travail sans vider son sac. Raconte !

– Le premier, c'est qu'il faut qu'on fasse vite : je dois être rentré avant qu'on ne remarque mon absence.

– Ne crains rien : agir vite et sans précipitation, tout est là. Tu seras de retour chez toi avant que tes parents aient ouvert une paupière. Et à part ça ?

– À part ça... Monsieur Fogarty, c'est la dernière fois que nous nous voyons. Mes parents ne veulent plus que je travaille pour vous.

59

Pyrgus faisait une drôle de tête.

– J'ai un peu mal au crâne, expliqua-t-il en montant dans la Ford. Mais... oh ! y a pas de chevaux ?

– De *chevaux* ? répéta Henry.

Puis il comprit :

– C'est ton baptême de la route ! Tu n'as jamais pris d'auto, dans le Monde analogue, n'est-ce pas ? Les chevaux ne tirent plus les voitures, ici. Ils sont remplacés par une batterie et un moteur qui fournissent l'énergie et...

Henry rougit. Il connaissait beaucoup moins bien le principe de l'automobile qu'il l'avait cru au départ. Pyrgus ne parut pas s'en apercevoir. Il opina, admiratif devant cette technologie inédite chez lui.

Quelques instants plus tard, le trio arrivait en vue du collège.

– Au coin à droite, vous pourrez vous garer, signala Henry à Bernie, qui n'avait pas monologué depuis au moins trois minutes. Nous, nous sauterons le mur de derrière. Il est assez bas, et on peut se suspendre aux arbres.

– Une idée du temps qu'il vous faut ?

– Non.

– Aucune importance. Je vous attends. Hé, minute, papillon : t'as la liste ?

– Oui.

– Alors, je touche du bois, plaisanta Bernie en effleurant sa tête.

Henry avait parcouru la liste quand M. Fogarty la lui avait donnée. Il ne devait rapporter rien de très gros, rien de très compliqué. S'il parvenait à garder son calme, l'opération devrait rouler !

Pyrgus et lui n'eurent aucun mal à franchir le mur. À cet instant, une voiture passait dans les parages, mais Henry était presque sûr que ses occupants n'avaient pas pu les voir.

– Suis-moi ! chuchota-t-il à Pyrgus.

Devant eux se dressait un édifice gris, construit à la fin du XIXe siècle. Le toit était hérissé de cheminées. Elles ne servaient plus depuis que le chauffage central avait été installé, dans les années 1960. Le labo de physique était situé à l'écart, dans un petit bâtiment en bois de plain-pied, totalement incongru. On l'avait construit en 1999 : un ancien élève avait alors fait un don important à l'établissement, pour fêter sa réussite dans l'industrie de la saucisse.

– Comment on va rentrer, d'après toi ? murmura Henry.

Pyrgus grimaça.

– T'as mal ? demanda son ami.

– Un peu, derrière les yeux. Ça va passer.

Il se passa la main devant le visage puis contourna le bâtiment.

– La porte est trop solide, constata-t-il. Le toit est trop haut. Il ne reste plus qu'une solution : les fenêtres.

Il s'empara d'une grosse pierre et la lança contre une vitre, qui vola en éclats.

60

Henry n'en croyait pas ses yeux ni ses oreilles. Pyrgus venait de ruiner tout ce qu'il croyait savoir sur l'art du cambriolage : pour ne pas être repéré, ne fallait-il pas être discret et laisser l'endroit dans l'état où on l'avait trouvé ?

– T'es... t'es complètement malade ! siffla-t-il. On va nous entendre !

– Alors, dépêchons-nous. Ah ! Et je crois que tu peux arrêter de chuchoter : si personne n'a entendu l'explosion, personne ne nous entendra parler.

Et il bondit dans le labo.

Henry y entra à son tour. Il était sonné par ce qui venait de se passer. La suite des événements le surprit tout autant. Il s'était attendu à une entreprise difficile. Compliquée. Dangereuse. Il s'était même demandé comment il réagirait à l'arrivée de la police. Il avait été trop pessimiste. Ou trop influencé par les scènes dramatiques des téléfilms. En réalité, voler se révélait très simple. Il suffisait de grimper à un arbre, de défoncer une vitre, et le tour était joué.

Dans le labo, aucun piège n'attendait les apprentis monte-en-l'air. Ils n'eurent plus qu'à ouvrir les placards, qui n'étaient pas fermés à clé, et se servir. Henry trouva ce qu'il cherchait, dénichant même deux sacs en plastique pour transporter ses trouvailles.

C'est seulement à la fin que l'expédition faillit capoter. Au moment de se précipiter vers la Ford, Henry s'aperçut qu'une patrouille de police s'était arrêtée à côté. Le garçon fit signe à Pyrgus de ne pas bouger.

Un agent sortit de sa voiture, se pencha près de la fenêtre du conducteur, discuta un moment puis recula. Bernie lui adressa un salut cordial avant de démarrer. La patrouille ne tarda pas à repartir à son tour.

– Zut ! grogna Pyrgus.

Henry réfléchit quelques secondes.

– Il n'y a plus qu'une chose à faire, conclut-il.

Pyrgus lui jeta un coup d'œil interrogatif. Le garçon sourit au Prince avant de lâcher :

– Rentrer à pied !

61

Conçue pour résister aux attaques – y compris magiques – grâce au granit de ses parois exceptionnellement riche en quartz, la Chambre de situation était une pièce creusée à même la roche, sous le palais. Il fallait vingt minutes pour s'y rendre, et Apatura Iris bouillait d'impatience. Un Empereur se devait de paraître calme, qu'il le fût ou non.

Or, Apatura était tout sauf calme. Il n'avait pas de nouvelles de son fils disparu. Le portail de la Maison d'Iris n'avait pas encore livré ses secrets. Apatura était allé sermonner ses prêtres techniciens le matin. Toutefois, il avait bientôt constaté que c'était inutile : les mécaniciens avaient fait de leur échec une affaire personnelle. Ils voulaient comprendre ce qui s'était passé. Jamais auparavant ils n'avaient perdu quelqu'un dans un portail. Ils étaient résolus à réparer cet affront. Apatura avait senti qu'ils n'avaient pas besoin qu'on les menace pour secouer leurs neurones et retrouver le Prince.

Cependant, il ne s'agissait pas seulement de retrouver le Prince – il fallait aussi le retrouver au plus tôt.

L'Empereur avait passé de longues heures avec le Prêtre médecin en chef, pour en apprendre le maximum sur le triptium. Les dommages causés par la toxine pouvaient être annulés à condition d'intervenir à temps. L'antidote s'administrait sous forme d'une simple piqûre. La guérison complète exigeait plusieurs jours... si l'on agissait avant l'explosion de la tête, bien sûr.

Dans ces circonstances, l'Empereur avait du mal à se concentrer sur les affaires du pays. Déstabiliser l'Empire était sans doute l'objectif de Lord Noctifer. Certes, Apatura n'avait aucune preuve que son pire ennemi était derrière cette tentative d'assassinat ; mais tout, ici, portait la marque du machiavélique porte-parole des Fées de la Nuit. Plus inquiétant encore : il était évident que le traître, quel qu'il fût, bénéficiait de complicités haut placées à l'intérieur du palais.

Apatura avançait, abîmé dans ses pensées. Il sursauta lorsque claquèrent les talons des gardes postés à l'entrée de la Chambre de situation. L'Empereur pénétra dans la pièce où grouillaient des gens affairés. Des rangées de globes de cristal étaient directement reliées aux caméras de surveillance du Service impérial d'espionnage. Au centre de la pièce trônait l'énorme table des opérations. Dessus, se dressait la carte 3D de l'empire ; du moins la partie qui avait été invoquée par les stratèges.

En ce moment, seule une portion du territoire était visible... et marquée par les drapeaux des Fées de la Nuit. Des jeunes femmes étaient chargées d'actualiser en permanence le dispositif, en fonction des informations qui leur parvenaient. Trois généraux d'Apatura faisaient le point avec Tithonus.

– Quelles sont les nouvelles ? demanda l'Empereur sans s'embarrasser du protocole.

– La situation est très grave, annonça le Gardien.

– Ils s'apprêtent à attaquer ?

– Ce n'est pas impossible. Pyrgus ?

– Rien de neuf.

L'Empereur s'avança vers les globes de cristal. Tous montraient, sous des angles différents, le grand rendez-vous des Fées de la Nuit, qui se tenait au moment même. Apatura délaissa les globes qui donnaient une vue générale, en sélectionna un qui plongeait au cœur d'un défilé gigantesque sur la piste d'un stade immense.

Les hommes des premiers rangs portaient les insignes de la Maison de Lord Noctifer ; derrière, on arborait les uniformes d'autres Maisons de la Nuit, dont certaines s'étaient ralliées exprès pour l'occasion. La popularité de Lord Noctifer n'avait jamais été aussi grande : l'Empire n'avait jamais été autant en danger...

62

– On peut savoir où tu étais passé ? demanda Martha à Henry.

– On s'inquiétait ! ajouta Tim.

Il avait pourtant l'air plus abattu que nerveux.

– Je suis allé marcher un peu, répondit Henry.

– Tu savais que nous partions en excursion, ce dimanche. Maintenant, il est trop tard, ça n'en vaut plus la peine...

– Vous n'êtes pas encore prêts ! protesta le garçon.

– On n'allait pas se préparer alors que tu avais *disparu* ! cria sa mère.

– J'étais juste allé marcher. Il n'y a pas de quoi en faire un drame. J'avais besoin de réfléchir à... à ce qui se passe.

– Menteur ! s'exclama Alicia. Il est allé chez M. Fogarty. J'en suis sûre !

Henry rougit de colère. Elle n'allait pas le lâcher un peu, cette casse-pieds ?

– Henry ?

– Je... Bon, c'est vrai. Je devais finir un truc pour M. Fogarty. Je ne pouvais pas le laisser en plan.

– Tu as préféré nous laisser en plan, nous ? gronda Martha. Alors que nous t'avons interdit de revoir ce monsieur ?

– Je devais...

– ... finir un truc, on a compris !

– Martha, il avait peut-être une obligation, murmura Tim.

– Très bien. Dans ce cas, as-tu terminé une bonne fois pour toutes ce que tu avais à faire ?

Henry acquiesça.

– Donc, tu n'as plus aucune obligation de revoir ce monsieur ? Donc, tu peux nous jurer que tu ne le reverras plus ?

– Oui, souffla Henry.

– Dis-le.

– Je jure que je ne reverrai plus M. Fogarty.

– Très bien. Mais, puisque tu nous as désobéis, tu dois être puni : interdiction pendant un mois de sortir de la maison sans être accompagné de Tim, de moi... ou d'Alicia.

– Un... un mois ? s'étrangla le garçon.

– Deux semaines, transigea son père.

Martha soupira mais ne protesta pas. Henry monta dans sa chambre, la tête basse.

Il n'y eut pas d'excursion, ce jour-là. Le garçon ne le regretta pas. Il détestait les excursions. Aujourd'hui plus que jamais. Au moins, il pouvait profiter de sa tranquillité pour réfléchir à la manière de contourner sa promesse. Il avait juré de ne pas *revoir* M. Fogarty ; cela signifiait qu'il avait le droit de l'*entendre*. Donc de lui téléphoner.

Ce qu'il s'empressa de faire dès qu'il en eut l'occasion – au début, Martha jouait les geôlières ;

par chance, elle s'en lassa vite, et Alicia aussi. Hélas, le vieil homme ne répondait pas. Son poste fixe sonnait dans le vide. Son portable était éteint. Henry s'inquiétait.

Toute la semaine, il essaya d'appeler. Le samedi suivant, il avait pris sa décision. Faute de pouvoir la contourner, il allait trahir sa parole. Il irait voir M. Fogarty.

63

L'Empereur n'aimait pas ce qu'il voyait. Les soldats défilaient en rythme, comme des robots. La discipline était impressionnante. Les hommes étaient divisés en plusieurs rangées. Les magiciens qui marchaient en tête de chaque colonne avaient modifié la lumière de leurs torches de manière à former un arc-en-ciel mouvant... puis le blason de Lord Noctifer. Le martèlement des tambours s'accentua, avant de s'arrêter net. Plus un mouvement. Plus un bruit.

Un homme venait d'apparaître sur la tribune : Hamearis Lucina de Burgonde, le bras droit de Lord Noctifer. Sa voix retentit, portée par des sorts d'amplification :

– Regardez le pouvoir des Fées de la Nuit ! Que leurs ennemis tremblent !

Apatura comprit que ce rassemblement était d'abord conçu pour lui. Les Fées de la Nuit n'avaient pas cherché à se dissimuler du Service impérial d'espionnage. Au contraire.

– Ils sont bons, en propagande ! reconnut l'Empereur en se reculant. Mais que se passe-t-il réellement ?

Sur un geste de Tithonus, un technicien fit disparaître les images du stade. Une scène moins spectaculaire – et tout aussi sinistre – apparut. Seule l'une des deux lunes s'étant levée dans le ciel de l'Empire, il fallut un moment à Apatura pour voir la scène. D'autant que le Service d'espionnage avait recouru à des caméras plus discrètes, en théorie indécelables, qui fournissaient des images beaucoup moins nettes. Quand ses yeux se furent habitués à la pénombre, Apatura distingua des tentes alignées avec une précision géométrique, qui se profilaient à la lueur de feux de camp.

Des milliers de soldats, peut-être même des dizaines de milliers, étaient rassemblés dans la Plaine de Yammeth Cretch, juste en bas de la Vallée de Teetion, où était installé un poste du Service d'espionnage. Les soldats étaient silencieux. Discrets. Concentrés. C'étaient visiblement des guerriers accomplis, habitués au calme glaçant qui précède les batailles.

L'Empereur les observait, désemparé. Il ne pouvait rien faire. La Vallée de Teetion marquait la frontière tacite entre le territoire de la Lumière et celui que contrôlaient les Fées de la Nuit.

– On dirait que des étrangers menacent de nous envahir, ironisa-t-il.

– J'aurais préféré, Majesté, répondit Tithonus. Les guerres civiles sont difficiles à mener... et coûteuses en vies humaines.

– Tu crois la guerre inévitable ?

– Je prie pour qu'on y échappe... sauf que je ne vois pas comment.

Les globes zoomèrent de nouveau sur le stade où les Fées de la Nuit faisaient leur démonstration de force. La harangue de Hamearis Lucina se poursuivait :

– ... car nous devons dire à l'Empereur pourpre de modifier les lois. Désormais, les Fées de la Nuit refusent d'être traitées comme des citoyens de seconde zone. Nous ne nous laisserons pas faire, mes amis ! Nous passerons à l'action dans deux semaines si l'Empereur n'a pas mis un terme aux abus dont nous sommes victimes... et nous agirons même avant s'il ne se montre pas compréhensif !

Des hurlements enthousiastes saluèrent cette menace. Apatura fit signe de baisser le son :

– C'est un ultimatum, n'est-ce pas ?

– Ça y ressemble fort, Majesté.

– Je veux l'intégralité du discours de Lucina dans mes quartiers dès que possible afin de l'étudier de près.

Il se tourna vers ses généraux :

– Créare, Vanelke, Ovard, que pensez-vous des forces de l'ennemi ?

– Elles sont importantes, répondit Ovard, mais elles ne me font pas peur. Nous avons de quoi les contenir.

– Et ça ne vous inquiète pas, justement ? demanda l'Empereur.

Les trois officiers le fixèrent avec des yeux ronds.

– Lord Noctifer et ses amis ont déployé trop d'hommes pour une simple défense... et pas assez pour une véritable attaque, continua le monarque.

Ils ont de quoi mener une guérilla, pas une bataille rangée. Or, il semblerait qu'ils nous aient lancé un ultimatum.

– Vous croyez qu'ils essaient de nous impressionner, Majesté ? s'enquit Créare. Toute cette agitation, cc serait un coup de bluff ?

– Pas seulement : s'ils laissent aussi facilement voir ces forces-là, ils doivent en avoir d'autres ailleurs. Il manque quelque chose à leur dispositif, j'en suis certain, et je...

L'Ingénieur en chef du portail de la Maison d'Iris entra en coup de vent :

– Majesté, nous avons trouvé trace de Pyrgus !

Le cœur de l'Empereur s'emballa :

– Il est dans le Monde analogue ?

– Oui, Majesté, mais pas là où nous avions envisagé de l'envoyer.

– Le portail fonctionne de nouveau comme il faut ?

– Oui, Majesté.

– Tithonus, réunis une escouade. Nous partons dans quinze minutes.

V

LES DÉMONS

64

Alan Fogarty se réveilla en sursaut. Sa chambre était baignée d'une trouble lumière bleue. Un son suraigu lui vrillait les tympans. *Ils* venaient le prendre !

Sa main plongea sous son lit. C'est alors qu'il se souvint que son revolver ne s'y trouvait pas. Il l'avait démonté la veille au soir et l'avait laissé sur la table de la cuisine. Il avait pensé que, pour une nuit, il pourrait dormir sans l'avoir remonté. Sauf que la loi de Murphy[1] avait encore frappé.

M. Fogarty se leva. Les envahisseurs n'étaient pas encore dans sa chambre. Tout n'était pas perdu, s'il parvenait à se dépêcher. Le vieil homme pesta contre son âge : à partir de quatre-vingts ans, le corps bougeait plus lentement. Pas assez lentement, par chance, pour l'empêcher de se précipiter à la salle de bains avant de recevoir les nouveaux arrivants. C'est là qu'il gardait sa batte de cricket.

Serrant son arme dans ses mains, il s'avança vers

---

1. La loi de Murphy est un résumé de la vie vue par les pessimistes. À l'en croire, on peut toujours s'attendre au pire.

la fenêtre, et il *les* vit. Des silhouettes marchaient sur sa pelouse. Et quelqu'un venait de frapper à la porte de derrière. « Ils sont partout, mais ils n'ont pas choisi la bonne victime », pensa-t-il. Conscient qu'il ne servirait à rien d'attendre, il déverrouilla lui-même sa porte, ôta la chaîne de sécurité, abaissa le loquet et abattit son arme sur son premier visiteur.

Aussitôt, un autre intrus jaillit, l'immobilisant d'une clé au cou. Le vieil homme regardait, les yeux mi-clos, le souffle court, les espèces de clowns entrer chez lui. Ce n'étaient pas des extraterrestres. Pas des agents du FBI non plus. Ils étaient vêtus de vêtements trop voyants, à dominante pourpre.

– Que se passe-t-il ? siffla l'un d'eux.

– Un petit malentendu, Majesté, répondit l'inconnu que M. Fogarty avait frappé.

– Pourquoi étranglez-vous cet homme, sergent ?

– Il est dangereux, Majesté.

– Laissez-le ! Nous allons nous expliquer.

– Bien, Majesté.

M. Fogarty se pencha pour récupérer son souffle. Le mot de « Majesté » avait fait tilt en lui.

– Ainsi, vous êtes le père de Pyrgus, murmura-t-il.

– Oui, je suis Apatura Iris, l'Empereur pourpre. Où est mon fils ?

– Vous arrivez trop tard. Il est reparti.

– Reparti *où* ?

– Chez vous.

Il y eut un silence.

– Quoi ? lança M. Fogarty. Qu'est-ce qui se passe ?

Sa question resta sans réponse. L'Empereur désigna l'homme qui s'était pris le coup de batte sur le bras.

– Je vous présente Tithonus, notre Gardien, dit-il.

– Désolé.

– Pas de quoi, lâcha Tithonus, pince-sans-rire. Je suis bon pour une simple fracture.

– Je m'appelle Alan Fogarty.

– J'ai peur que nous abusions quelque peu de votre hospitalité, monsieur Fogarty, reprit l'Empereur. Néanmoins, je vous serais très reconnaissant si vous pouviez nous parler de mon fils et m'expliquer ce qui lui est arrivé.

Le ton était mesuré, mais le visage du souverain montrait une détermination sans faille.

– Je crois que certaines personnes ne lui veulent pas du bien, résuma le vieillard.

– J'avoue que je commence à le penser, moi aussi... Et si vous nous racontiez *pourquoi* vous partagez mon opinion ?

65

Holly Bleu fixa le garçon, qui lui rendit son regard. Mince, les cheveux coupés ras et la peau légèrement tannée, il portait une veste verdâtre et un vieux pantalon marron rapiécés et, aux pieds, d'antiques bottes de cuir. Sûrement un ouvrier d'usine ou un apprenti payé au lance-pierre...

La Princesse de la Maison d'Iris était satisfaite de son déguisement. Ce n'était pas la première fois qu'elle s'en servait ; mais aucune de ses missions précédentes n'avait été aussi dangereuse que celle qui l'attendait. Elle prit une dague, un crieur, et, après une hésitation, un attrape-sort – si on n'y regardait pas de trop près, on pouvait le confondre avec une petite banane. Une demi-heure plus tard, elle se mêlait à la foule, du côté de la Porte du Nord.

Le premier théâtre avait ouvert ses portes dans le quartier quelque cinq cents ans auparavant. Depuis, l'endroit était devenu un haut lieu d'animations en tout genre. Les théâtres avaient cédé la place aux cabines tourbillonnantes, aux antres de saturation, aux cafés pour amateurs de corne de chaos, aux clubs de musique simbala, aux bars d'hyperréalité et même – une nouveauté que Bleu ne connaissait pas – aux tavernes de « pétillement organique ».

La jeune fille marcha d'un bon pas devant les bateleurs, les illusionnistes et autres saltimbanques. D'ordinaire, elle s'arrêtait pour profiter du spectacle. Pas aujourd'hui. Sa dernière conversation avec Pyrgus lui était revenue en mémoire : « Lord Noctifer ne m'a jamais inquiété, avait déclaré son frère. C'est un autre qui a failli avoir ma peau. » Depuis, deux tentatives d'assassinat avaient encore pris le Prince héritier pour cible. Holly Bleu avait décidé de passer à l'action.

Elle laissa derrière elle des avaleurs de sabres synchronisés et emprunta le chemin de Garrick. C'est là qu'avait été construit le premier théâtre. On avait rasé l'édifice depuis belle lurette, mais le chemin restait le cœur de la vie dramatique locale. Pourtant, Bleu ne se rendait pas au Théâtre de la Lune, du Globe et du Garrick : elle se dirigeait vers une petite impasse, au fond de laquelle se dressait la boutique de la Vieille sorcière.

Un simili-gardien en hologramme lui barra le passage.

– Qui ose déranger la Femme peinte ?

– Petit Bleu, annonça-t-elle.

Le simili-gardien disparut dans un nuage de fumée vert.

– Entre, très cher, entre ! cria Mme Cardui.

Holly Bleu obéit.

Le salon de la sorcière était étonnant. Des couleurs vives balayaient les murs, laissant de temps en temps la place à des images de licornes ou de divineuses. Les meubles semblaient tous recouverts de soie ou de velours. Ici, des pipes à eau bourrées d'opium pourpre, posées sur une table basse. Là, des diffuseurs de parfum, qui alternaient le jasmin avec l'encens. Une musique simbala, très sensuelle, flottait dans l'air. Elle était presque inaudible, ce qui ne l'empêchait pas – comme toute bonne musique simbala – de s'insinuer dans votre corps et votre cerveau.

Cependant, l'élément le plus extraordinaire de ce décor restait Mme Cardui en personne. La Femme peinte recevait en peignoir noir, installée sur une pile de coussins, près de son nain orange et de son chat persan translucide. Des engins miniatures s'affairaient autour d'elle, préparant des bonbons exotiques et des sachets de poudres mystérieuses. Elle était maigre comme un clou ; seul son buste était rebondi, trahissant les énormes implants, héritages de la période où elle était actrice vedette. Sous le maquillage outrancier, on apercevait les fines veinules qui couraient sous sa peau ridée. Ses yeux n'avaient rien perdu de leur force – ils étaient noirs, brillants, humides.

Elle sourit à sa visiteuse, dévoilant ses dents écarlates :

– Petit Bleu ! Quel plaisir de te revoir ! Tiens, assieds-toi là, près de moi !

– Sommes-nous entre nous, madame ?

La Femme peinte inspira à fond :

– J'ai l'impression, mais Kitterick va s'en assurer.

Elle agita une main nonchalante. Tout content, le nain orange trottina jusqu'à la table située près de la porte. Il y prit un petit cône brun dans une cassette en cèdre, le mit dans un globe luisant, puis le déposa sur une coupelle et retourna vers sa maîtresse. Un feu d'artifice jaillit du cône, jetant un sort de silence sur la pièce.

– Bien... Alors, Votre Altesse, j'imagine que vous venez me parler du Prince héritier ?

– Oui, Madame.

– Je croyais que ses affaires s'arrangeaient.

– Il est revenu au palais, et mon père a décidé de le translater.

– C'était sans doute la meilleure chose à faire...

– Sauf que quelqu'un a saboté le portail.

– Ah... Tentative d'assassinat ou simple malveillance ?

– Tentative d'assassinat.

Holly Bleu ne mentionna pas le poison. Elle avait confiance dans ses informateurs, mais elle préférait ne les affranchir que du strict nécessaire. Elle reprit :

– En plus, je pense que quelqu'un a essayé de le tuer avant qu'il ne revienne au palais.

– Quelqu'un qui ne serait pas Lord Noctifer ?

– Oui.

– Quelqu'un qui aurait pu, aussi, saboter le portail ?

– Peut-être, mais pas forcément. Je pensais que vous auriez une idée...

– Hum, je vois...

Le chat translucide sauta sur les genoux de Holly Bleu, se lova contre la jeune fille et s'endormit. La Princesse le caressa d'un air absent, s'efforçant de ne pas regarder le cœur palpitant, l'ombre des intestins et la forme d'une souris à demi digérée.

– Vous avez réussi à le retrouver, l'autre fois, insista-t-elle.

Mme Cardui opina et se leva péniblement.

– J'ai réussi ? répéta-t-elle. Ah... mais, Votre Altesse, est-ce que vous pensez quelquefois que, vous aussi, vous serez vieille un jour ? Non, n'est-ce pas ? Vous êtes jeune. Et qui pense à l'hiver quand il se chauffe au soleil printanier ? Eh bien, je vais vous dire le pire de ce qui vous attend : quand vous vieillirez, vous deviendrez moche, vous aurez mal partout, et *vous perdrez la mémoire*. Voilà le pire : la mémoire. Vous ne vous souviendrez plus que de détails sans importance. Le freluquet que vous avez embrassé à l'âge de cinq ans : vous vous le rappellerez comme si c'était la veille. En revanche, ce que vous avez fait la semaine dernière, pfuit ! Disparu. Anéanti.

Holly la regardait avec de grands yeux, sans comprendre.

– Tout ça pour vous dire, Majesté, continua la sorcière, que si j'ai pu vous aider, je ne sais pas si, aujourd'hui, je serai encore capable de lire le passé...

66

– Quelque chose m'échappe ! s'écria l'Empereur, coupant M. Fogarty en plein milieu de son récit. Comment envisagiez-vous de renvoyer Pyrgus chez lui ?

– Par le portail, évidemment, répondit le vieil homme, agacé (il détestait être interrompu).

– Mais le portail était hors service !

– Le vôtre. Pas le mien.

– Vous avez un portail naturel chez vous, monsieur Fogarty ?

Le vieillard secoua la tête :

– J'en ai fabriqué un.

Il observa ses interlocuteurs et demanda :

– Ça vous pose un problème ?

– Vous avez *fabriqué* un portail ? s'étonna Tithonus.

– Oui, c'est ce que je viens de dire.

– Vous devez être exceptionnellement doué, déclara l'Empereur.

– Je me débrouille, reconnut M. Fogarty, feignant la modestie.

– Et comment avez-vous appris les bases de la translation ? s'enquit Tithonus.

– Pyrgus m'a indiqué le principe général.

– Ça vous a suffi ?

– Une fois qu'on sait que c'est réalisable, et dans quelle direction chercher, le plus dur est fait.

– Je peux voir le résultat ? demanda un homme qui s'était tenu coi jusque-là.

Tithonus fit les présentations :

– Pavane est notre Ingénieur en chef.

M. Fogarty acquiesça et se rendit dans la cuisine. Il ouvrit un tiroir et en retira un petit cube en aluminium.

– Voici la bête, annonça-t-il.

Pavane examina le cube.

– Ce n'est pas un portail, conclut-il.

– Ah bon ? Appuyez sur le bouton rouge, et vous verrez. Mais pas à l'intérieur, c'est trop dangereux.

Un instant plus tard, ils étaient tous dans le jardin. Pavane appuya sur le bouton rouge. Un bruit de déchirure retentit et un couloir apparut, éclairé par des chandeliers en cristal. Stupéfait, l'Empereur s'exclama :

– Mais... mais c'est le palais !

– Je m'en doutais, affirma M. Fogarty.

– Ça ne ressemble pas à nos portails, murmura Pavane, une nuance d'admiration dans la voix.

M. Fogarty essaya de ne pas rougir de fierté :

– Y a encore quelques trucs à fignoler.

– Que se passe-t-il si j'appuie sur le bouton vert ? demanda Pavane.

– Le passage se referme.

L'Ingénieur en chef appuya sur le bouton vert. Le passage se referma.

– Où est la source d'énergie ? s'enquit-il.

– Le cube n'est qu'un boîtier de contrôle. Il tire son énergie de la résonance planétaire. C'est Tesla qui a découvert ce principe. Ça ressemble à ce que vous appelez de la lumière statique. Moi, j'appelle ça un détonateur psychotronique.

– Extraordinaire..., s'extasia l'ingénieur.

L'Empereur intervint :

– Je vous propose de continuer cette conversation technique une autre fois. Nous devons retrouver Pyrgus, monsieur Fogarty, et, si je comprends bien, vous l'avez renvoyé grâce à ce portail.

– Pas... pas tout à fait, répliqua le vieil homme, gêné.

– Comment ça, pas tout à fait ?

– *Je* ne l'ai pas renvoyé. Votre fils était trop impatient. Il s'est servi du portail en cachette, pendant que je dormais. Il m'a laissé un mot, et il est parti. Je venais juste de le terminer, je ne l'avais pas encore testé. Bon, cela dit, quand j'ai essayé l'engin, il fonctionnait !

– Vous l'avez essayé ?

– Évidemment ! Je voulais être sûr que Pyrgus était arrivé à destination.

– Et vous n'avez pas eu de problèmes, vous ?

– Aucun. J'ai déclenché le portail, je suis passé dans votre monde, j'ai reconnu le palais que Pyrgus m'avait décrit, je suis revenu chez moi. J'étais ravi que votre gamin soit rentré chez lui...

– Pyrgus n'est pas rentré chez lui, corrigea l'Empereur.

67

« C'est vrai, pensa Pyrgus, j'ai un peu manqué de patience. J'aurais pu laisser M. Fogarty fignoler son portail. Mais il ne m'avait pas non plus prévenu que je risquais d'arriver ici, au milieu de nulle part, dans une caverne obscure qui pue... »

De la fumée montait du sol, irritant les yeux et la gorge du Prince. Les mains contre la paroi pour éviter de tomber, Pyrgus avançait à tâtons. Soudain, la luminosité augmenta, laissant voir le mur, le sol et une étrange stalactite. Une ouverture ! Un passage vers l'air libre !

Le Prince examina la pente raide qui y menait. Elle était correctement pourvue de prises. C'était jouable... et potentiellement mortel. « Pas plus que de rester ici », songea Pyrgus. Il entreprit de gravir l'à-pic. L'ascension, quoique épuisante, se révéla moins ardue qu'il ne l'avait craint. Il atteignit la brèche qu'il avait aperçue, exténué. Ses muscles le lançaient. Il se hissa au-dehors dans un dernier effort. Et il sentit aussitôt que ses ennuis ne faisaient que commencer.

La tête lui tournait – sans doute un contrecoup des vapeurs sulfuriques qu'il avait respirées. Peut-être aussi la fatigue. Et probablement l'intuition que quelque chose clochait. L'air était lourd. Le ciel avait une couleur inhabituelle – jaune sale – comme parfois avant une tempête. Sauf qu'aucune tempête ne semblait sur le point d'éclater : il n'y avait pas un nuage en vue.

Pyrgus fronça les sourcils. Il ignorait où il se trouvait. Il ne reconnaissait pas le paysage. Il ne lui restait plus qu'à marcher pour se repérer. Il finirait bien par croiser quelqu'un.

Avec un brin d'optimisme, il pouvait même décider que les choses ne se présentaient pas mal : il ne devait plus être très loin du palais. Il avait un couteau, prêté par M. Fogarty pour rassurer son jeune invité – rien à voir avec une lame halek, hélas – et à manger : il avait rapporté des souvenirs gastronomiques du Monde analogue – chips, barres chocolatées, haricots en boîte. La vie était presque belle !

Le jeune homme se mit en route. Une heure plus tard, il avait l'impression de ne pas avoir avancé d'un pas. Le paysage n'avait pas varié d'un pouce. Il faisait terriblement chaud, comme au début de sa randonnée forcée. Était-il revenu sur ses pas ? Avait-il des hallucinations ? Il étudia la position du soleil. C'était la même qu'une heure plus tôt. Il se souvenait d'avoir cheminé pendant une heure ; mais il se trompait : si le soleil n'avait pas bougé, une heure ne s'était pas écoulée. Il n'avait pas marché. Voilà pourquoi le décor était le même ! Il avait dû s'endormir...

Il reprit sa progression – et vérifia qu'il progressait, cette fois ! Pour se rassurer, il gravit un gros rocher. Il aperçut les ruines de ce qui avait dû être jadis une importante métropole. Il distinguait une place centrale au pavage en mauvais état ; les fondations d'anciennes tours ; des routes mangées par une végétation étrange qu'il avait aperçue auparavant. Les murs de pierre qui avaient autrefois protégé la cité étaient massifs. Énormes. Impressionnants.

Il n'avait jamais entendu parler d'une vieille ville de ce type. « Je ne suis pas au Royaume des fées, conclut-il. En tout cas, pas près du palais. » Il frissonna. Il jeta un coup d'œil au soleil. Il n'avait pas bougé d'un centimètre. Logique ou pas, il avait un problème. « Je dois trouver de l'eau. Donc aller à la ville. Là-bas, il y aura sûrement une source. Ou un puits. Peut-être que l'eau y est encore potable... »

Il descendit donc la paroi qui le séparait des ruines, ce qui ne lui posa pas de grandes difficultés.

De près, la ville était encore plus spectaculaire. Les murailles ne paraissaient pas assemblées (il n'y avait pas trace de mortier) mais taillées dans la roche ! Pyrgus n'avait jamais rien vu de semblable.

Toutefois, il ne se laissa pas distraire de son objectif – trouver de l'eau. Deux possibilités : ou il existait un énorme réservoir ; ou il y en avait plusieurs, dont certains, privés, réservés à l'usage des propriétaires les plus aisés. Le jeune homme avança lentement le long de la rue principale.

Les bâtiments, délabrés, n'étaient pas très différenciés, et Pyrgus eut plus de mal que prévu à repérer des maisons chic. Il avisa deux gros blocs de pierre craquelés, près de ce qui avait dû être de jolies villas, et s'approcha : sans doute les réservoirs qu'il cherchait. Il eut soudain très soif !

Il était en train d'escalader les blocs lorsque les démons le ceinturèrent.

68

Soutenue par le nain orange, la Femme peinte s'approcha d'une partie du mur, qui se couvrit aussitôt de motifs hypnotiques changeant à toute vitesse.

– Du calme ! tonna la sorcière.

Elle posa sa paume sur la surface. Le mur révéla une anfractuosité profonde. La Femme peinte en ressortit un bureau sur lequel était étalé un jeu de tarots.

– Mon cher, mon merveilleux bureau ! souffla-t-elle. Vous ai-je raconté un jour, Majesté, que j'ai été l'assistante du Grand Méphisto ? Un homme magnifique... et si habile de ses mains. Hélas pour lui, il n'a jamais eu un jeu aussi brillant que celui-ci. Ne bouge pas, Kitterick.

Elle prit le valet de cœur et l'introduisit dans la tête du nain orange, dont le regard devint soudain vitreux.

– Le Prince héritier Pyrgus Malvae... murmura Kitterick. Fils d'Apatura Iris, Empereur pourpre... Héritier du Trône de Pavane... Cheveux roux vif... Yeux marron... Taille...

– Cherche les forces antagonistes de ces huit dernières semaines, l'interrompit la sorcière.

– Lord Noctifer. Le Prince héritier s'est introduit dans son manoir pour voler son phénix doré. Lord Noctifer a aussitôt ordonné son placement en détention. Ses hommes de main...

– Pyrgus m'a dit que ce n'était pas Lord Noctifer, le coupa Holly Bleu.

– Continue la recherche, lança Mme Cardui.

– Groumu.

– Quoi ?

– Est-ce un nom, Kitterick ?

– Oui. Groumu, sergent du service de sécurité, cheveux noirs, yeux marron, un mètre quatre-vingt-dix, quatre-vingts kilos, quarante ans et quatre mois, a assailli le Prince héritier le premier jour de la seconde lune. Participaient à l'embuscade : Jocurm, cheveux bruns, yeux bleus, un mètre quatre-vingt-deux, soixante-dix-neuf kilos, vingt-neuf ans et un mois ; Praneworf, cheveux bruns, yeux bleu-gris, deux mètres trois, cent vingt kilos, trente-trois ans et sept mois ; Datches, cheveux...

– Votre frère a dû déguster, déduisit la Femme peinte.

– Que lui ont-ils fait ? voulut savoir Holly Bleu.

– Agression physique, répondit le nain orange. Coups et blessures avec intention de donner la mort. Niveau huit.

– Passons au niveau neuf, Kitterick, exigea la sorcière. Analyse uniquement les agressions de niveau neuf.

– Pratellus. Crambus, capitaine du service de

sécurité, cheveux noirs grisonnants, yeux marron, quarante-quatre ans...

– Qu'a-t-il fait à Pyrgus ?

Kitterick demeura silencieux.

– Il n'a pas dû agir lui-même, conclut Mme Cardui. Une rencontre de niveau neuf signale une mise en danger mortelle, mais l'interlocuteur n'est pas forcément l'assassin. Kitterick, rencontres de niveau dix.

– Blafardos, Jasper, cheveux teints, yeux bleus, un mètre cinquante-deux, soixante-huit kilos, date de naissance effacée des registres officiels. Sulfurique, Silas, chauve, yeux bleus injectés de sang, un mètre soixante, quarante-cinq kilos, quatre-vingt-seize ans et dix mois.

– Blafardos et Sulfurique ! souffla Mme Cardui.

– Vous les connaissez ? s'enquit Holly Bleu.

– Ce sont des Fées de la Nuit qui sont dans le commerce, lâcha-t-elle avec mépris. Spécialisées dans les pots de colle. La colle miracle, c'est eux... Blafardos n'est pas très intéressant. Il a été coiffeur. Il est devenu décorateur d'intérieur, genre flamboyant. Sa tante l'a élevé, la pauvre...

– Pourquoi « la pauvre » ?

– Pour hériter d'elle plus vite, il l'a empoisonnée.

– Au triptium ?

– Je ne sais pas. L'empoisonnement n'était qu'une rumeur. En tout cas, il a hérité d'elle un magnifique domaine. Il était en train de dilapider sa fortune quand il a rencontré Sulfurique.

– Un décorateur comme lui ?

– Non, un sorcier. Redoutable. Très fort en

nécromancie et en démonologie de bas étage. La plupart des autres Fées de la Nuit se méfient de lui. Blafardos et lui doivent être considérés comme des suspects crédibles, Majesté.

– Dites-moi où je peux les trouver !

69

Le fusil à pompe claqua. Bien huilé, bien briqué, il était impeccable, prêt à l'emploi. M. Fogarty lui jeta un regard attendri, puis se tourna vers ses visiteurs et lança :

– Pyrgus n'est plus là. C'est tout. Il n'y a rien à ajouter.

– Je vous crois, dit l'Empereur. Je crois que vous – et ce... Henry, n'est-ce pas ? – avez voulu l'aider. Mais Pyrgus n'est pas rentré, et j'avoue que je compte encore sur vous deux. Je ne serai pas un ingrat.

– Qu'attendez-vous de moi ?

– Que vous le retrouviez.

– Au fait, je suis censé vous appeler comment ? Votre Altesse ? Majesté ?

– Comme vous le souhaitez. Vous n'êtes pas mon sujet. Je m'appelle Apatura Iris.

– D'accord, monsieur Iris. Je vais vous aider. Votre fils m'est sympathique. Il me rappelle ce que j'étais à son âge : tête brûlée et fonceur. Vous avez des idées ?

– Il y a plusieurs possibilités. La première, c'est que votre portail n'ait pas fonctionné correctement.

– Mon portail *a* fonctionné correctement.

L'Empereur pourpre eut un sourire crispé :

– C'est une possibilité théorique, monsieur Fogarty. *Si* votre portail n'a pas fonctionné correctement, ou – deuxième possibilité – si mon fils a commis une erreur en le manipulant, le résultat est le même : il n'est pas arrivé au bon endroit. Reste une troisième éventualité : Pyrgus a pu revenir au palais à l'insu de tous. Gardien, une quatrième suggestion ?

– Non, Majesté, répondit Tithonus.

– Si Pyrgus n'est pas au palais, il tente de le regagner, continua Apatura. Pour l'aider, il nous faut déterminer où il est passé. En collaborant avec notre Ingénieur en chef et ses techniciens, vous devriez y parvenir. Et, qui sait ? Vous aurez peut-être une illumination subite... un indice qui remontera à votre mémoire et qui nous mettra sur la bonne voie...

– En gros, vous souhaitez que je vous accompagne ?

– Oui. Ainsi que Henry. Pyrgus a pu lui dire quelque chose qui nous serait utile...

M. Fogarty jugea préférable de ne pas entrer dans les détails :

– Henry n'a plus trop l'occasion de me rendre visite. Mais ça ne m'étonnerait pas qu'il vienne faire un tour par ici ces prochains jours. Je vais lui laisser un mot.

– Un mot ? Et si quelqu'un d'autre le lit ? Je n'aime pas trop l'idée...

M. Fogarty secoua la tête :

– Croyez-moi, seul Henry saura lire ce que je vais écrire. Ah, et tant que j'y pense...

Le vieil homme ouvrit un tiroir, souleva une pile de torchons et sortit des boîtes de cartouches :

– Si je viens, j'emporte ça. Pas d'objection ?

Tithonus leva un sourcil et ouvrit la bouche. L'Empereur le devança :

– Non. Aucune.

– Alors, on part dans cinq minutes.

– Ensemble, monsieur Fogarty ?

– Ensemble, monsieur Iris.

– Utilisons le nouveau portail, Majesté, proposa Tithonus. Ainsi, nous aurons une chance de voir où Pyrgus a atterri.

– Bonne idée, approuva le souverain. Vous n'avez rien contre, Alan ?

– Bof, si ça vous amuse, Apatura..., rétorqua le vieil homme, flatté.

70

– Ça fait mal, la carte dans la tête ? demanda Holly Bleu à Kitterick, tandis que le nain la conduisait vers le quartier de Bon-Marché.

– Non, Votre Majesté. Je me sens juste bizarre pendant la séance.

– Tu as été ensorcelé ?

– Pas du tout.

Il souleva la partie supérieure de son crâne, révélant un mécanisme métallique où devaient se ficher les cartes.

Autour d'eux, les gens se retournaient sur cet étonnant nain orange à calotte amovible. Le jour touchait à sa fin, mais le quartier restait très animé. Holly se sentait un peu rassurée d'être accompagnée de Kitterick.

– On approche, déclara le nain.

Il désigna la voie Bouillonnante. Entrer dans l'usine à colle semblait hors de question, mais la Femme peinte avait donné à Holly l'adresse de Jasper Blafardos et de Silas Sulfurique. Blafardos avait une propriété dans la grand-rue de la Lande. Sulfurique habitait la voie Bouillonnante.

« Qu'allait donc faire Pyrgus dans cette galère ? » se demandait Holly Bleu. La voie Bouillonnante était laide. Déserte. Mal éclairée. Puante. Kitterick sortit une torche enflammée de sa poche.

– Je passe devant.

La Princesse acquiesça, serrant dans sa main le manche de sa petite dague. Ses pas et ceux du nain résonnaient, sinistres, le long de la ruelle.

– Voilà le numéro quatre-vingt-sept ! s'exclama le nain orange. Nous sommes devant chez Sulfurique.

La maison, curieuse, s'élevait sur trois niveaux. Ce n'était pas exactement une maison, d'ailleurs. Plutôt un bout de bâtisse coincé au milieu d'autres bâtiments.

– Pas de lumière, signala la Princesse. On dirait qu'il n'y a personne.

– On vérifie ?

La Princesse acquiesça. Elle n'était pas enchantée à l'idée de fureter chez un nécromancier ; mais, si elle voulait réunir des preuves pour accuser Sulfurique, elle n'avait pas le choix.

– Cachez-vous pour le moment, Votre Sérénité, ordonna le nain.

Holly Bleu se dissimula dans l'ombre pendant que son complice allait frapper à la porte. Une fois. Deux fois. Une multitude de fois.

– Silence, nabot maléfique ! hurla un voisin en ouvrant d'un coup sa fenêtre.

– J'ai un pli pour M. Sulfurique, mentit Kitterick.

– Excellente nouvelle ! Et si tu allais le porter à

l'usine, au lieu de nous gâcher la vue par ta présence ?

– L'usine est fermée aux visiteurs, à cette heure-ci, Monseigneur.

– Eh bien, M. Sulfurique n'est pas là, mini-gnome ! Allez, du vent !

– Vous savez quand il rentrera ?

– Tu me prends pour sa mère, ou quoi ?

– Non, Monseigneur. Vous avez raison, Monseigneur. Excusez-moi de vous avoir dérangé, Monseigneur.

Kitterick feignit de repartir. Puis, dès que la fenêtre se referma, il revint à toutes jambes vers la Princesse.

– La maison est vide, souffla-t-il. Entrera-t-on par effraction, Votre Altesse ?

– Et comment ! répondit Holly Bleu.

71

Pyrgus se débattait comme un beau diable. Il n'avait pas eu le temps de dégainer le couteau que M. Fogarty lui avait remis. Ce qui ne l'empêchait pas de décocher de furieux coups de poing et de pied aux horribles créatures qui l'avaient assailli. À peine vêtues, elles dévoilaient leur chair blafarde et imberbe, ainsi que leurs membres grêles. Quand elles le touchaient, un frisson d'écœurement parcourait Pyrgus, pire que s'il avait dû écraser des larves de cafards à mains nues.

Hormis leur laideur, les démons n'avaient rien de spectaculaire. Plutôt petits, peu musclés, inexpérimentés, ils avaient cependant un atout : leur nombre. Et il en arrivait sans cesse en renfort. Pyrgus n'avait jamais vu autant de démons en un même endroit. Il ne pensait même pas qu'une telle concentration fût possible. Le meilleur Magicien de la Nuit n'était pas capable d'en invoquer trois simultanément. Or, ils surgissaient par dizaines, grouillant comme des cafards. Et Pyrgus commençait à fatiguer.

Soudain, l'un des monstres lui attrapa les cheveux. Le Prince hurla. Il balança un grand coup derrière lui. Aussitôt, l'une des créatures lui empoigna le bras. Un crochet surpuissant lui fit lâcher prise. Peine perdue. Pyrgus basculait l'instant d'après : des démons l'avaient plaqué aux chevilles. Il tenta de se redresser. Impossible. Quatre adversaires, le visage penché sur lui, lui maintenaient les épaules au sol.

Le Prince ferma les yeux. Ne pas regarder ses vainqueurs. Lutter. Même si le combat était perdu, il devait s'acharner. Tant qu'il résisterait, il ne mourrait pas. Mais ses assaillants étaient parvenus à immobiliser ses membres un à un. À présent, ils s'attaquaient au plus important : les paupières. Ils parvinrent à les relever de leurs petits doigts crochus. Pyrgus essaya de rejeter la tête en arrière. Les monstres l'en empêchèrent ; et le regard du jeune homme croisa celui d'un démon.

– Ne bouge plus, ordonna la créature *dans sa tête*.

La sensation était atroce. Pyrgus avait l'impression qu'une coulée de boue visqueuse avait envahi son cerveau.

– Ne bouge plus, répéta le monstre.

– Petit pot de beurre, murmura Pyrgus, quand te petit-pot-de-beurreras-tu ? Petit pot de beurre, quand te petit-pot-de-beurreras-tu ?

Un truc que lui avait appris Tithonus pour abstraire son esprit du monde extérieur – et notamment en cas d'envoûtement démoniaque : répéter une phrase idiote.

– Comment t'appelles-tu ? demanda le démon.

– Petit pot de beurre, quand te petit-pot-de-beurreras-tu ? Petit pot de...

– Dis-moi ton nom !

– Petit pot de b... Non, non, non ! Petit pot de b...

– Ton nom !

– Petit p... Pyrgus. Pyrgus Malvae.

La horde de démons qui le retenaient s'éloigna. Le Prince avait perdu la partie. Définitivement.

– Viens, ordonna la voix dans sa tête.

Le démon qui l'avait ensorcelé s'avança le long des maisons en ruine, et Pyrgus le suivit.

72

Elle n'avait l'air de rien, la petite porte de la maison de Sulfurique. Pourtant, les enchantements que Holly avait apportés dans son attrape-sort ne suffirent pas à l'ouvrir ; et même Kitterick dut reconnaître son impuissance après avoir trifouillé la serrure pendant un quart d'heure.

– C'est un système de serrures et de verrous entrelacés, expliqua-t-il. Votre Sérénité, je crains qu'il nous faille recourir à une méthode plus musclée.

– Vous voulez défoncer la porte ?

– Ouh-là... non ! Mais il se trouve que j'ai sur moi un bâton de dynamite...

– Les voisins vont nous tuer !

– Pas si on y ajoute un sortilège de silence...

– La maison va s'écrouler !

– Non. C'est solide, ce genre de vieille bâtisse. À l'époque où on l'a construite, on n'avait pas encore inventé les maisons en carton...

– Alors, au travail !

Kitterick fouilla dans ses poches :

– Attendez... J'ai la dynamite... Et ce sort de

silence, où est-il passé ? Ah ! Le voilà ! Majesté, reculons-nous le temps que la magie opère...

Une belle explosion silencieuse plus tard, les deux complices se retrouvèrent une fois de plus devant l'entrée – cette fois béante – de la maison.

– Restez ici, Kitterick, ordonna la Princesse. Si Sulfurique arrive, je compte sur vous pour me prévenir.

Le nain approuva :

– Le sort de silence a dû être annulé par le souffle de la dynamite. Donc, si je me mets à siffler, vous devriez réussir à m'entendre. Je siffle très bien, quand je veux...

– Je n'en doute pas, Kitterick, dit Holly Bleu en s'engageant dans la maison.

Elle se glissa à tâtons dans la première pièce, tira les rideaux et alluma les lumières. De toute façon, en voyant sa porte, Sulfurique comprendrait qu'il avait été visité. Alors...

La jeune fille regarda autour d'elle. Elle se trouvait dans un salon poussiéreux, encombré de meubles bancals. Près de la cheminée, un fauteuil plus qu'à moitié défoncé, à côté duquel on avait posé une tasse vide. Holly imaginait le vieil homme, sirotant son maigre quatre heures au coin d'un feu vacillant. Elle l'imaginait très bien. Et elle en conclut que quelque chose clochait.

Sulfurique n'était pas du genre à se laisser mourir dans la misère. Un sorcier, qui plus est, capable d'invoquer les démons, ne vit *jamais* dans la misère. Tout cela n'était donc qu'illusion. Mais comment dissiper le sortilège ? Elle-même n'en possédait pas le pouvoir. Sulfurique était très fort ! Holly Bleu avait beau savoir que le décor ne ressemblait pas à ce qu'elle voyait, la poussière qui n'existait pas lui montait à la gorge ; l'odeur imaginaire de renfermé lui emplissait les narines.

C'est alors qu'elle avisa un portrait de Sulfurique. Elle se pencha pour l'examiner de plus près. Et le vieillard lui fit un clin d'œil. La jeune fille sursauta et se releva précipitamment. L'illusion avait disparu. Au sens propre, la pièce s'était transformée en un clin d'œil... magique. Plancher brillant, murs lambrissés, poutres apparentes, meubles antiques restaurés et disposés avec soin, miroirs, dorures, canapé confortable capable d'épouser la forme de son hôte... Tout, ici, respirait le luxe et l'aisance.

Il y avait même un superbe secrétaire. Holly Bleu s'en approcha, le pensant fermé à clé. Il ne l'était pas, mais il ne contenait que des papiers sans intérêt concernant la fabrique de colle. Rien de suspect. Pas de notes compromettantes. Aucun indice. La Princesse continua son inspection, passant au premier étage après avoir parcouru le rez-de-chaussée.

Ici, il y avait deux portes. La première donnait sur une petite cuisine proprette. Déterminée à ne pas se faire avoir deux fois, la jeune fille chercha comment dissiper le sort d'illusion. Impossible : il n'y avait pas de sort à dissiper. Elle ressortit de la cuisine et se dirigea vers la deuxième porte.

Derrière, des démons l'attendaient. Avant même d'ouvrir la porte, la Princesse entendit leur piétinement d'insecte et le crissement des serres qui leur tenaient lieu de doigts. Elle ouvrit néanmoins et alluma les globes de lumière.

Une bibliothèque, manifestement. Holly Bleu repéra au moins cinq démons d'apparence moyenne : petite taille, poids léger, grosse tête, yeux noir d'encre. Quatre mâles, une femelle. Tous habillés d'une tunique et de bottes argentées.

« Une brigade de gobelins... », songea la Princesse. Elle connaissait ces monstres : on les invoquait pour garder une maison ou une pièce. Il en coûtait un sacrifice rituel, mais ils en valaient le coup : aucun de ceux qui avaient eu le malheur de les affronter face à face n'avait jamais survécu.

Holly Bleu se rua dans l'escalier. Elle n'était pas de taille à les affronter. Personne n'était de taille à affronter ces tueurs. Les jambes en coton, elle dévala les marches et se retourna, paniquée. À sa grande stupeur, elle constata qu'elle était seule. Les démons s'étaient évaporés.

73

L'Empereur pourpre longeait un grand couloir moquetté, éclairé par de magnifiques chandeliers en cristal.

– Nous ne sommes pas dans la chapelle, constata-t-il, mais nous n'en sommes pas loin...

– Nous nous trouvons dans l'aile est du palais, suggéra Tithonus, pas loin des appartements de votre fille.

Le souverain acquiesça :

– J'en déduis que Pyrgus aussi a dû rentrer sans encombre.

– Si ce Fogarty ne nous a pas menti, chuchota très bas Tithonus.

– Mon intuition me pousse à lui faire confiance, répondit Apatura dans un souffle. Pour le moment.

Il se tourna vers les autres :

– Sommes-nous tous là ?

– Oui, Majesté ! lança l'Ingénieur en chef.

– Est-ce bien ici que vous étiez venu, lorsque vous aviez testé votre portail, Alan ?

– Ça m'en a tout l'air...

– J'imagine donc que mon fils a au moins débarqué dans notre monde !

Le souverain serra les pans de son manteau. Pyrgus avait l'art de s'attirer les ennuis. Comment s'était-il débrouillé pour rater sa translation ? Le processus paraissait sûr et fiable.

– Il est tard, dit-il à M. Fogarty, et vous avez été réveillé au milieu de la nuit. Pavane va vous conduire à vos appartements et s'assurer que vous êtes convenablement installé. Demain matin, à la première heure, j'aimerais que vous donniez un coup de main à nos ingénieurs, si vous n'y voyez pas d'inconvénient.

– Entendu, répondit le vieil homme.

– Majesté, vous voilà ! lança un serviteur. Je dois vous transmettre une nouvelle d'importance...

– Tithonus, venez avec moi. Alan, je vous souhaite une bonne nuit.

L'Empereur s'éloigna à la hâte, suivi du gardien et du domestique. Au bout du couloir, il interrogea le serviteur du regard. Celui-ci baissa aussitôt les yeux et murmura :

– On m'a chargé de vous informer que votre fille avait disparu.

74

L'idée frappa Holly Bleu comme la foudre : elle avait été victime d'un nouveau sortilège ! Apparemment, c'était l'une des grandes spécialités de Sulfurique. Peupler la pièce de gobelins virtuels était presque aussi dissuasif que d'en conjurer. Et, surtout, cela revenait moins cher à entretenir. On activait le mirage en quittant la maison, comme on aurait branché une alarme, et le tour était joué.

La Princesse revint sur ses pas avec précaution et s'arrêta sur le seuil de la bibliothèque. La porte était encore entrebâillée. Si les gobelins l'apercevaient, ils la tueraient sans autre forme de procès. Car une brigade d'illusion pouvait tuer aussi sûrement qu'une vraie : tant que le charme fonctionnait, les créatures étaient réelles. Cependant, elles n'étaient pas douées d'intelligence, ce qui signifiait entre autres qu'elles ne reconnaissaient pas leur propriétaire. Par conséquent, il existait sans doute un mécanisme simple qui permettait à Sulfurique de neutraliser le sortilège quand il voulait se servir de sa bibliothèque.

Où Sulfurique avait-il dissimulé l'interrupteur ? La jeune fille regarda autour d'elle, à la recherche d'un portrait clignant de l'œil, comme dans le salon. Les murs étaient vides. Lisses. Il n'y avait rien à voir. « Rien à voir, d'accord, songea-t-elle. Mais à entendre ? » Elle se souvenait que la dernière marche avait grincé plus fort que les autres quand elle était remontée. Elle avait probablement craqué aussi quand Holly était montée la première fois ; la Princesse n'y avait pas prêté attention sur le coup. En revanche, elle n'avait pas couiné quand celle-ci avait dévalé l'escalier (elle l'avait sautée) ; donc, si la marche était bien l'interrupteur, le mécanisme était éteint. La brigade de gobelins avait dû déserter la bibliothèque.

La Princesse inspecta une dernière fois les alentours. Elle n'avait pas d'autre idée pour désactiver le sortilège. Elle se décida avant de perdre courage. Elle entra dans la pièce aux gobelins. Ceux-ci avaient disparu.

Soulagée d'un poids énorme, elle inspira à fond : sa mission n'était pas finie. Il fallait qu'elle restât sur ses gardes. Tous ses sens en alerte, elle entreprit de feuilleter quelques-uns des milliers de livres de sorcellerie, magie, nécromancie, sortilèges et démonologie. Elle n'y découvrit aucun indice concernant la tentative d'assassinat perpétrée contre son frère. Elle finit par quitter la bibliothèque et gravit l'escalier qui menait au deuxième étage.

Cette fois, Holly fut attentive au moindre grincement. Elle n'en entendit aucun. Parvenue au palier, elle entama sa visite, consciente des deux dangers qui la guettaient : les sorts d'illusion en général et les gobelins en particulier. Mais aucune surprise ne l'attendait.

L'étage était la réplique du précédent. Deux portes : une salle de bains, une chambre. Et toujours aucun élément compromettant Sulfurique...

Quand Kitterick vit la jeune fille ressortir de la maison, il comprit :

– Je suppose que l'expédition n'a pas été couronnée de succès, Votre Sérénité ?

– Non, en effet.

– Alors, irons-nous saluer M. Blafardos, ou vous escorterai-je jusqu'au palais ?

Holly Bleu hésita. Elle n'avait pas envie de partir en expédition chez Blafardos ni de reconnaître qu'elle avait perdu son temps. C'était pourtant la vérité. Elle n'avait rien trouvé. Ni à propos de Pyrgus, ni à propos de...

Mais oui ! Quelle cruche elle faisait ! Elle pensait avoir fouillé la maison, et elle n'avait rien trouvé d'intéressant à propos de Pyrgus *ni à propos de quoi que ce fût*. Or, Sulfurique n'était pas un citoyen modèle. De plus, il avait installé un système de sécurité complexe pour protéger sa maison : des serrures ultraperfectionnées, des sortilèges d'illusion – dont une escouade de gobelins... Il cachait forcément quelque chose quelque part. Holly s'était laissé berner !

– Majesté, où courez-vous ? s'inquiéta le nain orange en la voyant disparaître.

– Fais le guet, Kitterick, j'arrive !

Elle retourna au salon. La pièce était toujours dans l'état où elle l'avait laissée. Elle se pencha vers le portrait qui clignait de l'œil. Elle lui cligna de l'œil en retour. Elle comprit aussitôt qu'elle ne s'était pas trompée. À première vue, la pièce n'avait pas changé. Mais Holly sentait que quelque chose s'était modifié. Sulfurique était décidément très intelligent : il avait créé une deuxième illusion à l'intérieur de la première (le salon pauvre transformé en salon riche). Et la deuxième ressemblait beaucoup à la première ! « Moi qui adore le jeu des sept erreurs, je suis servie... », pensa la Princesse.

Elle se dirigea vers le secrétaire. L'ouvrit. Et trouva enfin des signes qui confirmaient que Sulfurique n'était pas un petit saint. Griffonnages explicites. Fausses factures commentées de sa main. Bilans raturés. Liste des « expulsions auxquelles procéder de toute urgence, sous n'importe quel prétexte ». Récit des sacrifices (animaux et même humains !) nécessaires à l'invocation des démons. Une chose était sûre : Pyrgus et cet immonde personnage n'étaient pas faits pour se comprendre.

Soudain, une phrase attira son attention :

« Rangé le Livre de Beleth au grenier »

Holly frissonna. D'un coup, elle venait de dénicher deux informations capitales :

1) il y avait un grenier ;

2) Sulfurique y dissimulait des choses.

Elle courut au deuxième étage, en veillant à ne pas faire grincer la dernière marche du premier escalier. Arrivée dans la chambre, elle observa le plafond. Pas de trappe. Peut-être un sortilège d'illusion ? Inquiète d'être restée plus longtemps que prévu, la Princesse chercha un interrupteur magique. Avisa un placard plein de vêtements. Tapota la paroi du fond. Le mur sonnait creux. Le dressing avait un double fond. Holly poussa, donna des coups de pied, tâtonna – et s'il y avait une poignée qui déclenchait un mécanisme ? Non.

– Mais ouvre-toi donc, saleté ! s'emporta-t-elle.

Le double fond coulissa. Des globes de lumière de faible puissance éclairaient le passage. Le*s* passa-ge*s*, en fait : deux escaliers s'offraient à la jeune fille. L'un montait, l'autre descendait. Holly s'avança... puis recula précipitamment. Elle avait retenu la leçon : chez Sulfurique, une surprise pouvait en cacher une autre. Elle prit un chapeau au hasard et le jeta dans la cage d'escalier. Le chapeau tomba comme une pierre dans le vide.

Les marches n'existaient pas. C'était un énième sortilège de Sulfurique. Si elle avait fait un pas de plus, Holly Bleu serait morte.

75

Henry passa directement par-derrière. Après « l'emprunt » de l'autre jour, M. Fogarty – s'il était toujours vivant – n'ouvrirait pas la porte de devant.

La maison semblait vide. Henry frappa néanmoins. À la porte puis à la fenêtre de la cuisine. Pas de réponse. Le garçon plongea la main dans sa poche. Il en retira une clé, avec laquelle il ouvrit. « Hé-hé ! ricana-t-il en silence. Tu n'étais pas au courant de ça, hein, Maman ? »

– C'est moi, monsieur Fogarty ! lança-t-il pour rassurer le vieil homme... et pour éviter de le voir surgir armé d'un couteau de cuisine.

Personne n'accourut. Henry s'avança. Dix minutes plus tard, il avait fait le tour des pièces. Pas de trace de son ex-employeur. Inquiet, il recommença son inspection en essayant de repérer des indices. C'est à la cuisine qu'il en trouva : une enveloppe à son nom. Dedans, un message manuscrit de M. Fogarty :

SNMCR KZ ODKNTRD CD CDUZMS
6851

Deux solutions :

1) ou M. Fogarty était devenu fou (*encore plus* fou) ;

2) ou il avait inventé un nouveau langage.

Mettre un message dans une enveloppe au nom de Henry n'était pas, *a priori*, un acte de dément. Il s'agissait donc d'un nouveau langage. Autant dire d'un code.

Le garçon essaya de se remémorer sa dernière conversation avec le vieil homme. Avait-il parlé d'un code, à propos de ses braquages de banques ? Non, ce n'était pas ça. Peut-être « 6851 » désignait-il la page d'un livre où... Non, aucun livre n'avait autant de pages. Peut-être la page qu'avait contenue l'enveloppe était-elle écrite à l'encre sympathique : le véritable message ne se lisait qu'en chauffant le papier. Henry trouva une boîte d'allumettes sur le buffet. Aucun texte caché n'apparut. Peut-être M. Fogarty était-il devenu encore plus fou, en fin de compte. À moins que...

Henry réfléchit. Quels autres moyens de crypter un message connaissait-il ? Les petits codes que seuls le destinataire et l'auteur du message comprendraient. Mais « Snmcr » n'évoquait strictement rien au garçon. Ultime possibilité : l'alphabet décalé. Un truc vieux comme le monde, qui consistait à décaler l'alphabet d'une case. Henry essaya : si B remplace A, C remplace B, et...

SNMCR KZ ODKNTRD CD CDUZMS =
RMLBQ JY NCJMSQC BC...

Inutile de continuer. Le code – si code il y avait – était plus compliqué. Sauf si Henry s'était trompé de sens. Si A remplaçait B, si B remplaçait C, qu'obtenait-on ?

TONDS LA PELOUSE DE DEVANT

Henry fronça les sourcils. Avait-il vraiment décodé le message ? Pas sûr ! À présent, le message était compréhensible, mais *ce qu'il voulait dire* échappait au garçon.

76

De l'autre côté de la paroi amovible, la main de Holly rencontra une sorte d'interrupteur. Malgré l'effroi qui l'avait saisie après avoir échappé d'un cheveu à la mort, la jeune fille éprouva une pointe de fierté. Elle commençait à connaître son Sulfurique sur le bout du doigt !

Logiquement, en appuyant sur l'interrupteur, elle avait dû stabiliser le sortilège d'illusion. Elle jeta un autre chapeau dans l'escalier. Cette fois, le chapeau ne disparut pas. Elle avança un pied dans le passage secret. Le sol était ferme. Elle avait bel et bien déjoué un nouveau piège !

Elle emprunta l'escalier qui descendait. Grenier ou pas, elle en avait assez de cette maison de fou. Mais les marches ne semblaient pas s'arrêter au rez-de-chaussée. Quand elle arriva en bas, elle se retrouva dans un long couloir rectiligne. Des globes de lumière avaient détecté sa présence et s'étaient allumés d'eux-mêmes.

Holly avait un bon sens de l'orientation. Elle s'en servit pour déterminer que le passage devait courir le long de la voie Bouillonnante pour déboucher dans l'usine de Sulfurique. Elle estima plus prudent de ne pas le vérifier. Inutile de se jeter dans la gueule du loup ! Elle qui croyait se diriger vers la sortie s'était précipitée dans une impasse.

Elle remonta... et ne résista pas à la tentation d'examiner le grenier. Une odeur de sang séché la prit à la gorge. Des lambeaux de chair étaient cloués par terre, formant un cercle près d'un triangle. Dans un coin, de l'encens brûlait dans un braséro ; non loin, une brassée d'ase fétide ; et, partout, des symboles mystérieux aux murs.

« Ça m'étonnerait que cette pièce soit protégée par un sortilège d'illusion, pensa-t-elle. D'abord, elle est assez bien protégée sans ça. Ensuite, elle est visiblement destinée à invoquer les démons, et la magie risquerait d'interférer avec les rituels. Et enfin... enfin, on va voir ça ! »

D'un pas décidé, elle se dirigea vers un placard, dont le tiroir n'était protégé que par un sort élémentaire – son attrape-sort suffit à le désactiver. À l'intérieur du meuble, l'équipement magique de base : baguettes de feu, calices de sang, pentacles [1], talismans, mandragores, dagues aériennes... Un humuncule miniature se dirigea sur elle. Elle le repoussa pour s'emparer de deux livres.

Le plus petit était écrit de la main de Sulfurique. Holly n'en croyait pas ses yeux : c'était le journal du sorcier ! Elle le feuilleta et y repéra le nom qu'elle cherchait depuis qu'elle était entrée dans la maison : Pyrgus.

---

1. Un pentacle est une étoile à cinq branches utilisée en occultisme.

À cet instant, un son perçant lui vrilla les tympans. Elle se figea, le cœur battant à tout rompre. Avait-elle déclenché une alarme sans s'en rendre compte ? Avait-elle eu tort de croire que cette pièce était sans danger ? Elle hésitait encore sur la conduite à tenir quand elle comprit. Ce qu'elle entendait, c'était le sifflement suraigu de Kitterick. Quelqu'un approchait.

Holly Bleu prit les livres et s'enfuit.

77

Pyrgus n'existait plus. Ou si peu : plus rien n'avait d'importance, à ses yeux. Il se moquait de savoir où on l'emmenait. Il se moquait de chercher à revenir au palais, ou de retrouver son nouvel ami Henry. Son cerveau fonctionnait à vide. Les contours de ses pensées étaient flous. Ses souvenirs, insaisissables, fuyants. Le jeune homme se rappelait à peine son prénom et son nom, guère plus.

Il sentait qu'on l'entourait, qu'on l'entraînait quelque part. Et cela lui était parfaitement égal. Il errait, entouré par des ombres, dans un labyrinthe de galeries souterraines, de petits tunnels qui débouchaient à tout instant sur des embranchements. Il savait toujours où il devait aller. Une voix dans sa tête le guidait.

Il eut conscience que, peu à peu, la température augmentait. Elle devint étouffante quand il déboucha dans une ville métallique. Une lumière rougeoyante se reflétait sur les surfaces polies, et, pourtant, la cité semblait plongée dans l'obscurité. Pyrgus ne s'en souciait pas. Pas plus que de la chaleur. Il ne se souciait plus de rien.

Les démons l'entraînèrent à travers des rues sombres jusqu'à une grande place. Des images confuses remontèrent alors à sa mémoire. Il avait été enlevé. Comme des millions d'Américains. Pourquoi des millions ? Les démons avaient-ils besoin de nourriture ? Pourquoi la chercher dans le Monde analogue ? Pyrgus se demanda si sa chair aurait un goût de chips, puisqu'il en avait grignoté. Mais la réponse ne l'intéressait pas.

Des démons croisèrent le cortège sans regarder le Prince. Lequel fut tenté de courir vers le magnifique palais qui se dressait devant lui. L'édifice était coiffé d'un énorme dôme surmonté d'une flèche élancée. La voix dans sa tête empêcha Pyrgus d'accélérer. Il avait le temps. Rien ne pressait. Et Pyrgus continua d'avancer au pas mesuré de son escorte.

Quelques minutes plus tard, il parvint dans une pièce spacieuse, haute de plafond. Une sorte de croisement entre une Salle du trône et une Chambre de situation : un démon en robe rouge étudiait une immense carte étalée sur une table de métal. Il leva la tête vers son prisonnier et dit d'une voix douce :

– Comme c'est aimable à vous de venir nous rendre visite, Votre Altesse le Prince héritier Pyrgus...

78

Henry contemplait le message, agacé. Tondre la pelouse de devant ? C'était pour ça que M. Fogarty avait utilisé un code ? Le garçon envisagea trois hypothèses.

1) Ou il s'était trompé de code, et le message avait une tout autre signification. Improbable.

2) Ou il avait correctement décodé le message, mais celui-ci était à prendre au deuxième degré. Henry ne voyait pas *quel* deuxième degré.

3) Ou il avait correctement décodé le message, qui voulait bel et bien dire : « Tonds la pelouse. »

C'était bizarre : M. Fogarty le lui avait interdit depuis qu'ils se connaissaient. Il lui en donnait l'ordre le jour où il disparaissait ? et ce, alors que Henry n'était même plus à son service ?

Néanmoins, faute d'explication plus convaincante, Henry alla dans la remise, se fraya un chemin au milieu des outils de jardinage, des pots de fleurs, des toiles d'araignées et du bric-à-brac qu'il n'avait pas jeté, l'autre jour. Il atteignit la tondeuse, rangée avec soin tout au fond, ôta la housse, tira l'engin vers la sortie... et repéra un trou d'environ vingt centimètres sur quinze, là où il avait été entreposé.

Du contre-plaqué le dissimulait. Henry le souleva et avisa une sorte de mini-coffre-fort avec des touches dessus. Décidément, c'était la journée des codes ! Il se rappela le message que M. Fogarty lui avait laissé : il se terminait par « 6851 ». Le garçon se dépêcha de taper la combinaison indiquée. La boîte ne s'ouvrit pas.

Henry réessaya. Sans plus de succès. Il sortit le message de sa poche... et comprit. M. Fogarty n'avait pas écrit : « Tonds la pelouse 6851 », mais : « SNMCR KZ ODKNTRD CD CDUZMS 6851 ». Il fallait sans doute aussi décaler les chiffres. Ce qui donnait 5740. Quand le garçon eut tapé le nombre, le mini-coffre-fort s'ouvrit.

À l'intérieur, il y avait un cube d'aluminium, muni de deux boutons sur le dessus. Sous le cube, un papier. Écrit en clair, cette fois :

« Je suis parti devant.
Rejoins-moi dès que possible.

Alan. »

Henry appuya sur le bouton rouge. Et une explosion retentit.

79

En entendant prononcer son nom, Pyrgus eut une illumination. Il comprit où il se trouvait : dans Hael, le monde des démons. Et ses idées se remirent en place. Il se souvint de M. Fogarty. Du portail. De son départ en catimini. Il se souvint de l'odeur de soufre, dans la caverne où il avait débarqué, du soleil immobile, de la lueur sanguine dans la cité de métal. Il était arrivé en Enfer...

Pyrgus voulut se détourner. Ne pas regarder le démon à la robe écarlate était son ultime moyen de défense. Cependant, même cette protection dérisoire était hors de sa portée : il était paralysé, à la merci de la créature.

– Calme-toi, Pyrgus, ordonna le démon d'une voix presque suave. Tu *sais* que tu es à moi...

– Comment connaissez-vous mon nom ? demanda le jeune homme, étonné de pouvoir parler.

– Nous nous sommes déjà rencontrés.

Pyrgus fronça les sourcils.

– Tu ne vois pas ? Je pourrais être vexé, sais-tu ?

Mais peut-être te souviendras-tu de moi si je me montre sous un autre jour...

Le démon gonfla. Grandit. Grossit. Sa tunique éclata, dévoilant un corps gigantesque bardé de muscles. D'impressionnantes cornes de bouc apparurent de chaque côté de son front.

– T'ai-je rafraîchi la mémoire ? s'enquit la créature.

Sa voix aussi avait changé. Désormais, chacun de ses mots résonnait tel un coup de tonnerre.

– Prince Beleth..., murmura Pyrgus.

– Pour te servir. Si je puis m'exprimer ainsi...

– C'est ça, ta véritable apparence ? s'exclama le jeune homme, passant spontanément au tutoiement.

– Non, bien sûr que non. Ça, c'est la forme que je prends pour impressionner les vieux idiots comme Sulfurique. Étrange comme un maître illusionniste peut encore croire que la taille fait le démon...

Beleth reprit son aspect initial. Et Pyrgus s'aperçut que, malgré le changement, son interlocuteur était toujours aussi inquiétant.

– N'est-ce pas ? commenta le démon, soulignant ainsi qu'il lisait dans l'esprit de son prisonnier. Merci pour les compliments.

Il se tut un instant avant d'ajouter :

– Toi-même.

Pyrgus se demanda comment on pouvait échapper à un geôlier qui lisait jusqu'aux moindres insultes que vous lui adressiez en pensée.

– Ce ne sera pas facile, l'avertit Beleth. Pas facile du tout. Voire carrément impossible. Cesse donc de te tourmenter, et je te raconterai ce que tu ne sais pas encore, d'accord ?

Le jeune homme sentit que la douleur vrillait son crâne de plus en plus. La situation était dramatique :

1) il avait très, très mal à la tête ;
2) il était immobilisé ;
3) son ennemi était télépathe.

Évidemment, il ne voulait pas être d'accord avec un démon. D'un autre côté...

1) ... il n'était pas en mesure de *ne pas* être d'accord avec Beleth ;
2) il aurait aimé savoir :
    a) comment il était arrivé ici ;
    b) pourquoi Sulfurique tenait tant à le sacrifier ;
    c) ce que le démon attendait de lui ;
    d) s'il avait une chance de s'en sortir.

– Je vois que nous sommes d'accord, conclut le démon. Je te raconterai l'histoire de Sulfurique dans un instant. Ce sera la cerise sur le gâteau. D'abord, je vais t'expliquer pourquoi tu es là : nous, démons, avons interféré avec le portail. Peu de gens savent que nous en sommes capables. Pourtant, nous maîtrisons cette technologie. C'est grâce à elle que nous avons saboté ta translation dans le Monde analogue. Oh, nous avons eu des aides : nous avions besoin de quelques renseignements techniques sur les caractéristiques du portail. Mais, une fois connues les coordonnées de ta destination... le tour était joué. À ton retour, nous n'avions plus qu'à t'intercepter.

– Mais *pourquoi* m'avoir « intercepté » ?

– Parce que Sulfurique n'avait pas rempli sa part du contrat, répondit Beleth en découvrant de petites dents de démon. Alors, j'ai dû me mettre au travail comme un grand...

80

– Une occasion unique... Sept ducats seulement, annonça la vieille femme à son visiteur. Pour ce prix-là, vous ne trouverez rien d'aussi beau dans tout le royaume...

Elle gratifia l'homme d'un sourire édenté :

– ... d'aussi beau *ou d'aussi discret.*

Sulfurique scruta avec dégoût ses nouveaux appartements : une pièce crasseuse, une fenêtre aux volets fermés, un lit qui semblait être le quartier général de toute la vermine du coin, une table branlante et une unique chaise en bois. Pour le moment, il allait manger ici...

– Les repas sont en supplément, précisa la vieille femme comme si elle avait lu dans ses pensées.

... puis il explorerait les environs.

– Je prends, dit-il à la logeuse en lui tendant quelques pièces. Voici un mois d'avance. Et maintenant, fichez-moi le camp.

– Merci, monsieur, répondit la vieille femme après avoir vérifié si les pièces n'étaient pas fausses. Soyez sûr que personne ne saura que vous êtes ici. J'emporterai votre secret dans la tombe. Mes locataires peuvent être tranquilles : leur vie privée est bien gardée, ça, je vous le garantis.

Elle trottina vers la porte et précisa avant de sortir :

– Ce soir, il y a du gruau. C'est très nourrissant.

Dès qu'il fut seul, Sulfurique ouvrit les volets qui grincèrent. La pièce donnait sur une fosse d'aisances à ciel ouvert. Il referma les volets. Au moins, personne ne se risquerait à visiter son appartement en passant par cette fenêtre.

Il s'assit devant sa table. La chaise était horriblement inconfortable. Il compta ses pièces d'or. Il avait de quoi demeurer ici un moment. Si la bouillie de gruau n'avait pas sa peau avant. Tôt ou tard, cependant, il devrait sortir de la clandestinité. En espérant que Beleth aurait abandonné les poursuites.

81

Pyrgus avait l'impression d'être un ballon que Beleth retenait grâce une ficelle invisible. Dans les rues, les démons s'inclinaient devant leur Prince. Le jeune homme suivait, un ou deux pas derrière. Il lui semblait qu'il ne marchait pas mais qu'il volait. Ses méninges fonctionnaient à toute vitesse, à présent. Beleth perçut son impatience :

– Bientôt, tu comprendras. Je te promets de ne rien te dissimuler. Mon plan est tellement *délicieux* ! J'ai besoin de le révéler à quelqu'un. Quelqu'un capable de le comprendre et de l'apprécier. Un Prince comme moi. Je suis certain que tu vas m'admirer...

Le Prince des Ténèbres et le Prince des Fées de la Lumière sortirent de la ville. Ils se retrouvèrent dans la plaine métallique. Celle-ci était envahie par des rangées de démons revêtus de solides armures et armés jusqu'aux dents. Parmi l'arsenal, Pyrgus repéra des lance-flammes, des baguettes paralysantes, des rampes de lancement pour missiles, des grenades laser portées en bandoulière et des cônes de sortilèges biochimiques. Chaussé de bottes dotées de servomoteurs[1], chaque soldat devait pouvoir avancer deux fois plus vite qu'un fantassin classique. Dans leur barda, des hélicoptères portatifs leur permettraient de voler. L'ensemble constituait la force militaire la plus inquiétante que Pyrgus eût jamais vue.

– Salue les troupes, ordonna Beleth.

Le jeune homme sentit son bras se tendre pour obéir au démon.

– Voilà la clé de tes derniers ennuis... et des prochains, commenta la créature.

– Vous craignez une invasion ?

– Au contraire : nous en *préparons* une. Avec un petit coup de pouce de nos amis... comme dit une de vos chansons[2].

Beleth lut dans l'esprit de Pyrgus et conclut :

– Laisse tomber, ça doit être une chanson du Monde analogue. Peu importe.

– Vous allez envahir le Monde analogue ?

– Pyrgus... Tu crois que je n'ai pas *lu* que tu avais compris ? C'est l'Empire des Fées que nous convoitons !

---

1. Un servomoteur est un organe moteur qui sert à diriger et à régler le mouvement d'un moteur, d'un engin.

2. Allusion à la chanson des Beatles, « With a Little Help from my Friends ».

82

Holly Bleu avait une envie folle de sauter à la gorge de son père, qui le lui rendait bien.

– J'étais mort d'inquiétude ! s'écria celui-ci.

– Il n'y avait pas de quoi, Père.

– Pas de quoi ? Tu sais quelle heure il est ?

– Pardon. J'accomplissais une mission de la plus haute importance.

– Je m'en moque, même si tu étais en entretien privé avec le Grand Prêtre de Coridon ! Tu ne crois pas que j'ai assez de soucis comme ça avec ton frère ?

– Justement, c'était au sujet de Pyrgus.

– JE-M'EN-MOQUE ! Je ne veux même pas savoir ce que tu fabriquais. J'en ai assez, de tes histoires d'espionnage. J'en ai assez de te voir jouer à ces enfantillages de service secret et de renseignement. Tu es une Princesse, pas une agente secrète de pacotille !

– Les livres que j'ai rapportés...

– Que tu as *volés*, plutôt, comme une vulgaire chapardeuse ! J'ai honte de toi, ma fille ! Tithonus les restituera dans la matinée. En attendant, je te suggère d'aller dans ta chambre, d'ôter ton accoutrement grotesque et de te coucher immmmmmmmédiatement.

– Père, vous ne pouvez pas demander à Tithonus de restituer ces livres. Ils vont nous aider à retrouver Pyrgus...

– Laisse le soin de s'occuper de ça aux gens dont c'est le métier !

La voix de l'Empereur pourpre s'adoucit quelque peu quand il reprit :

– Je sais que tu es inquiète pour ton frère, mais pendant ton escapade ridicule, j'ai eu la preuve qu'il était de retour dans notre monde. Le localiser n'est plus qu'une question de temps.

– Père, je...

– Plus un mot ! Plus un seul ! J'ai eu une journée difficile, une nuit mouvementée, et ce qui m'attend est encore pire. Alors, sois gentille, file au lit et arrête de me mettre des bâtons dans les roues.

– Père, je...

– Ça suffit ! Et profites-en pour apprendre à t'habiller de façon décente ! Entre ton frère qui veut ressembler à un bohémien et toi qui te prends pour un garçon manqué, je commence à en avoir assez !

L'Empereur tourna les talons, manquant de peu la grimace que lui adressait sa fille.

83

Pas de doute : Pyrgus flottait à vingt bons centimètres au-dessus du sol, dans une odeur de soufre et de cordite[1] mêlés.

– Comment tu t'entends avec ton père ? demanda Beleth à brûle-pourpoint.

– Très bien, mentit le jeune homme.

– Moi, j'ai mangé le mien. Il devenait vieux, faible, inutile, mais il ne voulait pas lâcher le pouvoir. J'ai dû prendre les choses en main. Il était ignoble : filandreux, racorni, puant... Un père, quoi. Hélas, j'étais obligé. C'est la tradition qui veut ça. On est censé absorber l'essence du pouvoir de cette façon. Saleté de superstition...

– Donc tu es devenu le roi de Hael ?

Pyrgus espérait détourner l'attention de Beleth : tant que le démon parlerait de lui, il ne songerait pas à scruter les pensées de son prisonnier... qui pouvaient ainsi se mettre peu à peu en place.

– Pas roi, *Prince* des Ténèbres, répliqua Beleth.

1. La cordite est un explosif à base de nitroglycérine.

C'est mon titre officiel : Prince des Ténèbres. Nous n'avons jamais eu de roi, ici. Ni d'empereur. Le rang le plus élevé est « prince ». Je n'étais que duc avant de manger mon père. Mais depuis que je suis monté en grade, les choses ont pas mal changé, dans le coin, crois-moi. Notre monde vivotait depuis des siècles. Mon père se contentait de laisser les choses en l'état. Moi, j'ai des plans. Des projets. De grandes ambitions. Veux-tu que je te les dévoile, Prince héritier Pyrgus ?

– Volontiers, Prince des Ténèbres Beleth.

– Lorsque je suis arrivé au pouvoir, j'avais une idée fixe : étendre ma sphère d'influence, comme on dit – personne ne parle plus de conquêtes, de massacres ou de pillages, alors que c'est la même chose, et tellement sympa ! Remarque, puisqu'on est amis, je peux parler vrai. Donc je voulais conquérir, massacrer et piller *tout* l'Empire des Fées, avant de m'attaquer au Monde analogue (mais ça, ça ne t'intéresse pas). En un mot comme en cent, je voulais devenir le plus grand Prince des Ténèbres que l'univers ait jamais porté.

– Beau projet ! s'exclama Pyrgus, ostensiblement impressionné. Et comment t'y es-tu attaqué ?

– Nous autres démons avons une longue relation avec les Fées de la Nuit. On leur apporte un petit coup de main, elles nous offrent un sacrifice, on signe de temps en temps des contrats avec du sang, tu vois le genre... Je souhaitais aller plus loin. J'ai donc négocié un traité secret avec le chef le plus influent des Fées de la Nuit.

– Lord Noctifer !

– Tu es un jeune homme très intelligent, Pyrgus. Tu ferais un excellent démon... Bref, Lord Noctifer avait une idée fixe, lui aussi : conquérir, massacrer et piller l'Empire des Fées. Comme moi. J'ai accepté de l'aider. Pour être précis, j'ai accepté d'ajouter mes forces aux siennes quand il attaquerait la vieille Administration de la Lumière. En clair, le gouvernement de ton père. Cette attaque est imminente.

– Lord Noctifer va déclarer la guerre à mon père ?

– Pas forcément. Il peut vouloir jouer sur l'effet de surprise. En revanche, il va entrer en guerre. Et les soldats que tu vois devant nous ne vont pas tarder à lui prêter main-forte...

– Lord Noctifer veut renverser mon père ?

– Oui.

– Il veut devenir l'Empereur pourpre ?

– C'est bien son genre, ironisa Beleth.

– Notre peuple ne l'acceptera jamais !

– Il n'aura pas le choix quand la guerre sera perdue... et que l'héritier de l'Empereur pourpre sera mort.

– Lord Noctifer t'a demandé de m'assassiner ?

– Ne le prends pas mal. Ça te dépasse, c'est une histoire politique. Tu comprends, une fois que l'Empereur et son héritier auront disparu...

– Comment ça ? s'emporta Pyrgus. Vous avez déjà prévu de tuer mon père dans la bataille ?

Beleth lui lança un regard étonné :

– Oh, non, pas dans la bataille. Avant le début des hostilités. Comme toi, malheureusement...

84

Le lendemain de sa visite chez Sulfurique, Holly Bleu eut la preuve que Blafardos était riche. Très riche. Un sortilège de beau temps permanent flottait sur sa propriété. Le genre de sortilège rare que la plupart des nobles fortunés n'avaient même pas les moyens de s'offrir.

Les nuages de la grand-rue de la Lande s'arrêtaient aux portes du domaine de l'ex-décorateur. Quand on s'en approchait, on sentait la température monter en flèche : un climat subtropical régnait autour de chez Blafardos.

La matinée touchait à sa fin. Holly avait décidé de ne pas tenir compte de la colère de son père. Comme d'habitude. Elle était retournée chez Mme Cardui, qui avait accepté de lui prêter de nouveau Kitterick pour rendre une petite visite à l'associé de Sulfurique : elle avait souvent repéré son nom dans le journal qu'elle avait « volé »... avant que son père ne le lui confisque.

L'ouklo banalisé à bord duquel voyageaient la Princesse et le nain orange survola bientôt des pelouses impeccables. Holly Bleu remarqua soudain un massif dont les fleurs flamboyantes formaient un prénom : JASPER.

– Le prénom de Blafardos, sans doute, marmonna Holly Bleu.

– Oui, Votre Altesse, confirma le nain orange.

– Kitterick, je ne suis pas Votre Altesse. Je suis Sluce, un vendeur de cosmétiques qui vient avec son associé proposer à Blafardos une crème antirides révolutionnaire...

– ... créée par Mme Cardui en personne, compléta le nain en souriant.

– Ça, on n'est pas obligés de le préciser !

L'ouklo amorça sa descente et se posa en douceur sur la pelouse. Ses deux passagers en débarquèrent.

La demeure qui se dressait devant eux réunissait divers styles. Le corps principal était un manoir classique, très charmant. Hélas, on l'avait flanqué de deux hideuses tourelles incrustées de plaques de cristal qui étincelaient au soleil. Un dernier étage, visiblement récent, détonnait, lui aussi. Tout ce qui ne brillait pas avait été peint en rose vif. Les fenêtres étaient rehaussées de bleu ciel ; leurs vitres avaient été vaporisées d'un sortilège liquide qui donnait l'impression d'y voir des chérubins danser. Blafardos avait dû dépenser une fortune pour ce chef-d'œuvre de mauvais goût...

La porte d'entrée s'ouvrit. Holly Bleu retint une exclamation. Le jeune homme, grand et brun, avait des yeux de velours. Un véritable adonis. Il portait une veste de majordome, un bermuda, des socquettes et des chaussures vert laitue à bout pointu.

– Oui ? lâcha-t-il d'un ton revêche.

– Je m'appelle Sluce Ragetus, dit la Princesse. Et

voici M. Kitterick. Nous aimerions parler à M. Blafardos.

Le jeune homme considéra le nain orange :

– Désolé. Il est moche. Il jurerait avec le mobilier.

Et il leur ferma la porte au nez.

– Quel ours ! s'exclama la jeune fille. Qu'est-ce qu'on fait, monsieur Kitterick ?

– On contourne l'édifice, Votre... euh, monsieur Sluce Ragetus. Avec un peu de chance, M. Blafardos fait trempette dans sa piscine...

Tous deux suivirent un sentier qui traversait un bosquet taillé en forme de cœur et aperçurent bientôt la piscine. Creusée à même un bloc d'améthyste enchâssé dans de l'or, elle dépassait l'imaginable. Au milieu, clapotait une créature rebondie outrageusement fardée, en costume de lamé et plumes d'autruche.

– Qu'est-ce que c'est que *ça* ? souffla Holly Bleu.

– M. Blafardos, répondit le nain orange.

– Et comment on l'aborde ?

– Comme d'honnêtes négociants déterminés à vendre leur produit !

Un homme, surgi de nulle part, barra le chemin au nain en le retenant fermement par l'épaule. Il était vêtu de l'uniforme vert bouteille des capitaines de vigiles.

– On peut savoir ce que vous fichez ici ? cracha-t-il.

– On... On est des marchands, et on...

– Je peux avoir votre accréditation ?

– Notre accréditation ?

– Nul n'est autorisé à pénétrer dans cette enceinte sans accréditation.

– Nous l'ignorions, et je...

– Laissez tomber, Bleu, murmura le nain.

Et il mordit avec rage la main sur son épaule. L'homme s'écroula comme une masse.

– Tu l'as tué ? s'inquiéta Holly.

– Non, Votre... Sluce. Juste plongé dans le coma.

– Il va se réveiller ?

– Sûr et certain. Il aura une migraine d'enfer. Des tremblements incontrôlables. Une légère claudication. Des troubles de la vision et de l'audition. Des tics faciaux. Des nausées, une perte d'appétit, des hallucinations, des flatulences, le dos en compote... Mais tout rentrera dans l'ordre d'ici à quelques années. À condition qu'il observe un repos complet, évidemment. En attendant, cher Sluce, aidez-moi, je vous prie, à le dissimuler derrière ces buissons. Avant qu'on ne s'aperçoive de sa disparition, nous en aurons terminé avec M. Blafardos. D'une façon ou d'une autre...

85

Un énorme trou dans la remise de M. Fogarty : voilà ce que Henry avait devant les yeux. Il n'aurait jamais dû utiliser le boîtier qu'il venait de découvrir à l'intérieur. Il se dépêcha d'appuyer sur le bouton vert. Le trou disparut à peu près, mais les pots de terre qui avaient explosé ne se recollèrent pas.

Henry sortit dans le jardin et réappuya sur le premier bouton. Cette fois, ce ne fut pas un trou mais un couloir qui se dressait devant lui, au fond du jardin de M. Fogarty. Au sol, de la moquette. Au plafond, des chandeliers de cristal. Henry comprit : il s'agissait d'un portail. Un portail qui menait dans le monde où vivait Pyrgus.

Il s'avança dans l'enfilade et se retourna, le boîtier à la main. Il fut rassuré de voir encore le jardin... puis l'inquiétude le saisit. M. Fogarty avait pris tant de soin pour dissimuler son message. Pas question de laisser ouvert le portail : dans une heure, des hordes de touristes risquaient de débarquer pour visiter cette terre inconnue ! Pas évident que les Fées apprécient...

Henry ferma le passage en appuyant sur son boîtier. Le jardin de M. Fogarty disparut à sa vue. Le garçon appuya de nouveau sur le bouton rouge. Le passage se rouvrit. Impeccable ! Henry pouvait penser à profiter en toute tranquillité de la chance extraordinaire qui lui était donnée : il allait découvrir l'Empire des Fées !

86

– Oh, des visiteurs ! s'exclama Blafardos, en apercevant Kitterick et Holly Bleu. Quelle surprise ! Que vois-je donc ? Un jeune homme... J'adore ça ! Et même une petite personne de couleur ! Suivez-moi à l'intérieur... Le soleil peut être si destructeur pour nos peaux délicates !

Il adressa un sourire horripilant à la Princesse, tout en passant un peignoir finement brodé :

– Venez ! Vous allez me raconter qui vous êtes, et ce qui me vaut le plaisir de votre compagnie.

Les faux marchands suivirent Blafardos dans une pièce où trônait un immense piano rose.

– Je suis Sluce Ragetus, dit Holly. Voici M. Kitterick. Nous représentons les Laboratoires Panjandrum, la célèbre maison de cosmétiques. Nous sommes ici parce que nos sorciers ont conçu une crème dermo-restructurante particulièrement novatrice : elle annule le vieillissement de manière déf...

– Raoul ! s'exclama Blafardos. Du thé, je vous prie !

Aussitôt, le majordome que Holly et Kitterick avaient croisé apparut, un plateau à la main. Les hommes échangèrent un coup d'œil qui inquiéta la Princesse. Dès que le domestique eut quitté la pièce, Jasper se tourna vers elle :

– Ainsi, nous apprenons à mentir à l'élite de notre nation ?

– Pardon ?

– Votre Altesse Sérénissime Holly Bleu Iris, Princesse royale, pourquoi vous affubler de tels accoutrements ? Savez-vous que, dans certains quartiers de notre ville, vous êtes l'objet de la risée publique ? Comme n'importe quel gouvernant, vous prenez vos sujets pour bien plus sots qu'ils ne sont... Ah, et dites à votre nain de se tenir tranquille. Je sais ce qu'on risque à être mordu par un trinian toxique ; mais vous devez savoir vous aussi ce qu'on risque à s'attaquer à un homme muni d'un couteau halek !

Il dégaina sa lame pour appuyer son propos.

– Alors, reprit-il, à présent que les masques sont jetés, de quoi voulons-nous parler ? Euh, petite précision : je ne suis pas l'idiot dont j'ai l'air. Je ne suis pas un idiot du tout. Vous avez vu mon petit intérieur ? Comment croyez-vous que j'aie pu me l'offrir ?

– En empoisonnant votre tante ?

– Ah, cette pauvre Matilda... Elle était comme une mère pour moi. Mais quelle mère, bon sang, quelle mère ! J'avoue que j'ai dû me résoudre à l'empoisonner. Cependant, l'essentiel, ici, me vient de Lord Noctifer.

– Lord Noctifer ! s'écria Holly Bleu.

– Ce cher homme sait reconnaître ses meilleurs agents secrets et ses amis fidèles. Vous voyez, l'avantage, quand on vous prend pour un crétin, c'est que personne ne se méfie de vous. Résultat, les gens passent à côté de l'essentiel.

– L'essentiel n'est pas l'usine de colle que vous possédez, n'est-ce pas ?

– Je suis étonné que vous connaissiez ce genre de détail, Votre Sérénité. Peut-être les tenez-vous de votre frère disparu ?

– Que savez-vous de Pyrgus ?

– Eh bien, euh... Je sais que c'est un petit mâle. Qu'il est le Prince héritier. Et que, par conséquent, s'il venait à mourir, ce serait une bonne chose pour celui qui renverserait l'Empereur pourpre...

– C'est vous qui allez renverser l'Empereur ?

– Mais non, voyons ! C'est Lord Noctifer. Oh, que j'aime votre regard surpris ! J'ai mis tant de soin à dissimuler ce que je mijotais ! Merci ! Vous méritez que je me fasse plaisir : je vais vous raconter le complot par le menu...

Les dents de Blafardos étincelèrent. Puis l'homme commença son récit :

– Au début, nous avons essayé de faire tuer votre frère par cet imbécile de Sulfurique. Ce pauvre débile croit maîtriser les démons alors que ce sont eux qui le mènent par le bout du nez – surtout ceux qui sont à la solde de Noctifer.

– Mais comment Sulfurique devait-il tuer Pyrgus ? s'enquit Holly Bleu.

– Je m'étais arrangé pour que les hommes de Lord Noctifer le rabattent sur l'usine. J'ai obligé Pyrgus à pénétrer par effraction dans notre propriété. En plus, il nous a volé des chatons. C'était du bonus. Une fois le Prince dans l'usine, j'ai lancé mes hommes à ses trousses, puis j'ai livré Pyrgus à Sulfurique.

– Pourquoi ne pas vous en charger vous-même ?

– Pour que mon cher associé fasse le sale boulot. Ensuite, je l'aurais dénoncé. Quel joli procès ç'aurait été... Hélas, ce vieux Sulfurique est gâteux. Quand les gardes de votre père sont arrivés, il a paniqué.

La Princesse réprima le frisson d'horreur qui lui venait.

– C'est pour ça que vous avez empoisonné Pyrgus et saboté le portail ? demanda-t-elle.

– Empoisonné ? Ah, non, je n'y suis pour rien ! Le portail, par contre, oui, cela faisait partie de notre plan. Mettre hors jeu votre frère était essentiel avant de procéder à l'assassinat de votre père.

– Je ne comprends pas votre attitude.

– Sans doute suis-je un peu trop intelligent pour vous...

– Ou pas assez : vous croyez que nous n'allons pas prévenir notre père de ce que vous mijotez ?

– Sincèrement ? Oui. Et vous savez pourquoi ? Parce que... Regardez ! Raoul, maintenant !

Cinq vigiles à la carrure puissante apparurent. Ils étaient armés d'épées obsidiennes flexibles et de matraques.

– Vous n'avez rien à craindre pour le moment, Princesse. Par contre, toi, le nabot, je vais te faire massacrer. J'ai toujours eu une dent contre les nains. Ils sont si petits...

– Vous ne toucherez pas à Kitterick, annonça Holly.

– Ah bon ? Continuez, Princesse. J'aime qu'on

m'amuse. Expliquez-moi pourquoi j'épargnerais cette minuscule créature.

– Vous l'épargnerez parce que vous ne l'avez jamais entendu siffler.

– Et alors ?

– Siffle, Kitterick. Siffle pour l'immonde M. Blafardos.

Kitterick obéit. Le sifflement strident semblait émerger du port où Mme Cardui avait glissé la carte, l'autre jour. L'instant d'après, un commando à l'uniforme pourpre bondissait dans la pièce en faisant éclater les verrières. Ses membres étaient munis de grenades d'arrêt et de lance-roquettes miniaturisés.

– Vous ne vous imaginiez quand même pas que j'allais venir sans escorte ? demanda la Princesse avec une jolie moue.

Blafardos laissa tomber son couteau. Lame halek ou pas, il explosa en milliers de morceaux sur le sol.

87

– Qu'en penses-tu, Tithonus ? demanda l'Empereur.

– D'un strict point de vue réglementaire, Majesté, Son Altesse Sérénissime était en droit de diriger un commando du palais. En tant que Princesse royale, elle a titre de Commandante en chef, et...

– Je ne parle pas de ces commandos ! Franchement, je préfère qu'elle sorte sous leur protection plutôt que sans escorte. Je parlais de l'histoire qu'elle nous a rapportée.

– La tentative d'assassinat ? Je n'y crois pas. Jasper Blafardos n'est pas une source fiable.

– Il prétend avoir conclu un pacte avec Noctifer, rappela l'Empereur.

– Oui, c'est sans doute un agent de Noctifer. Mais cette idée de vous remplacer...

– Elle est confirmée par les événements : regardez ce qui est arrivé à Pyrgus !

– Certes, Votre Majesté. Cependant, Blafardos oublie un point essentiel. Si vous veniez à disparaître, si même Pyrgus devait rester introuvable, le trône ne serait pas vacant pour autant.

– Reste Comma, puis Holly Bleu, comprit le souverain.

– Exact. À la mort de Pyrgus, Comma deviendrait Prince héritier ; et, à votre mort, il serait l'Empereur pourpre. Si Lord Noctifer souhaitait préparer sa route vers le couronnement, il devrait se mettre en tête d'éliminer l'ensemble des prétendants au trône !

– Donc Blafardos a déliré ?

– Pas déliré : enjolivé la réalité pour se croire plus important qu'il n'est en réalité. Ce triste personnage est un affabulateur, un mythomane. Il veut laisser accroire qu'il est au courant de ce qui se trame en coulisses... mais il bluffe.

– Dans ce cas, des mesures de sécurité supplémentaires sont superflues, conclut l'Empereur. Elles pourraient être interprétées comme un signe de faiblesse en ces temps troublés. Et je...

On frappa à la porte. Le monarque s'en agaça :

– J'avais demandé à ne pas être dérangé !

– Ce sont peut-être des nouvelles de Pyrgus, intervint Tithonus.

Le Gardien alla ouvrir. M. Fogarty entra et le repoussa sans ménagement. L'homme lançait des regards furibonds. Dans sa main, il tenait son fusil d'assaut.

88

Henry se trouvait dans un grand édifice. Tout, ici, était luxueux : les moquettes, les ornements muraux, les moulures, les tapisseries, les tableaux, les statues... Peut-être s'agissait-il du palais de Pyrgus ; mais alors, pourquoi était-il si *vide* ?

Il n'y avait personne. Nulle part. Henry ouvrit une porte au hasard : c'était un placard encombré. Il le referma, ouvrit une autre porte : rien. Le garçon continua son inspection pendant une bonne dizaine de minutes. Il craignit de tourner en rond – cette peinture de licorne, ne l'avait-il pas déjà vue ? Et pas âme qui vive pour l'orienter ! Soudain, il entendit une voix. Plusieurs. Des gens riaient. Henry s'avança dans cette direction. Il ne s'inquiétait pas d'être mal reçu : n'était-il pas un grand ami du Prince héritier ?

Cependant, un choc l'attendait : pour la première fois de sa vie, il vit une fille nue. Elle se tenait devant une énorme baignoire installée au milieu d'un couloir. Elle avait une chevelure rousse, de grands yeux noisette et une silhouette très bien proportionnée. Les autres voix appartenaient à des filles – habillées, elle, Dieu merci – qui s'occupaient avec bonne humeur de l'inconnue dévêtue.

Henry ne pouvait pas détacher ses yeux du corps nu. Il savait qu'il ne devait pas regarder. Cela ne changeait rien. Il contemplait quand même ce corps si fin, ces épaules, ces bras, ces pieds. Il était rouge écrevisse. Son cœur battait la chamade. Il ne respirait plus : il haletait. Ses mains tremblaient. Ses jambes flageolaient. Et il ne parvenait pas à se détourner.

La fille entra dans le bain. Elle avait environ l'âge de Henry, qui la trouvait gracieuse. Merveilleusement gracieuse. L'eau lui arriva aux chevilles, aux genoux, aux seins. Elle plongea, laissant Henry désemparé. Il voulait fuir. La laisser tranquille. Cesser d'être indiscret, malpoli, grossier. Et il ne pouvait pas s'éloigner.

Brusquement, il sursauta. L'une des filles habillées criait. Elle avait repéré l'intrus.

89

Pyrgus était entouré de barreaux. Les démons avaient relâché leur emprise sur son esprit, de sorte que la colère que le jeune homme n'avait pas ressentie déferlait à présent sur lui. Comment Beleth osait-il menacer l'Empire pourpre ? Pyrgus brûlait de lui régler son compte en l'étranglant à mains nues...

Pour le moment, Beleth n'avait rien à craindre. Il avait repris sa forme « spéciale Sulfurique ». Pyrgus était enfermé dans le sous-sol de son palais, dans une cage semblable à celle qui contenait les chatons dans l'usine de colle, en un peu plus grand. Le Prince, cependant, ne pouvait s'y tenir debout. Ce qui ne l'empêchait pas de voir l'horreur qui l'attendait. La cage était suspendue à une chaîne, attachée à un mécanisme placé sur le toit d'une caverne. Elle surplombait une cuve d'acide sulfurique en fusion, qui dégageait un halo rougeâtre.

Une trentaine de démons travaillait dans la caverne. Leur peau était couverte d'écailles, probablement pour les protéger de la chaleur. Leurs corps puissants leur permettaient de charger sans effort apparent l'acide bouillonnant dans un missile monstrueux, à côté de la cuve.

Au-dessus d'eux, une plate-forme surélevée abritait des contingents de soldats miniatures. Même si la pièce était l'équivalent de la Chambre de situation, elle en différait au niveau de la technologie. Des projecteurs triangulaires remplaçaient les globes de cristal. Des mini-démons en armure répétaient les manœuvres que les véritables troupes auraient à accomplir bientôt. Face à eux, les mini-soldats de l'Empereur pourpre étaient systématiquement annihilés en quelques minutes.

– On va bien s'amuser, ricana Beleth après une répétition très convaincante.

Pyrgus détourna la tête pour observer la poulie où passait le câble retenant sa cage.

– Fascinante, cette machinerie, n'est-ce pas ? lança le démon. J'aime la mécanique. Je crois que je l'aime comme les humains aiment la magie. Je la trouve exotique. Bizarre. Fascinante. Mais celle-ci, je crains que tu ne l'aimes pas trop.

Il eut un petit rictus désolé :

– Grâce à elle, tu vas mettre beaucoup de temps à mourir dans des souffrances atroces. Tu as vu ce levier ? Dès que j'aurai appuyé dessus, tu commenceras à descendre. Très lentement. Et plus tu descendras, plus tu auras envie de mourir. D'abord, tu vas tousser : les vapeurs sulfuriques sont très désagréables pour des jeunes gens délicats dans ton genre. Ensuite, la vapeur te remplira les narines et tu te mettras à pleurer sans discontinuer.

– Écoute, Beleth...

– Attends, attends ! Le pire est à venir : la température va augmenter, tu vas avoir soif, de plus en plus soif, ta peau va s'irriter, puis se couvrir de cloques... Le tout très, très doucement. Il faut que tu apprécies chaque seconde de ton calvaire.

– Beleth, tu...

– Non, laisse-moi finir, j'adore le passage qui arrive. Donc, tu souffres, si j'ose dire, ta peau se gondole, tu pleures, tu crèves de chaud et de soif, et, à ce moment-là, la cage atteint la cuve. Tu te dis : « Ça y est, c'est fini ! » Eh bien, non, ça commence à peine. Car l'acide en fusion va d'abord brûler tes petits petons, puis tes chevilles, tes mollets, tes genoux... Et ce qui est terrible, c'est que le soufre cautérise tes plaies. En clair, ton sang ne coule pas. Donc tu resteras en vie pendant que ton corps se réduira peu à peu. Ta tête et ton cerveau seront les derniers à disparaître. Oh, en bonne logique, tu devrais dès que possible plonger la tête dans l'acide pour en finir... Mais tu ne pourras pas. Crois-moi. Tu ne pourras pas. Tu n'auras pas ce courage.

– Beleth...

– Tais-toi, Pyrgus, mon ami ! Je n'ai pas terminé ! Tu sais la dernière chose que tu verras, avant de disparaître ? Ma Bombe de l'Apocalypse. Celle qui va me permettre de conquérir l'empire de ton père. Dans sa carcasse se dissimule la puissance d'un petit soleil. Je la lancerai du haut de mes vimanas – ce que tes amis humains appellent des soucoupes volantes. Et je tuerai d'un coup un million de soldats pourpres (peut-être un million dix, je ne suis pas catégorique, ha-ha !). La bombe détruira les palais impériaux et rasera votre capitale dans un éclat de lumière mortelle. Tu mourras en pensant à ce spectacle. Tu mourras en pensant à ta famille, à tes amis... et peut-être même que tu les envieras. Hé ! Je ne dis pas ça pour me vanter, mais tu dois t'attendre à des heures terribles.

– Me tuer, je comprends, dit Pyrgus. Mais pourquoi me tuer à petit feu ?

– C'est dans ma nature. J'aime faire souffrir. Oh ! merci, Pyrgus, pour le moment que je vais vivre... J'adore ça...

Beleth appuya sur le levier qui commandait la machinerie :

– Yippiiiii, c'est parti ! On ne dirait pas que la cage descend, n'est-ce pas ? Rassure-toi, mon ami – elle bouge ! Avant de te laisser au plaisir du voyage, je vais ajouter un peu de souffrance morale à tes tourments physiques. Je vais te raconter comment ton père a été trahi, et comment il va mourir. Je vais te raconter ce qui va arriver à ta petite sœur chérie. Je vais te raconter la trahison et la destruction totale, absolue et définitive de la Maison d'Iris. Je vais te raconter en détail comment je vais piller le Monde des Fées. Je vais te raconter...

Pyrgus n'écoutait plus. Il avait mal à la tête. Envie de vomir. Des vertiges. Et il savait que ce n'était rien en regard de ce qui l'attendait...

90

– Relâchez-le ! ordonna Holly Bleu.

– Mais, Votre Sérénité..., commença le garde.

– Merci de votre intervention, vous pouvez disposer, le coupa-t-elle.

Le garde qui retenait le garçon hésita, puis se recula.

– Vous pouvez *tous* disposer, reprit la Princesse à l'intention des autres soldats.

Quand ils furent sortis, elle ferma la porte de sa chambre où elle avait fait conduire l'intrus. Il était pas mal, même si, côté vêtements, il avait de sérieux progrès à accomplir.

– Alors ? lâcha-t-elle.

– Je suis désolé.

– Désolé d'avoir été pris, je suppose, railla la jeune fille.

– Non, désolé tout court. Je... je cherchais quelqu'un pour m'orienter. Le palais semblait vide, j'ai entendu des voix... et voilà. Si vous n'aviez pas pris votre bain devant tout le monde, je...

– Donc c'est ma faute ?

– Non, je n'ai pas dit ça ! C'est juste que vous preniez votre bain devant tout le monde...

– Pas devant tout le monde, arrête ! J'avais demandé qu'il n'y ait plus personne dans cette aile pour pouvoir être tranquille. Voilà pourquoi le palais t'a paru vide.

– Vous êtes la sœur de Pyrgus ? risqua Henry.

La jeune fille fronça les sourcils :

– Pourquoi tu dis ça ?

– Vous êtes aussi... euh, décidée que lui.

– Et *d'où* tu connais Pyrgus ?

Henry inspira à fond et lui conta toute l'histoire.

– Pyrgus a-t-il réapparu ? demanda-t-il à la fin.

– Non. Il faut que nous le retrouvions vite. Sinon, le poison risque de le...

– Votre Sérénité ! cria quelqu'un en tambourinant à la porte de la chambre. Venez ! Il... Il s'est passé quelque chose de grave...

Holly sortit de sa chambre :

– Quelque chose ? Quoi ?

– C'est Sa Majesté... Il... Il est dans ses quartiers avec Tithonus... Je...

– Viens, Henry !

Ils coururent jusqu'aux quartiers privés de l'Empereur. Un garde tenta de les empêcher de passer, mais Holly Bleu réussit à le faire battre en retraite. Tithonus l'intercepta peu après.

– Holly...

– Que s'est-il passé ?

– Votre père a été blessé, Votre Majesté. Très gravement blessé.

– Quoi ? Il va... Il va mourir ?

– Je... Non, Majesté. Il est déjà mort.

Il y eut un silence pesant. La Princesse le rompit :

– Je ne vous crois pas. Je veux le voir.

– Majesté, il a été tué par une arme qui...

– Je veux le voir.

– Je vous assure, il n'est pas en état de...

– JE VEUX LE VOIR !

– Votre Sérénité...

Holly Bleu en avait assez entendu. Elle repoussa Tithonus. Sans hésiter, Henry la suivit.

Le visage du souverain avait été en partie soufflé par la déflagration d'une arme à feu. Une mare de sang s'était formée sur le tapis.

– Papa..., murmura la jeune fille. Papa... PAPA ! NON, PAPAAA !

Henry la retint quand elle tomba à la renverse, évanouie.

VI

LE CHEVALIER DE LA DAGUE GRISE

91

– Ne t'inquiète pas, elle va se remettre, affirma une femme entre deux âges, en conduisant le garçon hors de la chambre de Holly Bleu. Comment t'appelles-tu ?

– Henry.

– Je suis la Bonne-Femme Ombre. Tu vas rester parmi nous quelque temps ?

– Oui, répondit le garçon au hasard.

– Tant mieux : la petite aura besoin qu'on l'aide à remonter la pente. Viens, je vais te montrer ta chambre. J'espère qu'elle te plaira...

L'endroit plut à Henry. Il lui plut beaucoup. Il était stupéfiant de luxe. Seul défaut : il n'y avait pas de lit. Sans doute n'avait-on pas eu le temps de l'apporter.

– Tu viens de la campagne, n'est-ce pas ?

– Euh... oui, oui.

– Tu trouveras des habits plus appropriés au palais dans la garde-robe. Farfouille et prends ce que tu trouveras à ta taille. Je te laisse t'installer.

Une fois seul, Henry comprit pourquoi il n'y avait pas de lit : en fait, il n'était que dans l'entrée.

Ses quartiers formaient une suite, composée de plusieurs pièces !

Il ouvrit un immense placard, dénicha des hauts-de-chausse et un pourpoint verts exactement à sa taille. Il s'observa dans le grand miroir. « Pas mal », pensa-t-il, satisfait.

Poussant une autre porte, il découvrit un petit bureau sans fenêtres, qui s'éclairait par magie quand on entrait. Henry pensa qu'il apprendrait beaucoup s'il prenait le temps de lire les livres qu'il abritait ; mais il jugea qu'il apprendrait encore davantage s'il sortait de sa suite dorée pour explorer le palais.

Il retourna donc dans le couloir, où Bonne-Femme Ombre l'avait attendu.

– Ah, te voilà ! lança-t-elle dans un sourire. Tu dois avoir faim, j'imagine : les jeunes gens sont toujours affamés. Je vais te montrer les cuisines.

Elle se mit en marche, puis s'arrêta pour examiner son protégé avec attention.

– Le vert te va très bien, conclut-elle.

– Merci, dit Henry en rougissant.

92

Il faisait chaud, dans les cuisines à l'ancienne où Bonne-Femme Ombre conduisit Henry. Énormes cheminées, longues tables en bois poli, marmites rougeoyantes, batteries d'ustensiles pendus au mur, foule de serviteurs affairés, bouffées d'odeurs lourdes et entêtantes... Le garçon avait l'impression de se retrouver *à l'intérieur* d'un film historique !

Bonne-Femme Ombre l'amena devant une très grosse femme toute tire-bouchonnée dans son uniforme de cuisinière. Elle était en train de hacher des légumes qu'elle jetait dans un chaudron impressionnant.

– Henry, déclara-t-elle, je te présente Lattice Brune, notre Cuisinière en chef. Attention, si on n'est pas gentil avec elle, elle vous empoisonne !

– J'vais m'gêner, grommela la cuisinière en assenant un bon coup de couteau à la pauvre courgette posée devant elle.

– Lattice, je te présente Henry, un ami de la Princesse. Il aimerait manger.

– Si ça ne vous dérange pas, madame, précisa le

garçon, très impressionné par la lame que maniait la femme avec dextérité.

– Hé-hé ! Nous sommes polis ! Voilà des années qu'on ne m'avait plus appelée « Madame » !

Elle se tourna vers les marmitons les plus proches et s'écria :

– Prenez modèle, garnements !

– Bien, madame ! plaisanta l'un d'eux.

– Lanta, prépare donc une assiette de soupe avec une belle tranche de pain pour ce jeune homme !

– À vos ordres, madame !

Un instant plus tard, Henry plongeait prudemment sa cuillère dans son assiette. Il n'avait jamais été un grand amateur de soupe, et il craignit la colère de Lattice s'il chipotait. Mais il découvrit, surpris, que cette soupe-là était délicieuse : veloutée, onctueuse, savoureuse, avec des morceaux de viande et surtout plein de fromage fondant. Henry l'engloutit avec appétit, tout en écoutant les conversations autour de lui.

Les domestiques ne parlaient que de la mort de l'Empereur :

– Il n'avait plus de tête. Bert me l'a dit, et il est garde, alors...

– L'assassin a utilisé une arme de la Nuit...

– Puisque le Prince héritier a disparu, ça pourrait être la fin de la Maison d'Iris.

– Tais-toi, Luigi ! En plus, tu oublies le Prince Comma.

– Cette petite fouine ? s'emporta une servante.

– Hé ! protesta Lattice. Quand bien même le Prince serait une petite fouine, il reste le fils de l'Empereur.

– Il faut dire qu'il n'a pas eu de chance, avec la mère qu'il avait.

– De toute manière, Comma ne peut pas devenir Empereur. Il est trop jeune.

– Et le Prince Pyrgus va revenir, affirma Lattice. Si seulement ils ne l'avaient pas envoyé par un de ces portails idiots, là où les gens sont des géants idiots qui ont six doigts et la peau bleue...

– Pardon ? intervint Henry.

– Ben oui ! Tu ne connais pas le Monde analogue ? Remarque, moi non plus : c'est Larry qui m'a raconté...

Lattice n'expliqua pas qui était son informateur, et comment elle avait appris de telles inepties. Déjà, une certaine Nell continuait :

– Moi, mon Tom m'a dit ce qui s'était passé.

– Sacré Tom ! lança Luigi, ironique. Il a assisté à la scène, peut-être ?

– Non, mais il était l'un des premiers gardes sur place, et il a vu l'assassin. Un homme ordinaire. Vieux. Chauve. La peau pas plus bleue que la tienne ou la mienne. Pourtant, il venait du Monde analogue.

– Quoi ? glapit Henry.

– Tu n'étais pas au courant ? C'est un certain Bobardi qui a fait le coup. L'Empereur l'avait ramené avec lui de sa dernière expédition. Ah, Lattice a raison : rien de bon ne peut venir du Monde analogue... Même le monde des démons est moins dangereux, si tu veux mon avis.

– Et ce... comment avez-vous dit ? Bobardi ? *Fogarty ?*

– Fogarty, c’est ça ! s’exclama Luigi.

– Qu’est-ce qu’ils en ont fait, de ce Fogarty ?

– Ils l’ont emmené dans les donjons du palais.

– Qui se trouvent où ? demanda innocemment Henry.

93

Henry n'était pas rassuré en descendant l'escalier étroit qui menait aux donjons. C'était la manière la plus flatteuse de présenter la situation. En réalité, paniqué, il tremblait de tous ses membres. Il tremblait pour M. Fogarty. Et il tremblait de découvrir une vieille prison puant l'eau croupie, la moisissure et les excréments. Il avait tort.

En bas des marches, une moquette bleu clair donnait sur une salle très éclairée. Une cellule était entrouverte. Elle était petite, mais correctement équipée – un lit, une table attachée au mur, une chaise scellée au sol, une cuvette, le tout en bon état et, semblait-il, propre.

– Je peux t'aider ? demanda un garde en s'avançant vers lui.

– Avez-vous un prisonnier du nom de Fogarty ?

– Peut-être.

– J'aimerais lui parler.

– Tu es de la famille ?

– Non. Je viens de la part de la Princesse Holly Bleu.

– Montre-moi ton passe.

– Je... je n'en ai pas.

– Alors, désolé, c'est pas possible. Retourne en chercher un.

Henry grimaça :

– Écoutez, la Princesse Bleu est indisposée en ce moment. Elle a vu son père mort, et... et, vous comprenez, il faut qu'elle récupère. On ne doit pas la déranger.

– Et moi, je ne dois pas laisser passer les gens sans autorisation. Si tu me disais ce qui t'amène ici...

– La Princesse aimerait vérifier si ce Fogarty ne serait pas au courant d'autres complots.

Le garde éclata de rire :

– Tu ne crois pas que tu es un peu jeune pour mener un interrogatoire ?

– Au contraire. La Princesse pense que l'homme sera moins sur ses gardes devant moi.

– Endolg ! appela l'homme.

Une créature laineuse s'approcha de lui. Renifla Henry. Lui tourna autour. Secoua la tête.

– Qu'est-ce que tu en penses ? demanda le garde.

– Ce garçon ment comme un arracheur de dents.

Aussitôt, trois autres gardes surgirent et s'emparèrent de Henry. Le premier garde ricana :

– Tu voulais voir ton Fogarty ? Eh bien, tu vas être servi...

94

– Henry ! s'exclama M. Fogarty, assis sur la couchette supérieure de la cellule. Je ne m'attendais pas à te voir ici, et encore moins vêtu comme un farfadet !

– Je suis venu aussi vite que j'ai pu, dit le garçon sans relever. Mais que s'est-il p...

Le vieil homme mit un doigt devant ses lèvres et sortit une feuille et un crayon de sous son matelas.

« Cellule peut-être sous écoute. Écrire. On mangera les papiers après. Ne rien dire de compromettant. »

Henry écrivit à son tour :

« Pyrgus ? »

– Pourquoi t'ont-ils enfermé ? demanda M. Fogarty.

« Ce chenapan a utilisé mon portail avant test », écrivit-il.

– Une espèce de truc laineux n'a pas aimé ma tête, dit Henry.

« Pourquoi avoir tué l'Empereur ? »

« Ce n'est pas tout à fait moi qui l'ai tué !!! » griffonna le vieil homme.

– Comment ça, « pas tout à fait » ?

– Tais-toi, Henry !

– Non, c'est trop important ! Pas de temps à perdre avec ces âneries !

M. Fogarty soupira :

– Bon, monte ici.

Le garçon le rejoignit sur sa couchette, et le vieil homme lui souffla à l'oreille :

– C'est un démon qui a tué l'Empereur.

– Monsieur Fog...

– Écoute, Henry. Je sais que tu me prends pour un fou. Mais mets-toi une bonne fois pour toutes dans le crâne que le monde est beaucoup plus vaste, beaucoup plus mystérieux que ce qu'on t'en apprend à l'école. Tu ne croyais pas non plus aux fées, n'est-ce pas ? Ça ne t'a pas empêché d'en enfermer une dans un bocal ? Tu ne croyais pas non plus qu'il y ait des mondes parallèles, n'est-ce pas ? Ça ne t'a pas empêché de venir jusqu'ici ?

– N... non...

– Avant de braquer des banques, j'étais physicien. Spécialiste de la physique des particules. Et un spécialiste renommé, hein ! Pourtant, on me payait sept mille livres par an. Sept mille livres ! Une misère. À quoi bon avoir un doctorat de sciences physiques pour gagner des ronds de carotte ? Autant vendre des savonnettes. Donc j'ai fait ce que n'importe quel homme sensé aurait fait à ma place : j'ai braqué une banque. Je n'ai pas oublié pour autant la physique. Car la physique nous ouvre les mondes parallèles. Même ce vieil imbécile d'Einstein l'avait compris. Et l'un de ces mondes parallèles s'appelle l'Enfer. Il est bourré de démons et d'OVNI.

Il s'interrompit un instant avant d'ajouter :

– Pyrgus est là-bas.

– Pyrgus est en Enfer ?

– Oui, mais parle moins fort !

– Comment êtes-vous au courant ?

– C'est le démon qui me l'a dit.

– Monsieur Fog...

– Ah, tu m'agaces, Henry ! Tais-toi et contente-toi de m'écouter ! Les démons, les OVNI, tout ça, c'est du pareil au même. Avant, on parlait de démons ; aujourd'hui, on parle d'extraterrestres, mais c'est bonnet blanc et blanc bonnet. Pyrgus a été enlevé par les démons. C'est tout ce que je sais.

– Mais comment le savez-vous ?

– Parce qu'un démon m'a possédé. C'est la spécialité de ces bâtards. Lis les récits sur les enlèvements commis par des extraterrestres : tu roules en voiture en rase campagne, une soucoupe volante atterrit sous ton nez, un petit bonhomme vert en descend, il t'attrape par l'oreille, et, l'instant d'après, tu ne sais plus où tu es. Parce qu'un démon a pris possession de toi. Il s'est introduit dans ta tête pour contrôler ton corps. S'il est doué, il peut même contrôler ta pensée.

Henry essaya de recentrer la conversation :

– Que vous est-il arrivé, à vous personnellement ?

Le vieil homme grimaça :

– Le démon m'a surpris. Il est passé derrière moi, à travers le mur, je me suis retourné, et je l'ai regardé dans les yeux. Erreur fatale. Il m'a fait prendre mon fusil. Il m'a emmené dans les quartiers privés de l'Empereur. Apatura Iris n'avait pas de garde rapprochée. J'ai essayé de résister. Il a gagné.

– Et quand est-ce qu'il vous a dit, pour Pyrgus ?

– Il ne m'a rien dit. Je l'ai appris en l'envahissant à mon tour.

– C... comment ?

– La possession fonctionne sur deux canaux : quand le démon entre dans ton esprit, tu peux aussi sonder le sien, avec un peu de volonté. Enfin, jusqu'à un certain point. En l'occurrence, j'ai découvert dans sa mémoire que Pyrgus était entre les mains du démon en chef, appelé Beleth ; et celui-ci n'avait pas l'air d'apprécier beaucoup notre ami...

Henry fronça les sourcils. Il ne savait plus que penser. Que croire. Peut-être les démons existaient-ils. Peut-être les OVNI existaient-ils aussi. Peut-être les uns et les autres étaient-ils liés. Et peut-être M. Fogarty avait-il définitivement sombré dans la folie...

– Que s'est-il passé, quand vous êtes arrivé dans les quartiers de l'Empereur ?

– Je me suis approché de lui. J'ai tiré presque à bout portant. La tête d'Apatura a explosé. Le démon a disparu. Il avait fait son boulot. Il m'a laissé porter le chapeau. Voilà pourquoi je suis dans cette cellule.

– Je ne suis pas inquiet, fanfaronna Henry. La Princesse Bleu va nous tirer d'affaire.

– Va pas falloir qu'elle traîne, répondit M. Fogarty. On doit me pendre demain matin.

95

– Je vais bien, annonça la Princesse aux médecins qui entouraient son lit.

– Nous n'en doutons pas, Votre Sérénité, dit l'un d'eux. Néanmoins, il serait plus prudent que vous restiez allongée quelque temps...

– Merci, mais j'ai à faire. Voulez-vous sortir, que je puisse m'habiller tranquillement ?

Les médecins s'entre-regardèrent, inquiets.

– Allons, messieurs, vous n'allez pas me séquestrer dans ma chambre !

– Non, Votre Sérénité. Cependant, si vous ressentez une angoisse, n'hésitez pas à prendre ce petit...

– Je n'hésiterai pas, Argus, c'est promis.

Les médecins suivirent Argus hors de la chambre. Holly Bleu se redressa et serra les dents. La vision du cadavre de son père la poursuivait. Elle était effondrée, mais aussi décidée à empêcher les assassins de son père de l'emporter au paradis. Elle allait se venger. Elle allait retrouver Pyrgus. Elle allait découvrir les coupables. Elle allait...

On frappa à la porte.

– Qui est-ce ?

– C'est moi, Votre Sérénité.

– Entre, Anna !

– On m'a dit que vous étiez réveillée ; alors, je me permets de vous déranger...

– Que t'arrive-t-il ?

– C'est à propos du garçon qui... qui vous a espionnée.

– Henry ?

La jeune domestique acquiesça et tendit une feuille de papier à sa maîtresse :

– Je crois qu'il s'est encore attiré des ennuis...

96

– Tiens, dit M. Fogarty.

– Qu'est-ce que c'est ? s'étonna Henry.

– Ta part de papier à boulotter. Mange, j'entends des pas.

Le garçon parcourut ce qu'il avait écrit : « Pyrgus », « Pourquoi avoir tué l'Empereur ? »... Rien de très compromettant.

– Je n'avale pas ça, décida-t-il.

Le vieil homme parut sur le point de protester, mais il avait la bouche pleine. L'instant d'après, le bruit d'une clé dans la serrure se fit entendre. Deux gardes solidement charpentés apparurent de part et d'autre de l'ouverture. Une silhouette plus fine était au milieu d'eux.

– Holly ! s'exclama Henry, soulagé.

– Suis-moi.

– Venez, monsieur Fogarty ! C'est la Princesse Holly Bleu. Je vous avais bien dit qu'elle nous tirerait d'affaire !

– Non, lâcha la Princesse d'un ton glacial. Le monstre qui a tué mon père reste ici en attendant d'être pendu.

– Mais je...

– Pas de discussion !

Henry obéit en adressant un regard d'excuse à son ami.

– J'ai reçu le mot que tu m'as fait passer, lança Holly dès qu'ils furent dans sa chambre. Quand tu es arrivé, tu ignorais où était Pyrgus ; depuis que tu as séjourné dans les donjons, tu le sais ?

– C'est compliqué.

– Simplifie.

Henry répéta l'histoire que lui avait rapportée M. Fogarty.

– Tu connais ce Beleth ? demanda-t-il en conclusion.

– C'est le nom du démon que Sulfurique avait invoqué pour tuer Pyrgus. Comment ce vieil homme a-t-il pu apprendre son nom ?

– Parce que ce qu'il raconte est vrai ? suggéra Henry.

– Peut-être en partie. Mais je trouve ça un peu facile de tuer quelqu'un en prétendant que c'est la faute aux démons.

– Tu crois aux démons ?

Elle le regarda, stupéfaite :

– Ben... c'est obligé, puisqu'ils sont là, tout près ! En général, ils restent dans leur monde, quand les Fées de la Nuit ne les attirent pas dans le nôtre...

– Et ils peuvent envahir l'esprit des gens ?

– Bien sûr. Il ne faut jamais les regarder droit dans les yeux, par exemple.

La Princesse s'empressa d'ajouter :

– Ce qui ne signifie pas obligatoirement qu'un démon est en ce moment dans le palais, ni que

M. Fogarty était sous son emprise quand il a tué mon père.

– Pas obligatoirement, concéda Henry. Mais c'est possible, n'est-ce pas ?

Holly réfléchit un long moment avant de murmurer :

– Oui. C'est tout à fait possible.

97

– J'ai *emprunté* deux livres à Sulfurique, expliqua Holly à Henry. Mon père les a donnés à Tithonus pour qu'il les restitue. Ça m'étonnerait qu'il l'ait fait, avec tous ces événements.

– Si tu les lui demandes, il te les donnera ?

– J'espère. Je vais envoyer un domestique.

Quelques minutes plus tard, Atolmis, le serviteur de Tithonus, se présenta en uniforme de fantassin :

– Mauvaise nouvelle, Votre Altesse Sérénissime. Le Gardien m'a demandé de vous inviter à rester dans vos appartements pour le moment. Il se trouve dans la Chambre de situation. Les Forces de la Nuit ont lancé une attaque militaire.

Holly Bleu blêmit.

– Je vais rejoindre le Gardien, décida-t-elle.

– Il vaudrait mieux que vous restiez chez vous... pour votre sécurité.

– Ma *sécurité* ? Serait-elle menacée à l'intérieur de ce palais ?

– Depuis la mort de votre illustre père, mon maître a des raisons de penser que cet endroit n'est pas parfaitement sûr. Il assume les fonctions de régent en attendant le retour du Prince héritier... et il a fait état de difficultés pour contenir l'offensive des Forces de la Nuit.

– Quoi ? rugit Holly. Mais ils sont infiniment moins nombreux que nous ! Et moins bien armés !

– Ils ont eu des renforts. Une armée de démons s'est jointe à eux. Ses soldats ont déjà franchi la Vallée de Teetion, et les combats font rage dans les Plaines de Lilk. De nouveaux contingents démoniaques ont été repérés. Dans quelques heures, ils risquent de menacer la capitale. Votre Majesté, la sécurité de la famille royale est le premier souci de mon maître. Puis-je lui assurer que vous resterez dans vos appartements ?

– Oui, Atolmis. Vous pouvez.

– Merci, Sérénité.

Il lui tendit un paquet :

– Voici les livres que vous avez demandés.

98

Henry n'aimait pas le livre que Holly Bleu lui avait tendu. Il était entouré d'une peau étrange. Très douce. Une peau de bébé. Le garçon frissonna. Ce Silas Sulfurique n'aurait quand même pas osé...

Henry se força à ouvrir le grimoire à la première page. C'était le *Livre de Beleth*. « Beleth a les clés de l'enfer », annonçait la première phrase. Le sommaire, écrit avec soin, fit grimacer Henry :

Henry lut le premier chapitre et n'y trouva nulle allusion à Beleth, et encore moins à Pyrgus. Il passa au suivant, qui expliquait en détail comment se fabriquer une Main de Gloire : il suffisait de pendre un meurtrier à un carrefour, de lui couper la main droite, de l'envelopper dans un linceul, et de la presser très fort jusqu'à ce qu'elle fût entièrement vidée de son sang. Ensuite, on devait la plonger dans un pot en terre cuite contenant un mélange de nitrate, de sodium, de poivrons et de zimort.

– C'est quoi, du zimort ? demanda Henry.

– Chut ! répondit la jeune fille.

Il fallait laisser la main mariner deux semaines, puis l'exposer au soleil pendant les jours de canicule, ou encore la faire sécher devant un âtre où brûlaient de la fougère et de la verveine.

– C'est quand, la canicule ? murmura Henry.

– Mais tais-toi ! s'emporta Holly.

Tandis que la main séchait, on fabriquait une bougie avec de la graisse de pendu mélangée à du cérumen de vierge, du crottin de cheval et de la sisamie.

– C'est quoi, de la sis... Non, pardon, j'ai rien dit !

On plaçait la bougie entre les doigts momifiés, et la Main était prête. Désormais, si on allumait la bougie dans une maison, tous ses habitants s'endormaient sans pouvoir se réveiller tant que brûlait la flamme.

« Tout ce mal pour un banal somnifère ? », s'étonna Henry. Mais il lut aussi que la Main de Gloire, après quelques utilisations, s'animait et pouvait se glisser çà et là dans la maison à la recherche de quelqu'un à étrangler.

Henry grimaça. On avait intérêt à enfermer la main à double tour dans un tiroir si l'on voulait dormir sur ses deux oreilles ! Il feuilleta l'ouvrage, et s'arrêta au chapitre consacré aux rites de Conjuration. Et là, il sentit que le livre devenait intéressant. Qu'il allait plus loin que le charabia superstitieux du début. Il décrivait avec minutie, point par point, comment aller en Enfer.

– J'en ai marre ! s'écria Holly. Le journal de Sulfurique explique comment il a essayé de tuer Pyrgus... point. Ça ne me sert à rien ! À RIEN ! À RIEN !

La jeune fille martela le livre de ses poings serrés.

– Holly...

– Quoi ?

– Je crois que j'ai trouvé comment sauver ton frère.

– Ah ouais ? Et comment ?

– C'est simple : il suffit d'aller en Enfer.

99

– Tttt... Tu veux *invoquer* Pyrgus ? bégaya la Princesse.

– Oui ! Réfléchis : il est en Enfer, comme un démon. Si nous suivons le rituel de conjuration, nous devrions réussir à le ramener à nous.

Holly Bleu eut une moue dubitative :

– On peut toujours essayer...

Malgré le manque d'enthousiasme de la Princesse, Henry commença son énumération :

– Il faut dessiner un cercle sur le sol.

– Facile.

– Et un triangle.

– Je vais trouver de la craie. À part ça ?

– Il faut du charbon de bois et du camphre.

– Pas de problème.

– Il faut un récipient, genre brûle-parfum ou braséro.

– J'ai.

– Il faut aussi des feuilles de verveine, deux cierges et deux chandeliers. Tu sais ce qu'est du cognac ruténien ?

– Oui.

– Il en faut une petite bouteille. Et aussi un héliotrope. Tu connais ?

– J'en trouverai un.

– C'est quoi ?

– Une pierre précieuse verte, jaspée de veines rouges.

Holly adressa une petite grimace à Henry :

– Ça t'en bouche un coin, « jaspée de veines rouges », pas vrai ?

Le garçon lui sourit :

– Tu m'impressionnes, en effet.

Il retrouva son sérieux pour signaler :

– Il y a marqué : « Prévoir une baguette magique pour contrôler le démon. » Je pense qu'on n'en aura pas besoin.

– Une précaution vaut mieux que des regrets, répondit la jeune fille. J'apporterai aussi de l'ase fétide. C'est un truc qui sert à se débarrasser des démons... au cas où ce ne serait pas Pyrgus qui apparaîtrait.

– Bonne idée. Apportes-en des tas !

– Bien, chef. Ne bouge pas d'ici, je reviens dans un quart d'heure... en espérant que je ne croiserai pas Atolmis ou Tithonus en chemin !

100

Un quart d'heure plus tard, le matériel nécessaire avait été réuni sans encombre, et les préparatifs tiraient à leur fin.

– Tu veux prononcer les formules officielles ? demanda Henry.

– Ça va pas, non ? protesta la Princesse. Tu as le *Livre de Beleth* dans les mains, tu assumes !

Henry opina. Il était perplexe. Éberlué. Perdu. Dans l'Empire de la Lumière, il allait accomplir un rituel de magie noire pour sauver un ami fée perdu en Enfer. C'était n'importe quoi. Très dangereux et n'importe quoi à la fois.

– Mince ! s'écria-t-il. J'ai oublié de te dire d'apporter des allumettes.

Holly mit les poings sur ses hanches :

– Tu as oublié les allumettes ? Rien que ça ? Mais tu es une catastrophe ambulante, Henry !

– Pardon, je suis désolé...

– Heureusement, dit Holly, narquoise, il se trouve que, bien que je sois une fille, j'ai un cerveau...

Elle sortit une boîte d'allumettes de sa poche. Henry sauta de joie et, sans réfléchir, plaqua deux bisous sonores sur les joues de la jeune fille.

Si elle rougit, le garçon ne le sut jamais. Elle se pencha précipitamment sur le braséro pour enflammer le charbon et ajouter le camphre. Henry se racla la gorge, puis se lança :

– Je te conjure, Bel... Pyrgus, d'apparaître dans le Triangle, de nous rejoindre sans odeur infernale, sous une forme plaisante et agréable...

– Tu n'es pas obligé d'être insultant, non plus, murmura Holly tout bas.

Le garçon l'ignora, continuant de réciter ses incantations. La fumée de camphre s'élevait, grisante. Les volutes dessinaient des motifs hypnotiques au-dessus du braséro. Henry avait la tête qui tournait. Au loin, un grondement de tonnerre se fit entendre. Et, dans la pièce, peu à peu, une silhouette humaine apparut.

101

Pyrgus tremblait si violemment qu'il avait du mal à respirer. Il n'avait jamais eu à ce point mal à la tête. Il n'avait jamais eu aussi chaud non plus. Ni autant envie de mourir, que ses souffrances s'arrêtent. Il n'en pouvait plus. Un voile de douleur lui faisait voir flou le Prince des Ténèbres. Il tentait de ne pas gémir. De contenir ses râles. De réprimer ses souffrances. C'était son baroud d'honneur. Sa fierté de Prince héritier de la maison d'Iris.

Beleth savourait cette lutte. Il aimait voir ses victimes le supplier ; mais il aimait aussi les sentir se révolter. Dans les deux cas, c'était toujours lui qui avait le dernier mot. Soudain, il eut un coup de fatigue : Pyrgus paraissait s'effacer...

Mais non ! Ce n'était pas qu'une impression ! Son prisonnier disparaissait !

– Où est-il ? hurla le Prince en se jetant sur le premier souffre-douleur venu. Où est Pyrgus ?

Il secoua sa victime jusqu'à entendre un craquement. La tête du démon partit en arrière, et tomba au sol, brisée net. Beleth lâcha le reste du corps et se précipita vers la cage. Il n'y avait qu'une solution : Pyrgus avait dû cacher un cône d'invisibilité dans ses poches. Il était devenu transparent. À moins que...

Le Prince des Ténèbres bondit dans la cuve de soufre pour vérifier. L'acide en fusion clapota sous ses pieds comme de l'eau tiède. La sensation était agréable. Mais, soudain, le Prince des Ténèbres trébucha. Par réflexe, il se raccrocha à la première prise venue : c'était le cordage qui retenait la Bombe de l'Apocalypse. Le mécanisme se déclencha et, lentement, la bombe commença de descendre vers la cuve.

Beleth tenta de la retenir. En vain. Il voulut fuir. Trop tard. La bombe était déjà tombée dans l'acide en fusion. Une grosse bulle se forma à la surface. Des éclairs d'énergie zébrèrent la pièce. Une formidable explosion déchira en deux le corps du Prince des Ténèbres, avant de déchiqueter, une fraction de seconde plus tard la caverne, le palais, la ville et tous ceux qui y vivaient. Les murs de métal firent retentir la déflagration comme une cloche, puis le feu creusa le sol, et le monde de Beleth sombra dans la nuit.

102

Henry ne doutait plus de la magie noire. Il sentait que *quelque chose* d'étrange et d'incontestable se passait. Devant lui, une créature apparut. Le *Livre de Beleth* trembla entre ses mains.

– Viens, Pyrgus ! répétait-il. Viens !

Mais la créature qui se dressait devant lui n'était pas Pyrgus. Et elle n'était pas dans le triangle. Elle approchait par-delà le rideau de fumée, comme dans un cauchemar. Elle avait une silhouette humaine – deux bras, deux jambes, un tronc, une tête. Cependant, elle était petite, squelettique, pâle et grise à la fois ; ses yeux noirs étaient proéminents, ses membres ressemblaient à des pattes d'insecte.

– Ne le regarde pas dans les yeux ! cria Holly Bleu.

Henry était fasciné par l'apparence de la créature. Elle ressemblait à n'importe quel extraterrestre. On aurait dit une photo sortie d'un magazine de science-fiction, sauf que, elle, elle existait pour de bon. Et pourtant, c'était un rituel d'invocation démoniaque qui l'avait attirée ! M. Fogarty avait donc raison. Extraterrestres et démons, c'était du pareil au même.

Le monstre paraissait confus. Il marchait en zigzag à travers la pièce, s'arrêtant ici, tournant là, revenant parfois sur ses pas.

– TUE L'EMPEREUR ! tonna-t-il.

Puis il ajouta d'une petite voix :

– Ils viennent me prendre ! Je savais qu'ils viendraient !

Bientôt, ses deux voix s'entremêlèrent :

– TU DOIS TUER L'EMPEREUR ou Beleth me punira. SORS DE MA TÊTE, VIEILLARD ! LAISSE-MOI TUER L'EMPEREUR ! C'est le gouvernement et la CIA. Ils veulent nous contrôler. Ils ne diront jamais la vérité pour mieux nous tenir...

Henry tiqua. Ces propos sonnaient étrangement familiers. Mais depuis quand la CIA, la célèbre agence de renseignements américaine, était-elle connue dans le Monde des fées ? Soudain, il comprit :

– Holly ! C'est le démon qui a possédé M. Fogarty !

– Pardonne-moi, Beleth, gémit le démon. Je n'ai pas réussi. Il ne m'a pas laissé faire. Il m'a expulsé. Ce n'est pas ma faute...

Le monstre s'approcha du cercle où se tenaient la Princesse et le garçon. Dès qu'il franchit la barrière protectrice, il s'évanouit – aussi brusquement que si quelqu'un avait appuyé sur un interrupteur.

Aussitôt, un grondement s'éleva du triangle, et une forme apparut.

– Pyrgus ! hurla Holly en s'élançant vers son frère. Henry ! ça a marché ! On a réussi !

– Mal à la tête, grogna Pyrgus, dont les pieds nus dégageaient une fumée bizarre.

Holly s'agenouilla devant son frère, sortit une seringue de sa poche, la décapuchonna, releva le pantalon de Pyrgus et lui dit :

– Depuis que j'ai appris que tu avais été empoisonné, je garde une ampoule d'antidote sur moi. Ça va aller mieux, tu vas voir...

Quelques instants plus tard, Pyrgus se redressa en clignant des yeux :

– Wouah ! C'est magique, en effet ! Salut, Henry, qu'est-ce que tu fais là ?

Holly ne laissa pas le garçon répondre :

– Pyrgus..., murmura-t-elle. Je dois t'avertir... Papa est mort. Désormais, tu es l'Empereur pourpre. Les Forces de la Nuit ont attaqué, et un détachement de démons leur prête main-forte. Tithonus est pessimiste.

– Henry, détruis le livre ! lança Pyrgus. Vite !

Indécis, le garçon regarda le nouvel Empereur, qui s'empara lui-même du grimoire et en déchira la couverture. Dessous, des petits vers de lumière bleue couraient, formant une manière de circuit imprimé. Pyrgus jeta le grimoire à terre avec rage.

– Écrase-le, Henry ! Je suis pieds nus !

Henry bondit. Il sentit de petites décharges électriques sous ses pieds. Quand elles se tassèrent, il ramassa le grimoire pour le mettre dans le braséro. Le livre flamba immédiatement, dégageant une étrange lumière verdâtre, qui baigna un moment la pièce.

– Merci, lâcha Pyrgus. Et maintenant, passons aux choses sérieuses... Où est Tithonus ?

– Dans la Chambre de situation.

– Suivez-moi : nous avons du pain sur la planche !

103

– Le... Le Prince héritier ! bégaya l'un des gardes en faction devant la Chambre de situation.

– L'Empereur, vous voulez dire, rectifia Pyrgus.

– Oui, bien sûr... Pardon, Majesté !

Pyrgus avait l'air imposant, sûr de lui. « Il s'est mis tout de suite dans la peau de l'Empereur ! » constata Henry, admiratif.

– Les démons ont disparu, faisait observer un homme penché sur un globe quand le trio entra dans la pièce.

– Ce... ce n'est pas possible ! lança une autre voix, que Henry ne connaissait pas davantage. Les démons ne peuvent pas disparaître !

– Si, Tithonus, intervint Pyrgus. Ils le peuvent.

– Prince Pyrgus !

– Non, pas « Prince » : Empereur, désormais. Général Ovard !

– Oui, Majesté ?

– Placez le Gardien Tithonus aux arrêts.

– À vos ordres, Majesté, répondit le général.

Il adressa un signe de tête à deux gardes, qui

posèrent chacun une main sur l'épaule de Tithonus.

– Qu'est-ce que... Qu'est-ce que ça signifie ?

– Vous vous en doutez, Tithonus. Ça signifie que vous avez joué, que vous avez perdu et que vous allez payer.

– Majesté ! Vous ne pouvez pas me reprocher d'avoir pris le titre de régent ! Vous aviez disparu, Comma était trop jeune, le royaume était attaqué... Il fallait bien que quelqu'un commande !

– Quelqu'un, oui. Mais pas un traître. Beleth m'a raconté votre trahison, Gardien.

– Moi ? Vous trahir ? Creerful, Vanelke, dites quelque chose !

Les généraux ne pipèrent mot.

– Emmenez-le, ordonna Pyrgus.

Tithonus fut entraîné hors de la pièce. Comma entrait à ce moment.

– Que se passe-t-il ? demanda-t-il dans un filet de voix.

– Tithonus était un traître.

– Comment le sais-tu ?

– Beleth, le Prince des Ténèbres, me l'a appris.

– Et... il t'a appris quelque chose sur moi ?

– Non. Qu'aurait-il dû m'apprendre ?

– Je... Je sais pas... Je posais juste la question...

– Pourquoi Tithonus nous a-t-il trahis ? demanda Holly Bleu, coupant court au malaise qui s'installait. Il nous connaît depuis que nous sommes bébés. C'était le meilleur ami de Papa.

– Il pensait que les Fées de la Nuit avaient plus d'atouts de leur côté, expliqua Pyrgus. Et Beleth lui avait promis de le nommer Empereur en échange de son allégeance.

– Tithonus ? Empereur ?

– Oh, une promesse ne coûte rien ! Beleth avait aussi promis à Lord Noctifer qu'il serait Empereur. Et à Silas Sulfurique aussi. Et à Jasper Blafardos aussi. Et sûrement à des centaines d'autres. Beleth ment comme il respire, c'est sa nature qui veut ça. En réalité, il voulait l'Empire des Fées pour lui tout seul. Son coup de force a été de convaincre Tithonus, le Gardien, l'homme de confiance, celui qu'on ne soupçonnerait jamais.

– J'ai du mal à y croire, avoua la jeune fille.

– Pourtant, c'est sûr : Tithonus utilisait un démon caché dans le palais pour communiquer avec Beleth et le tenir au courant de nos plans.

– Et les démons ? s'enquit Henry. Pourquoi ont-ils mis fin à leur invasion ?

– Parce que tu les as arrêtés.

Henry sourit, croyant que son ami se moquait de lui.

– Tu les as arrêtés en détruisant le *Livre de Beleth*, insista Pyrgus. Le grimoire était le portail principal, qui contrôlait le passage entre Hael, le monde des démons, et l'Empire des Fées. Détruire le livre, c'était détruire le lien entre notre monde et le monde des démons.

– Le livre n'était pas qu'un livre ?

– Non. Il dissimulait des déclencheurs psychotroniques qui permettaient les conjurations, mais son but, c'était surtout d'ouvrir un passage qui conduise de l'Enfer jusqu'ici.

Henry baissa la tête. Tout cela devenait un peu compliqué pour lui. Soudain, une idée le frappa :

– M. Fogarty ! Je l'avais oublié ! On va le pendre, alors que c'est la faute du démon de Tithonus s'il a commis un crime...

– Courez empêcher cette erreur, lança Pyrgus à un garde.

– Bien, Majesté.

– J'aurais dû le faire sortir de prison quand tu me l'as demandé, dit Holly Bleu en grimaçant.

– On ne t'aurait pas autorisée à le tirer de sa cellule, objecta Pyrgus. Techniquement, M. Fogarty est l'assassin d'Apatura Iris.

– Même pas, affirma Henry. D'après ce qu'a dit le démon, avant ton arrivée, Pyrgus, il n'a pas réussi à obliger M. Fogarty à tuer l'Empereur. Les deux ont lutté, et, à mon avis, c'est Tithonus qui a pressé la détente pendant que les deux autres se livraient un combat mental.

– Ça ne m'étonnerait pas, reconnut Pyrgus. M. Fogarty m'a l'air d'un homme fort, puissant et sage. J'ai l'intention de le nommer Gardien. Crois-tu qu'il acceptera, Henry ?

– Oui, je le crois, murmura le garçon, flatté que l'Empereur des Fées lui demandât conseil.

104

Pyrgus était magnifique dans son costume officiel d'Empereur pourpre. Ses tuniques somptueuses et sa couronne-mitre le grandissaient ; l'imposant Trône de Paon, si bigarré, lui conférait une dignité surprenante.

Holly Bleu était assise à ses côtés, sur un trône plus petit. Elle était entièrement vêtue de blanc, ce qui la rendait encore plus... encore plus... Henry renonça à trouver un compliment et détourna le regard. Pas assez tôt pour ne pas virer rouge pivoine.

La salle du trône était tendue de bannières dorées. Une foule de courtisans en costumes d'apparat s'y pressait. Des gardes militaires, vêtus de l'uniforme de cérémonie, formaient une haie d'honneur au milieu de la salle. Henry devrait passer au milieu de cette haie, et l'idée d'être le centre de l'attention le terrifiait.

– Allez, bouge-toi ! siffla M. Fogarty en le poussant légèrement.

Le vieil homme avait un drôle de costume : entre sa robe brodée d'étoiles et son chapeau pointu, on aurait dit un sorcier. Mais, sur sa poitrine, c'était l'insigne de Gardien qui brillait.

Henry s'avança. Gêné, il s'aperçut que chaque garde le saluait et que les applaudissements pleuvaient dru sur lui. Il fixa le sol, essayant de s'abstraire de ce qui l'entourait. Pas facile.

Il lui fallut plusieurs années avant d'arriver enfin devant le trône. Il s'inclina. Quand il se redressa, il ne vit que le sourire de la Princesse. La voix puissante de Pyrgus éclata, rompant le charme :

– Agenouille-toi ! ordonna l'Empereur.

Aussitôt, le silence se fit.

– Soyez témoins, vous qui êtes là en ce jour. Moi, Pyrgus, Empereur pourpre, en reconnaissance de son courage extraordinaire, de son dévouement absolu et des services inestimables qu'il a rendus à l'Empire des Fées et à la Maison d'Iris, je décerne à Henry Atherton, citoyen du Monde analogue, le titre le plus noble et le plus méritoire de Chevalier de la Dague grise, le plus haut grade de notre vénérable Ordre de la Chevalerie, et décrète que, désormais, il sera connu sous son nom de Fée : Lame Illustre.

Pyrgus lui remit une petite dague grise qu'un serviteur lui avait tendue sur un coussin. Il se pencha vers son ami et précisa à mi-voix :

– En privé, je continuerai de t'appeler Henry, si tu le permets...

– Pas de problème, Pyrgus !

– Debout, Lame Illustre ! reprit l'Empereur d'une voix de stentor.

Une fanfare éclata, et les bravos reprirent. Pyrgus retint Henry lorsqu'il se releva.

– Nous avons encore quelque chose à faire, tous les deux...

105

Henry marchait aux côtés de Pyrgus dans la voie Bouillonnante. Cette fois, Dieu merci, Henry n'était pas le centre de l'attention. L'Empereur était vêtu avec simplicité. Autour des amis, se tenait une compagnie de soldats baraqués.

– Nous y sommes ! s'exclama Pyrgus. Mon père ne voulait pas fermer cette usine pour ménager ses ennemis. Mais les Fées de la Nuit sont en fuite, alors, je vais m'octroyer un petit plaisir...

Il se tourna vers le capitaine qui commandait le détachement.

– Les ouvriers ont été évacués ?

– Oui, Majesté.

– Les animaux aussi ?

– Oui, Majesté.

Pyrgus expliqua à Henry :

– L'un des propriétaires, Blafardos, est en prison et n'en sortira pas avant très, très longtemps. L'autre, Sulfurique, se cache, mais nous finirons par le retrouver, je t'en fais le serment...

Le garçon opina, fasciné par l'énorme catapulte, près de lui.

– Les sortilèges d'inflammabilité ont été appliqués ? s'enquit le souverain.

– Oui, Sire, et même largement.

– Alors... FEU !

L'énorme bras de la catapulte se détendit. Un rocher démesuré s'éleva, semblant défier les lois de la pesanteur. Il décrivit une courbe ample, qui se termina sur le toit de l'usine. Un silence de mort s'abattit sur la scène. Puis les sortilèges firent leur effet. Des flammes rugirent. Les vitres éclatèrent, soufflées par la puissance de l'incendie. Les murs se noircirent. Des machines explosèrent. Les édifices s'effondrèrent. En quelques minutes, le feu magique réduisit le domaine de Blafardos et de Sulfurique à un tas de cendres fumantes.

– Avec les compliments des chatons ! murmura Pyrgus.

106

– Faites ça dehors, avait exigé M. Fogarty. Il y a toujours un risque d'explosion, quand on ouvre le portail dans un lieu clos.

C'est donc dans les jardins du palais que Henry dit au revoir à ses amis.

– Garde un œil sur ma maison, dit le vieil homme. Je reviendrai de temps en temps, mais, si tu as l'occasion de passer chez moi, ça me rassurera.

– Vous pouvez compter sur moi, promit le garçon.

– Moi aussi, je sais que je peux compter sur toi, dit Pyrgus. Je te dois la vie, Henry. Merci.

– Non, il ne faut pas dire ça, je... Enfin, je... Ne crois pas que... Bon, bref, il faut que j'y aille...

Le garçon sortit le cube de sa poche.

– Henry ?

Il se tourna vers Holly et rougit : il avait remis ses vêtements habituels. Elle devait le trouver moche, voire ridicule.

– Oui ?

– Tu te souviens quand tu m'as vue, la première fois ? lui murmura-t-elle à l'oreille.

Henry hocha la tête :

– Euh... oui... un peu... un tout petit peu...

« MENTEUR ! » hurla une voix dans sa tête.

– Eh bien... Je voulais te demander... Globalement, tu m'as trouvée comment ?

107

– Salut ! dit Henry en rentrant chez lui. J'ai dormi chez Charlie, cette nuit, et leur téléphone était en dérangement. Désolé.

Sa mère passa la tête par la porte de la cuisine.

– Henry, c'est toi ?

– Salut ! répéta Henry, en s'accrochant à son excuse. J'ai dormi chez Charlie, cette nuit, et...

– Oui, on s'en doutait, le coupa sa mère. Ton père et moi avons une information à te communiquer.

« Surtout toi », songea le garçon. C'était toujours elle qui se chargeait d'annoncer les bonnes nouvelles.

– J'écoute.

– Viens dans la cuisine, nous serons mieux que dans le couloir !

« Elle a encore lu *Psycho Mag* », pensa Henry.

Tim était dans la cuisine. Il sourit timidement à son fils.

– Ton père va quitter la maison, annonça Martha.

– Je sais. Vous l'avez déjà dit.

– Mais il va la quitter *tout de suite*. Il a trouvé un appartement. Cela ne change presque rien pour toi et Alicia. Nous allons continuer à former une famille tous les trois, ton père viendra nous rendre visite régulièrement, et...

– Cinquante-cinquante, exigea Henry.

– Pardon ?

– Ce n'est pas juste que je reste avec toi en permanence. Je veux passer six mois avec Papa. Si tu as la place pour m'accueillir, P'pa...

Tim battit des paupières, surpris :

– Je... Oui, si c'est ça que tu veux, pas de problème...

– C'est ça que je veux, confirma Henry. Je pense qu'Alicia devrait faire comme moi, mais sa décision ne me regarde pas.

– Ça risque de poser des soucis au niveau de ton collège, signala Martha.

– Je suis sûr que tu trouveras une solution, l'interrompit son fils en tournant les talons. Tu es très forte pour ça.

Il monta dans sa chambre, ferma la porte, prit sa dernière maquette dans les mains, tourna la manivelle, et constata, une fois de plus, que les cochons pouvaient voler. C'était une très bonne nouvelle.

Pourtant, Henry secoua la tête, encore sous le choc. Ce qui lui était arrivé était stupéfiant. Incroyable. Il sortit l'insigne gris de sa poche et le regarda.

Au-dessus de son armoire, il y avait une boîte à chaussures où était rangé son matériel de modélisme. Il y flottait une odeur de colle qui lui rappela la voie Bouillonnante.

Le garçon prit le cube dans sa poche. Il savait qu'il le réutiliserait. Pour le moment, cependant, le portail serait plus en sécurité dans sa boîte à chaussures, avec l'insigne de la Dague grise. « Finalement, la vie n'est pas si moche, pensa Henry. Je suis Lame Illustre. Chevalier de la Dague grise. Et, surtout, Holly Bleu m'a souri ! »

★

Prochain épisode :
L'Empereur pourpre

Table

Retrouvez un extrait de

L'Empereur pourpre

la suite de

La guerre des fées

1

La maison de M. Fogarty se cachait au fond d'un petit cul-de-sac. Les fenêtres étaient en partie condamnées, si bien qu'on aurait dit que la bâtisse était vide, voire à l'abandon. Mais Henry savait que M. Fogarty avait condamné ces fenêtres alors qu'il y vivait encore. Objectif : que les voisins ignorent tout de ses allées et venues. Même si aucun être sensé ne se serait risqué dans la maison. Le dernier visiteur indélicat en était reparti avec un bras cassé par un coup de batte.

Henry avait un gros trousseau de clefs, mais il évitait d'utiliser la porte d'entrée. Il préférait passer par la porte de derrière.

L'endroit était sombre. Normal : M. Fogarty avait érigé une palissade, solide et très haute, pour décourager les curieux. Pourtant, il n'y avait pas grand-chose à voir. Juste une pelouse grise, pelée et moussue, ainsi qu'une cabane de jardin, flanquée d'un buisson de buddleia[1]. C'est là que Henry avait rencontré Pyrgus Malvae pour la première fois.

---

1. Le buddleia est un grand buisson de lilas de Chine. *(N.d.T.)*

Le garçon marcha vers le buisson autour duquel le gros matou du vieil homme avait l'habitude de rôder.

– Hodge ! appela-t-il. Viens, Hodgie ! C'est l'heure de dîner !

Hodge devait traîner dans le coin, car il émergea aussitôt, la queue dressée, et vint se frotter contre la cheville de Henry.

– Salut, Hodge ! murmura celui-ci avec tendresse.

Il aimait bien le félin, bien qu'il transformât le jardin en cimetière pour rats, souris, oiseaux et lapins.

Henry se dirigea vers la porte de derrière – lentement : Hodge faisait des huit autour de ses pieds. Lorsqu'il ouvrit la porte, le chat fila dans la maison, pressé de s'attaquer au festin qu'il lui avait apporté. M. Fogarty le nourrissait d'une espèce de magma puant – on aurait dit du vomi – qui ne coûtait même pas vingt-cinq pence la boîte. Hodge l'avalait faute de mieux. Mais il préférait de loin les mets de luxe que lui offrait le garçon.

Henry ouvrit le placard et en tira la petite écuelle de Hodge.

– Tu ne gâtes plus ce chat, tu le pourris ! grogna quelqu'un dans l'ombre.

Le garçon sursauta, lâchant l'assiette qui vola en éclats. Hodge couina en signe de protestation et bondit vers la porte.

2

– Poule mouillée ! lança Son Altesse Sérénissime la Princesse Holly Bleu.

– Je *ne* suis *pas* une poule mouillée ! soutint Pyrgus. Je veux juste savoir exactement ce qu'il compte me faire.

Il feuilletait avec attention le livre de motifs. Des sortilèges d'animation donnaient l'impression que les ailes des papillons se déployaient et tremblaient.

– Tu sais exactement ce qu'il compte te faire, rétorqua Bleu. Ce sont des motifs traditionnels. Ils n'ont pas changé depuis des années. Et tu les as vus assez souvent sur Papa quand...

Ses yeux s'embuèrent.

– ... quand il était encore en vie, acheva-t-elle.

– Oui, je sais, je sais, reconnut Pyrgus en tournant la page.

– Alors, qu'est-ce que tu attends ?

Pyrgus murmura dans sa barbe.

– Quoi ? demanda Bleu.

– J'aime pas les aiguilles, répéta le garçon un peu plus fort.

Le frère et la sœur se trouvaient dans les appartements privés de l'Empereur – c'est-à-dire les appartements privés de Pyrgus –, situés au cœur du Palais pourpre. Le Tatoueur royal patientait devant la porte depuis près d'une heure.

– Je suis au courant que tu n'aimes pas les aiguilles, déclara Bleu. Mais tu n'y couperas pas. Et il faut que tu y passes maintenant. Sans quoi, ça te démangera encore le jour du Couronnement. Tu imagines si le nouvel Empereur pourpre se gratte pendant toute la cérémonie ? Les gens croiront que tu as des puces.

– J'aurai qu'à utiliser un sortilège de guérison, grommela Pyrgus.

– Non, secoue-toi ! le semonna sa sœur. Tu as déjà renvoyé ce pauvre homme deux fois. Serre les dents, et décide-toi !

– Bon, d'accord, d'accord, lâcha Pyrgus de mauvaise grâce.

Il fit un signe au soldat qui gardait la porte, aussi immobile qu'une statue :

– Qu'il entre !

Le garde ouvrit le battant d'un coup et annonça d'une voix de stentor :

– Sir Archibald Buff-Arches, Tatoueur royal.

Un homme entra. Il avait quelque chose du vieil ennemi de Bleu, Jasper Blafardos[1] : il était trop gros et avait une prédilection pour les vêtements extravagants – il portait ce jour-là une robe de soie parée de sortilèges qui laissaient entrevoir des nymphes

1. Lire, du même auteur, *La Guerre des fées*, t. I. *(N.d.T.)*

ondulant dans les plis de la tunique. Mais la ressemblance s'arrêtait là. On voyait dans ses yeux qu'il n'était pas une Fée de la Nuit.

Il s'approcha d'un pas décidé. Deux assistants musculeux poussaient devant eux un chariot plein de pots multicolores, de fioles diverses et d'un plateau sur lequel étaient étalées des aiguilles impressionnantes.

Le Tatouteur se prosterna bien bas devant Pyrgus.

– Mes respects, Votre Majesté impériale, proféra-t-il.

Puis il se tourna vers Bleu et s'inclina un peu moins :

– Mes hommages, Votre Altesse Sérénissime.

Celle-ci remarqua qu'il avait des mains très délicates, pour ainsi dire magnifiques.

– Mon frère est à votre disposition, déclara-t-elle avant que Pyrgus eût le temps de changer d'avis.

L'Empereur la fusilla du regard. Cependant, à l'évidence, il s'était résolu à en finir. Il fixa Buff-Arches et annonça avec une solennité excessive :

– Tatoueur, je me remets entre vos mains. Que la cérémonie commence !

Cet ouvrage a été composé par
PCA - 44400 REZE

Impression réalisée sur Presse Offset par

BRODARD & TAUPIN

GROUPE CPI

La Flèche (Sarthe), le 17- 01-2007
N° d'impression : 38260

Dépôt légal : février 2007

Imprimé en France

POCKET jeunesse

12, avenue d'Italie
75627 PARIS Cedex 13